本书出版得到泰州学院科研启动项目"拉美当代文学的后现代性研究"（项目编号：2016013）的资助。

拉美当代小说研究

——后现代视角

王祖友　等／著

汕头大学出版社

图书在版编目（CIP）数据

拉美当代小说研究：后现代视角 / 王祖友等著．--

汕头：汕头大学出版社，2019.12

ISBN 978-7-5658-2872-0

Ⅰ．①拉… Ⅱ．①王… Ⅲ．①后现代主义－小说研究
－拉丁美洲 Ⅳ．① I730.074

中国版本图书馆 CIP 数据核字（2019）第 268817 号

拉美当代小说研究 —— 后现代视角
LAMEI DANGDAI XIAOSHUO YANJIU HOUXIANDAI SHIJIAO

著　　者：王祖友　等
责任编辑：宋倩倩
责任技编：黄东生
封面设计：黑眼圈工作室
出版发行：汕头大学出版社
　　　　　广东省汕头市大学路 243 号汕头大学校园内　邮政编码：515063
电　　话：0754-82904613
印　　刷：天津雅泽印刷有限公司
开　　本：710mm×1000mm　1/16
印　　张：14.25
字　　数：230 千字
版　　次：2019 年 12 月第 1 版
印　　次：2019 年 12 月第 1 次印刷
定　　价：50.00 元
ISBN 978-7-5658-2872-0

前言

后现代主义认为，在今天的世界里，各种各样不稳定、不确定、非连续、无序、断裂和突变现象的重要作用越来越为人们所认识并重视。在这种情况下，一种新的看待世界的观念开始深入人们的意识：它反对用单一的、固定不变的逻辑、公式和原则以及普适的规律来说明和统治世界，主张变革和创新，强调开放性和多元性，承认并容忍差异。当今的时代已放弃了制定统一的、普遍适用的模式，新的范畴如开放性、多义性、无把握性、可能性、不可预见性等，已进入后现代的语言。在后现代，彻底的多元化已成为普遍的基本观念；后现代的多元性是一切知识领域和社会生活各方面的本质。后现代的基本经验是完全不同的知识形态、生活设计、思维和行为方式的不可剥夺的权利；一切围绕一个太阳旋转的古老模式已不再有效，即使是真理、正义、人性、理性也是多元的。这种多元性原则的直接结论是：反对任何统一化的企图；后现代思维积极维护事物的多样性和丰富性，坚决反对任何试图将自己的选择强加于别人，使异己的事物屈服于自己意志的霸权野心；它尊重并承认各种关于社会构想、生活方式以及文化形态的选择。后现代主义反对任何一体化的梦想，否定普遍适用的、万古不变的原则、公式和规律，放弃一切统一化的模式。

作为后工业大众社会的艺术，后现代主义小说"摧毁了现代主义艺术的形而上常规，打破了它封闭的、自满自足的美学形式，主张思维方式、表现方法、艺术体裁和语言游戏的彻底多元化"。后现代主义元小说是对小说这一形式和叙述本身的反思、解构和颠覆，是一种关于小说的小说。它推翻了"纯小说"的概念，破坏了传统小说的叙述常规（线性叙事、因果逻辑），模糊了它与各种文学体裁的分野，大量采用其他文学体裁的表现技巧，时间跨越过去、现在和未来，人物的名字和身份都是不确定的。为了探索小说与现实的关系，元小说有意识、有系统地注重其作为人工制品的地位。这种小说根据它们自身的结构和方法而提供了一种批评。它们在叙述故事的同时，不但检视叙述作品本身的基本结构，而且还探索文学作品外部世界的可能的虚构性，从而折射现实的真实。后现代主义小说表明，虚构文本的写作仅仅是一种语言游戏。任何文本都是开放的、未完成的，它依存于别的文本（与它们的区别和联系），特别依赖于读者的解读，是读者的解读使这种符号组合获得了某种意义。后现代主义小说超越纯文学与大众文学、高雅文学与通俗文学的界限，把作为"有教养的知识分子的特权"的文学变成了"读者大众的文学"，表现出一种通俗化倾向。后现代主义小说常用的表现形式是元小说、反体裁、语言游戏、通俗化倾向、戏仿、拼贴、蒙太奇、迷宫、黑色幽默，表现出语言主体、叙事零散、能指滑动、零度写作、不确定性和内在性等叙事特征。后现代主义小说用真实与虚构交织的文本揭示了现实的真实：后现代的现实是一个符号化的、虚构的文本，实际上人们生活在一个荒诞的、非理性的、充满暴力与死亡、走向自我毁灭的危险世界里。对后现代人类社会的人道主义思考促使作家们在小说中努力重建一个真实的世界，一个承认他者、容忍差异、相互包容、和谐共存、可持续发展的生态的人类社会。

西方后现代主义文学是资本主义后工业时期的产物。拉美并非后现代主义文学的原发地，但它在后现代主义文学创作方面所取得的成就却令世界瞩目。一些具有创新精神的拉美作家在欧美当代文学思潮的影响下，用自己带有浓郁加勒比地区特色的后现代主义创作风格，再造了一个坚守印第安文化、黑人文化和西班牙混合文化本色的、全新的拉美新小说体系，震撼并影响了世界文学。博尔赫斯是 20 世纪现代主义文学与后现代主义文学的分水岭，他把历史、现实、文学和哲学之间的界限打通，带来一个繁荣和虚构的世界。胡安·鲁尔福的代表作《佩德罗·巴拉莫》（1955）反映了当地印地安人和混血居民的传统意识。作品结构新颖，打破了传统的时空概念，被认为是拉美魔幻现实主义文学的奠基石。从 20 世纪 60 年代至 70 年代，拉美出现了"爆炸文学"，这种文学打破了幻想与世俗的界限，创造出一种新的、混合的写实主义。胡利奥·科塔萨尔的小说《跳房子》（1963）被誉为"拉丁美洲的《尤利西斯》"，它甚至包含了现代主义和后现代主义的所有写作技法。卡洛斯·富恩特斯的《阿尔特米奥·克罗斯之死》（1962）打乱了时间顺序，用第一、第二和第三人称从不同的角度分别叙述，全面展示主人公多层次、多角度的人生。略萨的《绿房子》（1966）采用略萨本人称为"中国套盒式"的写法，为作家带来"结构写实主义大师"的称号。马尔克斯的《百年孤独》（1966）被誉为"再现拉丁美洲历史社会图景的鸿篇巨著"，被公认为魔幻现实主义最具代表性的作品。到了 20 世纪 80 年代，出现了一批后爆炸时期的作家，如安东尼奥·斯卡尔梅达、爱德华多·加莱亚诺，以及女性作家伊莎贝尔·阿连德。他们挑战精英主义，运用后现代主义的艺术技巧，使用夸张、变形、荒诞和象征的手法，借助印第安人传统的轮回观念和神话故事来打破现实与幻想之间的界限，增添小说的后现代主义效果。他们叙事的多维视角，也使得三维的时空包容更加广阔的故事内涵，呈现了一种自觉的"拉美意识"。

　　拉美当代小说的后现代性集中体现在胡安·鲁尔福等作家的作品中，本专著就其代表性小说做初步研究，旨在抛砖引玉，敬请方家批评指正。

目　录
CONTENTS

第一章

富恩特斯小说中的生态问题与
后现代叙事

第一节　《最明净的地区》的生态变异与叙事艺术

拉丁美洲的"文学爆炸"是 20 世纪拉丁美洲文学史上最具特色、最为重要，也最受世人瞩目的文学现象。它主要是以四位代表作家的四部长篇小说——墨西哥作家卡洛斯·富恩特斯（1928 年 11 月 11 日—2012 年 5 月 15 日）的《阿尔特米奥·克罗斯之死》（1962）、秘鲁作家马里奥·巴尔加斯·略萨的《城市与狗》（1963）、阿根廷作家胡利奥·科塔萨尔的《跳房子》（1963）和哥伦比亚作家加夫列尔·加西亚·马尔克斯的《百年孤独》（1967）——排炮般地震惊了世界文坛，从而赢得了国际声誉。拉丁美洲文学评论界普遍认为，拉开这场"文学爆炸"序幕的，当首推墨西哥作家富恩特斯，因为早在 1958 年，他就凭借长篇小说《最明净的地区》引起了拉丁美洲乃至世界文坛的广泛注意。

卡洛斯·富恩特斯与胡安·鲁尔福以及奥克塔维奥·帕斯被并称为 20 世纪下半叶墨西哥文学的"三驾马车"，是墨西哥国内及国际最具代表性的作家。在三位大师中，富恩特斯是最受争议、遭受批评最多而又最吸引读者的作家。因为他不仅是一位作家，而且是墨西哥乃至拉丁美洲文化以及政治上颇具勇气的"代言人"，他敢于批评美国的对外政策，维护劳动者以及拉美移民在美国的权益。但归根到底，富恩特斯终究是一个雄心勃勃的文学家，他的文学创作成就可与两位诺贝尔文学奖得主加西亚·马尔克斯、巴尔加斯·略萨媲美；他的文学的激情以及他的美洲激情是炙热的，而且他以这种炙热的激情，从美洲以及世界的角度分析一个古老的国家——他的祖国墨西哥的现代化进程。他邀请读者进入作品的时间结构，那是一个开放的时间结构，充满了幻化、幻影、巫术，读者身在其中得以知晓并扩展诠释现实的视野。在富恩特斯的作品中我们可以看到最具民族性的元素，同时也可以感受最具国际化的精神。他以文学作品展示拉丁美洲的现实，与世界对话，并将这一地区的现实以文学的方式纳入到现实的世界中去。

一、《最明净的地区》的生态变异

富恩特斯的第一部长篇小说《最明净的地区》是对墨西哥革命后的首都墨西哥城现实的诠释。作者对这个作为墨西哥革命失败象征的大都市的现状，对于新生的资产阶级，以及革命后对美国经济的依附关系等一系列尖锐的社会问题进行抨击和批判。小说的题目也寓意墨西哥城这样一个曾经的"空气最明净的地区"，一个曾经的天堂，已经演变成一个被污染、贫困、腐败的地狱。在这部作品中，只有一个人物贯穿始终，即半人半神的伊克斯卡·西恩富戈斯："……他身在现代的墨西哥，但记忆却留在了历史——古代印第安美洲。""作品以处在'野蛮'与'文明'、'地狱'与'天堂'的十字路口的墨西哥城为背景，全方位地展示了墨西哥社会的过去与现在，矛盾与机会，表现了新旧生产方式和价值体系的激烈冲突。"[1] 富恩特斯少时随父游居海外，创作《最明净的地区》时未及而立之年，却已显示出非凡的才华和文学野心。特殊的成长经历让他能够作为一个"外来的墨西哥人"冷静观察，同时又被鱼龙混杂的大都市墨西哥城所深深吸引。

加西亚·马尔克斯有论："我们大家都在写同一本拉丁美洲小说：我写哥伦比亚的一章，富恩特斯写墨西哥的一章。"富恩特斯在一次采访中谈到墨西哥（含拉美）与美国的不同，认为：①"较之任何拉美国家，美国的单一性更多"，而拉美人较之其他"更不容易被同化，原因很简单……他们不会轻易放弃自己的文化或语言。瑞典人、波兰人、意大利人甚或非洲人则非常不同，他们与主流同化。但拉美人却困难得多"。②美国这个"大熔炉"趋于培育单一文化，因为"美国的统治阶级趋于相信，正是在一致化中，并在一致化中的原子化里，你获取了权力"，但是墨西哥却"非常注意与很多文化、很多时期共存。它是个多历史时期、多不同文化共存的国家"[2]。巴尔加斯·略萨认为《最明净的地区》"是一部描写墨西哥历史、社会和文化的壮丽画卷，充满了神奇的想象。这部小说在拉丁美洲留下了印记，并向年轻的一代表明，文学佳作不仅存在于美国、法国和英国，也存在于我们的土地上"。

---

[1] 陈众议：《20世纪墨西哥文学史》，青岛：青岛出版社，1998年，第130—131页。

[2] Weiss Jason: "An Interview with Carlos Fuentes", *The Kenyon Review 5.4*, 1983, pp. 109-110.

富恩特斯自己明确表明：《最明净的地区》从开始就注定是一部关于城市、一部关于墨西哥城的小说，一部都市小说……我们意识到自己属于欧洲文化，但同时又属于美洲的印第安文化和非洲文化。我们是"多元文化"的，这甚至就是我们现代性的定义，这一定义植根于资本主义生产方式。资本主义生产方式的出现得益于生产力的发展和商品经济的繁荣，并在不断进化的过程中产生出"不发展就死亡"的内在逻辑。在发展至上的逻辑范式下，包含山川、河流、矿场、大地、动物、森林等在内的一切自然要素都成了维持社会发展的工具，人与自然的关系由传统社会（自然经济为主导）中的平衡状态逐步走上分离、对立状态。产生了诸如美国主要工业城市的煤烟污染；德国哈茨地区的河流铅氧化物的污染，使得水里的大批生物中毒死亡；为了制造鱼子酱，大量的鲟鱼捕捞使得莱茵河下游的鲟鱼物种几乎灭绝等环境与生态恶化问题。20世纪初的经济危机后，西方社会普遍采纳了以"国家干预、增加货币、扩大投资、刺激消费"为特点的凯恩斯主义发展模式，这种饮鸩止渴式的发展模式给资本主义社会带来短暂繁荣的同时也埋下了隐患。20世纪六七十年代，货币的流通量远远高于实际生产能力，产生持续通胀及刺激投资和消费，带来大规模生态恶化。生态危机成为人类生存所面临最为严重和最为紧迫的问题，生态文学因此兴起和蓬勃发展，产生了《寂静的春天》（1962）、《诉讼笔录》（1963）、《礼拜五或太平洋上的灵薄狱》（1967）、《深渊在前》（1969）等众多的生态文学作品。这个时期的生态文学已经超出了感受自然魅力、思考人与自然关系的层面，进入对现代文明中造成生态危机产生的科技主义、消费主义、发展主义、享乐主义的抨击和批判阶段。生态文学具有了显著的文化批判的特点。对人类中心主义、二元论、征服和统治自然观、欲望动力观、发展至上论（或称唯心发展主义）、物质主义、消费主义等思想观念，对破坏生态平衡的环境改造、竭泽而渔地榨取自然资源的经济发展、违反自然规律和干扰自然进程的科技创造、严重污染地球的工业化和农业现代化、大规模杀伤武器的研制和使用等许许多多的思想、文化、社会现象提出了严厉的批判。

生态文学通过或描述自然的魅力、或思考人与自然的关系、或直击环境恶化的现状，以达到警示世人重视与生态之间应有的内在统一，这种内在统一是维持人得以生存的根基。正如美国生态批评家保罗·维里奥所说："生态问题是唯一值得我们（人类）为之奋斗的事情，因为没有地球，就没有（人类的）未来，所以也就没有什么别的事可为之奋斗。"[1]揭示生态恶化和生态恶化下的人的生存危机，旨在重构人与生态和谐共生的生存样态，这是生态文学深层的人本价值追求。对人类中心主义的批判作为中、西方生态文学和生态批评的主要内容，在不同时期的生态文学中都有体现。早在19世纪上半叶，西方浪漫主义生态诗歌，就开始了对人类中心主义恶行的揭露和呐喊。如，法国诗人维尼在《狼之死》中就描述了人对狼的残暴行为："两肋插入的猎刀深及刀柄，狼动弹不得，它的鲜血浸透了草坪；……狼紧闭双眼死去，没有一声叹息……唉！我想我们是罔有人的大名，我羞愧，因为我们生性懦弱！……"[2]美国生态文学家梭罗在《缅因森林》中描述了功利主义下森林和动物的厄运，"几乎没有过什么人来到森林里看松树是怎么生活、生长、发芽的，怎样将其常青的手臂伸向光明……但是大部分人都只满足于看到松树变成宽大的板，运到市场上，并认为那才是真正的成功！""人们带进荒野的动机是多么的卑鄙粗俗……他们的目的就是尽可能多地杀死麋鹿和其他的野生动物……"[3]这真的就是科技文明和工业文明发展的最终结局吗？这样的文明还能算作文明吗？奥尔多·利奥波德在《野生动物管理》一书里分析道："两个世纪的'进步'给多数市民带来了一个选举权，一首国歌，一辆福特，一个银行账户，以及一种对自己的高度评价；但是却没有带给人们在稠密居住的同时不污染、不掠夺环境的能力，而是否具备这种能力才是检验人是否文明的真正标准。"究竟什么才是文明？究竟什么才是进步？利奥波德在这里提出了一个根本性的问题。在梭罗那里，文明和进步的主要标志是精神生活的极大丰富。在利奥波德看来，人类只有在人口激增、城市化、工业化、商品经济化和自我评价高涨的过程中，获得真正解决污染、资源耗尽等难题的能力，进而真正重返与自然的和谐；那才是真正的文明与进步。[4]

从生态文学兴起的背景和发展的过程中可以看出，生态文学的产生与生态恶化

[1] 陈晓兰：《作为人类"他者"的自然——当代西方生态批评》，《文艺理论与批评》，2002年第6期，第42页。

[2] 江伙生：《法国历代诗歌选》，武汉：武汉大学出版社，1996年，第189页。

[3] 罗伯特·塞尔：《梭罗集》，陈凯等译，北京：生活·读书·新知三联书店1996年，第72页。

[4] 王诺：《生态危机的思想文化根源——当代西方生态思潮的核心问题》，《南京大学学报（哲学·人文科学·社会科学版）》，2006年第4期，第242页。

和生态恶化下的人的生存危机之间的因果联系。生态文学都将矛头指向无视人的自然属性的人类中心主义及由人类中心主义衍生出的消费主义、发展主义、功利主义、科技主义等异化价值形态，主张用生态整体主义代替人类中心主义，还原人与生态应有的和谐共生的生存样态。如，雷切尔·卡森透过生态环境恶化的现状，指出生态危机，源于支配人类行为和意识的人类中心主义。这种人类中心主义内含在西方文明的宗教基因中。"犹太—基督教教义中一直将人作为自然的中心"，在此意识支配下，"人类将自己视为地球上所有物质的主宰，认为地球上的一切 —— 有生命的和无生命的，动物、植物和矿物 —— 甚至就连地球本身都是专门为人类创造的"[1]。自我放纵的人类中心主义所带来的危害超过任何丑恶的意识形态。在批判人类中心主义的同时，生态文学普遍主张让文学和文学所涉指的人类社会走上荒野，回归自然，构建生态整体主义的存在模式。如，利奥波德将"整个自然生态比喻为一个'土地金字塔'，认为人类仅仅是这座金字塔共同体中成千上万的成员之一，人类要改变在共同体中原有的征服者的角色，成为共同体中平等的成员和公民，对每个成员尊敬、对共同体本身尊敬。"[2]

《最明净的地区》是富恩特斯的长篇小说处女作，也是作家多年呕心沥血的结晶，出版时适值作家风华正茂的而立之年。在这部三十余万字的作品中，富恩特斯大胆实验，在创作手法上借鉴了乔伊斯、福克纳、劳伦斯、多斯·帕索斯等人的技巧，以出身底层的银行家罗布莱斯大起大落的人生轨迹为线索，串联起相互独立又呼应的章节；巧妙地将反差明显的各色人物和场景交错重叠；将方言、俗语、歌声与叫喊，甚至沉默织入文本；令大街上、豪宅里、贫民窟发出的各种声音形成交响。整部作品所呈现出的"时代的感性"足以牢牢攫住人心。

"最明净的地区"一语，出自 19 世纪德国著名地质学家亚历山大·冯·洪堡之口。墨西哥首都墨西哥城位于纵贯全国的墨西哥高原的南端，坐落在墨西哥中南部的高原盆地上。该城虽地处亚热带，但地势较高，且三面环山，因此气候凉爽宜人，空气清新明净，四季如春。洪堡博士在考察了墨西哥盆地之后，赞叹不已，认为这

---

[1] 王诺：《生态危机的思想文化根源 —— 当代西方生态思潮的核心问题》，《南京大学学报（哲学·人文科学·社会科学版）》，2006 年第 4 期，第 38 页。

[2] 利奥波德：《沙乡年鉴》，侯文惠译，长春：吉林人民出版社，1997 年，第 194 页。

是举世无双的"最明净的地区"。可这块"最明净的地区"却每况愈下。由于城市工业盲目地迅猛发展，污染极其严重。墨西哥城原本是盆地，环境幽雅，但逐年增加的工厂所排出的废气浓烟，也因此不易四散，再加上各类汽车的废气，城市上空常常蒙上一层灰色污浊的烟雾，"最明净的地区"徒有虚名。然而富恩特斯的意图显然并非提出一份环境污染的调查报告，从而勾画一幅治理城市的蓝图。作家认为，较环境污染更令人痛心疾首的是墨西哥恶浊的社会风气，是被政治投机者和达官巨贾搞得乌烟瘴气的墨西哥社会现实。富恩特斯借用洪堡的一句名言作为小说的篇名"最明净的地区"，令读者反其意而悟之，是颇具嘲讽意味的，尤其是在生态文学的语境下。生态危机从根本上说不是科技的危机、经济的危机、工业的危机、发展的危机，而是思想文化的危机。生态文学不仅仅是创作活动，它更是一种救赎行动——拯救地球和自我拯救的行动！

《最明净的地区》这部小说是"一个城市的传记，一部现代墨西哥的总结"。在其中为了过上越来越奢侈的生活，人们背负着所有的重负前行。对于人类在物欲奴役下匍匐爬行地生活，梭罗早就有类似的分析，但更为平实而明晰："我曾遇见过多少个可怜的、始终不变的灵魂啊，他们几乎被重负压垮，喘息着爬行在生活的道路上。""大多数人……被人为的生活忧虑和不必要的艰苦劳作所控制，而不能采摘生活中的美果……一天又一天，没有一点闲暇来使得自己真正地完善……他没有时间使自己变得不只是一架机器。""他们把所有时间都花在获得一种生活并保持那种生活之上"，而那种生活并非必需的而是日趋舒适和奢侈的。他们不是住房子，而是"房子占有了"他们；"房子是那么庞大而且不实用的财产"，他们"不是住进去而是被关进去"。同样，"不是人看管牧群而是牧群制约了人"。"看哪，人已经变成他们的工具的工具了。"[1]

生态文学是以生态整体主义为思想基础、以生态系统整体利益为最高价值的，考查和表现自然与人之关系和探寻生态危机之社会根源，并从事和表现具有独特的生态审美的文学。生态责任、文化批判、生态理想、生态预警和生态审美是其突出

---

[1] 王诺：《生态危机的思想文化根源——当代西方生态思潮的核心问题》，《南京大学学报（哲学·人文科学·社会科学版）》，2006年第4期，第247页。

特点。[1] 对照这个定义，这部小说的的确确也属于生态文学范畴。多少世纪以来，特别是进入 20 世纪之后，由于殖民主义的掠夺、封建主义的压迫和帝国主义的侵略，墨西哥这块美丽富饶的土地变得支离破碎，满目疮痍，人民痛苦地挣扎在水深火热之中。具有斗争光荣传统的墨西哥人民殷切盼望有一天能发生翻天覆地的变化，铲除社会上一切罪恶，荡涤污泥浊水。蕴藏在人民群众中的这股巨大力量终于迸发出来了：1910 年，一场革命的烈火蔓延全国，革命的矛头直指殖民主义、封建主义和帝国主义。革命风暴过后，墨西哥确实有了些变化：革命清除了前进道路上的部分障碍，把教育事业推向全国，社会开始走上工业化的道路。但是从本质上讲，1910 年的这场革命是一场资产阶级革命；从一开始，它就是不彻底的。它不可能，也没有把墨西哥从殖民主义、封建主义和帝国主义的桎梏中解放出来；而一批利欲熏心的政治投机者和野心家却篡夺了革命胜利的果实，成了新贵，成为新的统治阶层，人民依然没有得到什么好处和实惠。被污染的环境和被污染的社会有着惊人的相似度和可比性。诚如生态整体主义理论所主张的：生态整体主义并不否定人类的生存权和不逾越生态承受能力、不危及整个生态系统的发展权，甚至并不完全否定人类对自然的控制和改造。生态整体主义强调的是把人类的物质欲望、经济的增长、对自然的改造和扰乱限制在能为生态系统所承受、吸收、降解和恢复的范围内。这种限制为的是生态系统的整体利益，而生态系统的整体利益与人类的长远利益和根本利益是一致的。人类不可能脱离生态系统生存，生态系统崩溃之时就是地球人灭亡之日。数千年征服和蹂躏自然的历史，以及数十年来以人类为中心的环境保护已经充分证明了：如果不能超越自身利益而以整个生态系统的利益为终极尺度，人类不可能真正有效地保护生态并重建生态平衡，不可能恢复与自然和谐相处的美好关系；只要是以人为本、以人为目的、以人为中心，人类就必然倾向于把自身的短期利益和地方、民族、国家等局部利益置于生态整体利益之上，必然倾向于为自己的物欲、私利和危害自然的行径寻找种种自欺欺人的理由和借口，生态危机也就必然随之而来，并且越来越紧迫。

富恩特斯在他的这部小说里，正是以这样一个人类文化为背景，气势磅礴地描

---

[1]　王诺：《生态危机的思想文化根源 —— 当代西方生态思潮的核心问题》，《南京大学学报（哲学·人文科学·社会科学版）》，2006 年第 4 期，第 27 页。

绘和再现了墨西哥现代社会图景。作品的故事主要发生在 1951 年；只有后几章的叙述延续到 1954 年，前几章对某些人物或家庭的介绍追溯到墨西哥革命的岁月。和当代墨西哥不少小说一样，作品中描述了不止一个故事，并且采用了一些舞台技巧。有若干章节如同舞台场景，连续不断地出现在"观众"面前。1910 年，墨西哥爆发了震撼全国的资产阶级革命。农民出身的费德里克·罗布莱斯为尽快改变其衣不蔽体、食不果腹的贫困生活，加入了起义队伍。几经磨难，甚至一度几乎送命，他变得冷酷无情，唯利是图。随队伍来到墨西哥城后，他投机取巧，靠倒卖因革命破产的家族的地皮发了大财，继而将他的触角伸向工业和金融业，最后成为全国举足轻重的大银行家。在其事业处于巅峰时，他的股票生意受挫，很快就破产了。绝望中，他将自己的豪华住宅和不贞的妻子诺尔玛·拉腊戈蒂付之一炬，本人却躲进一个双目失明的女人家中，隐姓埋名，苦挨岁月。

在作品中，富恩特斯描绘了墨西哥城各个社会阶层的生活，同时再现了革命后墨西哥四十年间的社会变迁。作者对墨西哥城的描写多姿多彩，各阶层的人物活灵活现：生活富裕的人民那么自私；旧王朝的遗少仍然抓住某种微不足道的东西不放，指望恢复已经丧失的旧秩序；那些"老革命"，有的掌了大权，发了横财，有的也想飞黄腾达，但以失败告终，只满足于定期聚会，从回忆昔日的光荣岁月中得到安慰；还有那些为求得自己和家人温饱而终日奔波的出租汽车司机，为活命而不顾廉耻的妓女和从美国工作归来的打工仔……

但是此作和一般小说不同，小说的主人公不是某个人物，而是整个社会，即革命后的墨西哥城。不过，即使如此，小说的众多人物还是起着举足轻重的作用。可以认为，每个人物都具有一定的典型意义。

凭自己的本事起家的费德里克·罗布莱斯是小说中描写得最充分的人物。他是个印第安人，为寻求出路而混迹革命，他野心勃勃，投机取巧，悟出了发迹的诀窍，战后变成了银行家，成为政界和金融界的头面人物。地位、权力和金钱自然是他那颗自私的心灵崇拜的上帝。

为了能够在社会上更引人注目，他和自命不凡的美人儿诺尔玛·拉腊戈蒂结婚。跟罗布莱斯一样，她所追求的也是金钱、地位和虚荣。此外，罗布莱斯还供养着一位双目失明名叫奥特西亚·恰孔的情妇。仅仅在这件事上，这个心肠冷酷的金融巨头才表现出些许仁慈和善良。

另一个重要人物是罗德里戈·波拉。他是墨西哥城另一类人的代表。他父亲是一位革命的理想主义者，1913年被错杀。他由母亲养大，急于在文学方面有所成就，但是缺乏明确的目标，对自己也没有什么信心，甚至也不准备面对某种难以把握的生活。正是因为他这么窝囊，他所痴心钟爱的诺尔玛才被财大气粗的罗布莱斯夺了去。

此外，小说还描写了其他一些不同阶层的人物：平皮内拉·德·奥万多，是波菲里奥·迪亚斯当政时期的一位大家闺秀。她和她母亲由于和革命后的社会新秩序格格不入而苦涩地生活着，在一段时间里竭力维护着家族的尊严；罗伯特·雷古莱斯，是个默默无闻的律师，努力攀登着社会的阶梯，渴望做个人上人，最后终于取代了罗布莱斯的地位；加夫列尔被迫背井离乡，去美国做苦工，受尽折磨，归国后和墨西哥社会底层的芸芸众生一样对时下的生活仍感不满；曼努埃尔·萨马科纳是个知识分子，在知识领域里探索着，努力寻求着生命的价值，他既同情处在水深火热中的平民百姓，又不甘心与他们为伍，既愤世嫉俗，为祖国的命运大声疾呼，有时又顾影自怜，畏缩不前。面对社会的不公正、失业、文盲、饥饿、腐败等现象，他忧心忡忡，苦苦思索，却又不知出路何在；他想分析墨西哥革命带来的后果，却无从着手，不知所措。这是个内心充满矛盾的知识分子形象。伊克斯卡·西恩富戈斯是另一种人的典型。他像幽灵一样出入官场、上流社会和其他活动场所；他善于揣摩人们的心思，探测别人的隐私；他十分自负，自认为无所不知，无事不晓；他喜欢指手画脚，几乎任何事情都要参与；他的举动神秘莫测，谁也摸不透他到底是什么人；有时他像个杰出的活动家，他发动过一次流言蜚语运动，搅乱了罗布莱斯的金融活动；他还善于勾引女人，有一次带着美丽的诺尔玛跑到阿卡普尔科，在那里寻欢作乐一个星期。诺尔玛·拉腊戈蒂实际上是个放荡不羁、举止轻佻的女人。她狂热地追求有钱的男人，厚颜无耻地宣称，她的地位是凭她的才能和奋斗得来的。她知道，要想发横财，必须目的明确，敢于豁出性命，孤注一掷，成功包含着危险，危险中隐藏着奇迹。她和罗布莱斯的结合，并没有什么爱情基础，不过是互相利用、臭味相投而已。书中人物形形色色，命运和结局也各不相同：诺尔玛在自己家的一场大火中丧生；罗布莱斯的金融破产，他带着失明的怡孔去了北方，开始新的生活；罗德里戈依靠他制作的电影故事突然发迹，希望同平皮内拉·德·奥万多结合以赢得受尊敬的社会形象，奥万多冒着失掉一切的危险接受了罗德里戈；罗伯特·雷古莱斯苦苦经营，终于爬到了罗布莱斯盘踞过的高位；曼努埃尔·萨马科纳死于非命，加夫列尔和出租汽车司机胡安·莫拉莱斯亦然。

除了描述这些人物的命运外，作者还交代了许多家庭之间的关系。例如在小说结束前作者披露，费德里克·罗布莱斯原来是曼努埃尔·萨马科纳的父亲，而两个人都一无所知。在头几章里零零散散提到的一些人物，作者也把他们之间的关系——做了说明。威廉姆斯在《拉丁美洲的后现代主义小说：政治、文化及真理危机》（*The Postmodern Novel in Latin America: Politics, Culture, and the Crisis of Truth*, 1995）中明确提出："拉丁美洲的后现代主义绝对是历史的，不可避免地政治的。"他"断定拉美的后现代主义话语部分受到具体事件和环境的影响"[1]。比如在墨西哥，1968年特拉特洛尔科大屠杀，1994年恰帕斯州的萨帕塔起义，墨西哥的恶劣经济和社会环境出现危机，墨西哥城支配全国的状况，都影响了墨西哥的后现代主义的导向；在安第斯地区毒品和石油工业一起影响所谓的"安第斯后现代性"，造成了该地区一方面城市为高科技和后工业的文化，而边缘地区却依旧相当落后；在南部地区，令人窒息的军事独裁"给该地区的后现代状态留下了特别的印记"，迫使一些作家转入地下或流亡他国进行具有"浓厚政治色彩的"文学创作；而古巴革命则在加勒比海地区最具政治影响。基于这些原因，威廉姆斯认为，相比于欧美的后现代主义文学，拉美的后现代主义文学具有较强的政治性和历史性。汉考克评论说，这一观点"令人信服"[2]。

总之，该作品通过对各阶层各类人物的人生经历和命运的描写，像巨幅画卷一样展现了墨西哥革命后几十年间的社会面貌和时代气氛，同时表现了作者对骄奢淫逸的富豪、唯利是图的奸商和见风使舵的政客的憎恶。富恩特斯自称这部作品是"对现代墨西哥的总结"。他对既富足又贫困、既怪诞又平庸、既充满不幸又充满欢乐的墨西哥做了深刻的分析，对其现行的社会制度和道德规范做了详尽的透视，令人信服地指出墨西哥革命的不彻底性是导致现代墨西哥贫困、落后的根源。"最明净

---

[1] Hancock Joel: "A Review of Raymond L. Williams's *The Postmodern Novel in Latin America: Politics, Culture, and the Crisis of Truth*", SYMPOSIUM, 1998, p. 61.

[2] Hancock Joel: "A Review of Raymond L. Williams's *The Postmodern Novel in Latin America: Politics, Culture, and the Crisis of Truth*", SYMPOSIUM, 1998, p. 60.

的地区"，如今早已不明净、不纯洁：墨西哥革命结束已数十年，墨西哥城的精神面貌却依然如此可憎：人与人之间尔虞我诈，弱肉强食，社会动荡不安，人的命运变化不定，贵族、富贾、奸商、政客当道，为富不仁，为仁不富，毫无明净可言。

二、《最明净的地区》的艺术表达

富恩特斯的作品被威廉姆斯评为既是现代主义的又是后现代主义的。即使在他20世纪50年代创作、被威廉姆斯归为现代主义的作品也有后现代主义叙事技巧。如他的第一部小说《最明净的地区》（*La región más transparente*，1958）就运用了多重叙事角度和"摄影机眼"。在表现手法上，富恩特斯大胆借鉴欧美现代小说的技巧，他毫不讳言福克纳、多斯·帕索斯、劳伦斯和阿·赫胥黎对他的影响。他说，多斯·帕索斯的小说是他的"文学圣经"：在描写墨西哥大都邑时，《曼哈顿中转站》理所当然对他有影响。他还觉得，他那种"具有国际色彩"的语言或行话仿佛是从英国移植到墨西哥的。他坦白地承认，在《最明净的地区》的叙事时间上，他融会了他们的方法，即福克纳用现在时描写过去发生的事情、多斯·帕索斯用过去时描写现在发生的事情和劳伦斯那种未卜先知的口吻。在对时间的把握上，他不像鲁尔福那样让时间停止或把时间抛开，而是采用不同的时观来描写不同时间和地点发生的事情，把人物和事件连接或穿插起来，组成一幅和谐的、完整的画面。此外，作者还充分运用内心独白来揭示人物的内心世界。作品中许多人物都以独白方式表达自己的思想、情绪、意愿和对往事的回忆。尤其是伊克斯卡·西恩富戈斯在揣摩人们的心思、打自己的算盘时，其卑微的心灵和丑恶的念头暴露无遗。

与其说在讲故事，富恩特斯更像是在向我们缓缓展开一幅庞大的画卷，上面画满了20世纪四五十年代墨西哥城的社会百态，勾勒了墨西哥的资本家、革命者、知识分子、贵族以及市井民众内心最真实而又戏剧化的条条思绪。

出身佃农，作为农民起义队伍中坚力量夺得革命胜利，进而晋升大银行家的罗布莱斯无疑是这幅巨作中尤其浓墨重彩的一笔。可他并不是一个励志的人物。事实上，罗布莱斯发迹起家，投机钻营的经历让他终于站在墨西哥城 —— 这座曾令洪堡博士赞叹不已的"最明净的地区"的明珠之巅。然而此后他的骄横跋扈、残忍冷酷都在尖锐地揭露当时那场资产阶级革命唯利是图的本质：旧时的独裁者和农场主被推翻，旧时的政治、经济、社会制度却没有大的改变——曾经那群喊着要推翻一切的"革命者"大摇大摆坐上了他们曾要掀翻的宝座！

如果说费德里克·罗布莱斯与诺尔玛各取所需、充满铜臭味的婚姻把他对钱欲的追求刻画得入木三分，那么奥特西亚·恰孔的出现则使得罗布莱斯看上去更像一个自然人，一个曾经出身底层，有血、有肉、有爱的普通人。恰孔是名普通的打字员，盲人。她是罗布莱斯在这个欲望之都摘下冷酷银行家面具后，能找到的唯一港湾。是权欲之巅者屡见不鲜的拈花惹草？不是。作为全国举足轻重的资本家，他大可挑一朵更鲜嫩可人的花。是积蓄已久的肉欲的发泄（婚后夫妻两人十分精明，各取所需，从不给予对方不必要的东西，包括肉体）？从罗布莱斯"奥特西亚就是一切：平静、直接的力量；直接、有力地做出非凡之举；这所作所为有目共睹，无须通过上上下下的媒介便可表现出力量所在"的内心独白便不难看出：或许，这远不是这份温存的全部。

罗布莱斯对恰孔真实的爱让书中阿纳华克的资产阶级人物显得更为丰满，也让墨西哥人们意识到：有爱有恨的心并不能阻碍站在他们头顶上的资本家对他们做出压榨、剥削的残忍行为。这里，大银行家罗布莱斯自然是本书所着力刻画的中心人物，这不仅是因为作家对之施以浓墨重彩，也不仅是因为与这个角色有联系、有瓜葛、有爱有憎的人物众多，还因为通过这个人物的发迹起家和衰败没落，通过他的投机钻营和残忍冷酷，我们可以看见资产阶级唯利是图的本质，更可以悟出 1910 年墨西哥的这场革命的软弱、不彻底以及给投机者之流以可乘之机等致命缺陷。因为，只要制度没有根本改变，或者说，只是"换汤不换药"，一切都会恢复原样。你看，罗布莱斯出身佃农，应该说是农民起义队伍的中坚力量；但是革命胜利后，旧的政治、经济、社会制度却没有大的变化。罗布莱斯在政治上站稳了脚跟，紧接着便要在经济上捞取好处。于是，他通过倒卖地皮等奸诈手段，一跃成为腰缠万贯的阔佬。这是作家对这场资产阶级革命极为深刻的剖析。而且，还需指出的是，在富恩特斯笔下，罗布莱斯在如此行事时，是"理直气壮"的，他恬不知耻地自认为这一切"有益于国家"，自己是民众的"救世主"。这是作家刻画资产阶级人物寡廉鲜耻的极为高明的一笔。

除了罗布莱斯这个中心人物之外，本书还有两个非常重要的角色：一是伊克斯卡·西恩富戈斯，二是诗人曼努埃尔·萨马科纳。作家通过对萨马科纳这个人物形象的塑造，来阐述和完善自己对墨西哥未来前途的看法。萨马科纳认为墨西哥应致力于寻找自己已失去的、富有民族特点的精神财富，维护和保存自己的历史。对此，富恩特斯不以为然，他认为应当把继承民族传统、接受欧洲精神财富和推陈出新结合在一起。因此，墨西哥人不必向后看，而应着眼于未来；今日的墨西哥人既要继承传统，又要开创新的历史篇章，要继往开来。

西恩富戈斯这个人物很特殊。他虽然不是全书的主角，但却是本书所描写的全部历史的见证人，是联系书中各色人等的纽带。他可以超脱人类的一切限制和束缚而无处不在，也可以逾越人间的所有障碍和羁绊而四处容身，颇具半人半神的色彩。因此，可以认为，西恩富戈斯实际上是墨西哥人民生活中印第安精神的化身。通过这个神秘或魔幻的人物，作家巧妙地向读者展示了各种人物的脸谱和身影：由一文不名的穷光蛋而平步青云的银行家罗布莱斯，模样标致迷人、狂热追求金钱和男人的诺尔玛·拉腊戈蒂，以出卖灵魂为荣、暗地里拼命捞钱的工会律师利布拉多·依巴拉，忧国忧民却又迂腐保守的知识分子萨马科纳，以及不同阶级、各个阶层的芸芸众生。类似西恩富戈斯这样的人物，在以往的拉丁美洲小说中似乎很少见到。古巴著名作家卡彭铁尔（1904—1980）在他的中篇小说《人间王国》（1949）中塑造了黑奴蒂·诺埃尔的形象，把他的经历和感受作为联系全书前后的关键，但是作家所刻意描绘的并不是蒂·诺埃尔个人的荣辱恩怨，而是如火如荼的群众革命和民族起义。西恩富戈斯虽然也不是全书的主角，但是他出场的次数比任何一个人物都要多，他的活动比起蒂·诺埃尔来，也要主动、活跃、广泛得多。从这个意义上说，西恩富戈斯既是作家在艺术技巧上的一个巧妙安排，又是墨西哥民族灵魂的代表，他审视着墨西哥的历史进程，思考着墨西哥的民族危机，憧憬着墨西哥的未来。

在创作手法上，富恩特斯在《最明净的地区》一书中，大胆借鉴并运用了现代文学巨擘如乔伊斯、福克纳、劳伦斯、多斯·帕索斯等人的写作技巧：他运用了乔伊斯的意识流和内心独白，福克纳的用现在进行时描写过去的甚至十分久远的事情的手法，劳伦斯的运用将来时叙事、描写的手段；而约翰·多斯·帕索斯这位著名的美国作家，对富恩特斯的影响则最为广泛。其中最为突出的是，富恩特斯对帕索斯所倡导的"摄影机眼"的运用。根据这种技法，作家仿佛长了一双摄影机般的眼睛，对他笔下的人物，可以运用全景、远景、近景、特写、融入、闪回、切入等影视手段多方位、多层次地加以刻画和描绘，因而灵活生动，全面客观，效果真实。

1925 年发表的《曼哈顿中转站》以大战前后的纽约社会为背景，描写了记者、律师、演员、水手、工会干部等人物形象。他们都是资本主义社会的失意者，生活苦闷，精神空虚。作品中没有一个贯穿全书的主人公，人物相互之间没有联系，有的只在某些事件中相遇。评论家们称之为"群像小说"。对于书中的每一个人物来说，曼哈顿只是一个中转站，他们陆续来到这里，试图寻找新的生活，却发现这是一个充斥着冷酷和漠不关心的城市，因而最终只能选择离开，去往另一个地方。作者在书中描述了那些富有的政治掮客和在底层奋斗的移民，体现了人与城市间、人与人之间现代性的疏离与斗争。多斯·帕索斯在他的《曼哈顿中转站》里执着地走"全景写作"之路，为了最大限度地刻画美国国民生活中的方方面面，他不惜把人物和背景两大要素都悬置起来，不让哪个人物充当故事的中心，也不对哪一个地点费较多的笔墨，甚至连社会和时代背景都不明说。他的记述第一次使这些不为人知的移民进入了美国历史的范畴，使得本书在美国文学史上占有重要地位。书中充满了乔伊斯式的意识流词汇和各种具有象征意义的意象，而"新闻报道"和"摄影机眼"的写法也使该书别具一格。

一个堕落纽约的全景图像，把多斯·帕索斯牢牢钉在了左翼作家的圈子里，甚至为他博得了萨特的喝彩。但笔者相信，这并不能削弱《曼哈顿中转站》的价值，尽管论蒙太奇手法，福克纳比他用得高明得多；论"美国梦"题材的同类小说，和《曼哈顿中转站》同年发表的菲茨杰拉德的《了不起的盖茨比》影响明显更大更深远。多斯·帕索斯后来转为极端保守派。即使他跟昔日的自己彻底决绝，他笔下的纽约社会仍然是真实的，这本小说就像收藏进博物馆里的一帧发黄的老照片，是了解 20 世纪初美国社会不可多得的文本之一。

《最明净的地区》中对各色大小人物登场的描写，是这种技法运用得当的成功范例。此外，为了渲染和烘托历史氛围，富恩特斯还在小说中恰如其分地采用了相应的报纸标题、报刊摘录、流行歌曲的歌词、名人名言等真实材料，加强了小说的真实感和艺术效果。如描写 1923 年墨西哥农民起义领袖潘乔·比利亚罹难时，就把当时报纸的通栏标题原封不动地搬进小说："比利亚被害 / 一代英豪潘乔·比利亚 / 竟被可耻叛徒谋害！/ 可叹英雄潘乔·比利亚 / 如今葬身坟茔！"还引用了广为流传的歌谣："别了，我的小妹妹／别再为潘乔哭泣……"又引用了墨西哥著名教育家、文学家胡斯托·谢拉的一句名言："吾魂乃为吾民言。"这句话镌刻在墨西哥国立自治大学校园的一面墙上，至今完好无损。这些具有历史意义的材料，不仅可以使老一辈的墨西哥民众回首往事，从而缅怀先烈可歌可泣的英勇事迹，还可令年轻一代对父辈英雄生出无限崇敬。

不难看出，在富恩特斯的全部文学创作生涯中，《最明净的地区》是他最初的成功尝试，小说既展示了他的文学才华，也显现了他的雄厚功底。综观全书，本部小说在艺术手法上尚有如下几个特点：一是"摄影机眼"的进一步运用。"摄影机眼"是美国著名作家多斯·帕索斯倡导运用的。根据这种技法，作家仿佛长了一双电影摄影机般的眼睛，对他笔下的人物，可以运用全景、远景、近景、特写、融入、切入、闪回等影视手段来加以刻画描绘，因而显得灵活生动，效果真实。这是富恩特斯喜爱的一种创作手法，在过去的几部小说里，他曾经尝试过，而在本部作品中，较前更为娴熟恰当。二是神话寓言般的魔幻现实主义笔法，如写巴尔多梅罗前额生有一块会变色的星形斑痕，卡罗波人额头生有一块红晕，等等，使作品蒙上了一层神秘色彩，读来引人入胜，这同拉美魔幻现实主义小说几乎如出一辙。三是时空的转换和压缩。全书的情节并不一一按时间和场景顺序排列，作家往往采用倒叙、跳叙、同步以及并置等一系列新颖的时空描写手段处理，从而加深了作品的艺术效果，同时也增进了读者对于小说的参与意识。四是作家在小说中无论叙事写人、状物绘景，都由一个叙述者客观地、不加议论地进行镜头摄取或笔头记录，然后加以播发或报道，其中的是非曲直，给读者以极大的思索和判断空间。当 21 世纪开始时，在墨西哥有大知识分子吗？"我认为很少，只有卡洛斯·富恩特斯留给了我们，他是一位 360 度的知识分子。"（埃曼努尔·卡瓦略，墨西哥著名学者）

"富恩特斯是 20 世纪以来世界纯文学的标杆。"（陈众议）富恩特斯每一部作品几乎都在变化，在漫长的创作生涯中，像一个雕刻家不断给自己寻找新的创作材料和新的图案。在富恩特斯的每一部作品中，从史诗《最明净的地区》到充满疑问的《换皮》，从充满诗性智慧的《圣地》到异教的《生日》和鸿篇巨作《我们的土地》，富恩特斯多次为自己设定全新的、雄心勃勃且大胆的目标。在他的几乎所有的小说中，墨西哥作家用语言和结构进行实验，并开发了具有创新性和挑战性的人物塑造技术。

从作品《换皮》的主题和结构建立的基础可以看出创造性原则是他的所有小说的特征。他的作品比其他任何现代拉美小说家更富创造性，展示了艺术的自我重生能力。在他的第一部重要作品《最明净的地区》中，富恩特斯致力于对 20 世纪墨西哥社会的一切阶级和种族进行完整的描写，从波菲里奥执政时期的贵族阶层到永远受压迫的阿兹特克土著平民，包括知识分子、新兴贵族和资产阶级。这五百页的小说的结构是松散的、杂乱的、零碎的，且千变万化的 —— 这样的结构反映墨西哥社会革命后处于一种恒定的张力和不断的变化中。在不断的发展和人物形象的不断积累基础上，作品《最明净的地区》体现了 1910 年革命后一个国家的新生。因此，在西班牙征服后的数个世纪，墨西哥仍处于痛苦的自我对抗和自我定义中。富恩特斯的习惯是反思自己，设定新的问题，让创作的内容和形式处在变化之中。所以，笔者觉得富恩特斯始终是一个稳健的行者。和他的小说中人物一样，富恩特斯是一个目光敏锐的观察家，把一切看在眼里，恰似西恩富戈斯。"一切都被西恩富戈斯看在眼里，他审视墨西哥的历史进程，思考墨西哥的民族危机，憧憬墨西哥的明日曙光。从他一双黑亮的眸子里，看似沉稳的外表下迸射出激越的光芒：我的祖国需要革命，此前烈士的鲜血已沦为资产阶级的天梯，梯的两侧，男人仍在打苦工，女人仍在苦持生计；我的人民需要革命，他们勤劳，他们善良，他们不安，他们焦躁，他们理应得到的，比他们以为的还要多。"[1]

生态整体主义强调人与生态和谐共生，主张将"人类的物质欲望、经济的增长、对自然的改造和扰乱限制在为生态系统所承受、吸收、降解和恢复的范围"[2]。如雷切尔·卡森在《寂静的春天》中并未停留在描述大量使用杀虫剂（DDT）而引发的无生机的春天、批判杀虫剂（DDT）对鸟类、植物、野生生物的危害的层面，而是要通过这些描述和批判呼吁人类社会要走上人与自然和谐共生的生存样态，实现从人类中心主义向生态整体主义的价值过渡。卡森认为："地球上的植物是生命大网络的一部分，一种植物与其他植物之间、植物与动物之间有着密切的、不可分割的关联……如果我们还打算给后代留下自然界的生命信息，就必须学会尊重这个精美

---

[1]　卡洛斯·富恩特斯：《最明净的地区》，云南：云南人民出版社，1993 年，第 191 页。

[2]　罗尔斯顿：《哲学走向荒野》，长春：吉林人民出版社，2000 年，第 159—160 页。

细致但又十分脆弱的自然生命之网，以及网络上的每一个联结。"[1] 生态整体主义维度下人的精神异化的消除，构建诗意栖居赖以存在的精神家园。生态环境的恶化与人的精神异化是同一问题的两个不同表现域。在发展至上的现代文明中，除了自然生态成为发展的牺牲品外，人自身也沦落为发展的工具。科技的日新月异、泰罗制式的管理日益精细，让人从传统社会中日出而作、日落而息的与自然和谐共生状态逐步碎片化和单向度化。科技主义、消费主义、经济主义等现代价值形态逐步消解了日常生活的意义和精神世界的丰富性。人们日渐成为科学技术的附庸和现代管理的奴隶。精神的"离乡"和"无根"成为现代人的真实写照，出现了"肉身安顿在巨大的建筑之中，而精神却找不到归宿之所的异化现象。这种异化现象产生的根源在于世界范围内乡土社会（乡土社会是自然经济主导的社会，很大程度上处于生态整体主义的存在状态）的解体和血缘家族纽带的丧失"[2]。而且，精神家园的迷失会随着全球化的扩张在世界范围蔓延，海德格尔论述："大地在精神上的沦落已前进得如此之远，以至于各民族已处于丧失其最后的精神力量的危险之中，而这种精神力量恰是使我们有可能哪怕只是看见这种沦落和评估这样的沦落。"[3]

生态文学正是通过对自然灾难不同视角的描述和揭露，让现代人能够正视人类中心主义行为模式和发展样态的缺憾和不足，自觉抛弃现存的无视自然环境和生态平衡的无限发展模式，走上经济增长以自然承受为限度、社会发展以生态修复为准则的绿色发展之路。面对精神世界的沉沦，生态文学给予人重新回乡的契机，生态文学通过对现代社会中被人遗忘的生态自然和生存最初样态的描述，召唤人重新思考生命的意义和存在的价值，让人从无边物欲中获得安宁。从而，人与生态和谐共生，构建人类社会生态层面的诗意栖居。难怪当代著名智利作家何塞·多诺索在读了《最明净的地区》之后，深深地被小说的全景式描写、抒情的文笔以及发人深省的、关于自然和社会生态的思考所折服。多诺索所看到的，是一颗将要在拉美乃至世界文坛产生巨大影响的璀璨的文学之星，而后来的事实果真证实了多诺索是别具慧眼的。

---

[1]　Carson Rachel: *Silence Spring, Houghton Mifflin*, 1962, p. 64.

[2]　王岳川：《生态文学与生态批评的当代价值》，《北京大学学报（哲学社会科学版）》，2009 年第 2 期，第 131 页。

[3]　海德格尔：《形而上学导论》，北京：商务印书馆，1996 年，第 38 页。

第二节 《阿尔特米奥·克罗斯之死》的复调与狂欢

一、复调的叙事结构

作者对墨西哥现实的抨击与批判在他的下一部长篇小说《阿尔特米奥·克罗斯之死》（*The Death of Artemio Cruz*, 1962）中得到进一步的体现。《阿尔特米奥·克罗斯之死》于魔幻写实风潮方兴未艾之际面世，成为拉美文学"爆炸时期"小说创新技巧的代表作。小说围绕男主角阿尔特米奥·克罗斯一生来叙述——一个处在国家革命运动中的投机分子，为利益不惜背叛祖国，最后也在国家得以重新建构的契机中毁灭死亡。小说以一个前革命者阿尔特米奥·克罗斯的出生、成长、投机、发迹直至死亡的人生经历作为线索，以墨西哥近百年的历史为背景，勾画出一个变化中的国家发展的全貌。富恩特斯在接受韦斯的采访中就明确表示："文学一向存有政治元素，因为我们是政治动物，因为我们生活在社会里……因此，对于我来说，我的政治关注是真实的，是种聚集人民的方式，与人民建立关系。"当韦斯问他："就你的政治关注而言，这是否好像就是拉美文化身份的主线？"他回答说："是的，是的，是的。"[1] 对于历史，他说："门后的东西也可以是历史……在现实的表象后，在世界也在拉美背后，存有另一种现实。"这种现实基本上就是马尔克斯和卡彭铁尔（Alejo Carpentier）和诗人们也在说的东西。因为"发现真正的现实就是我们的问题了。努力发现真正的现实之过程，就是给那现实增加些东西，增加点新的东西。不是复制现实，而是给现实增加点什么"[2]。富恩特斯的意思显然是说，历史与现实一样，都不是大写的、唯一的，而作家的任务就是要发现和反映立于历史和现实背

---

[1]　Weiss Jason: "An Interview with Carlos Fuentes", *The Kenyon Review 5.4*, 1983, pp. 112-113.

[2]　Weiss Jason: "An Interview with Carlos Fuentes", *The Kenyon Review 5.4*, 1983, pp. 113-114.

后的东西。这不能不说是后现代主义的历史观和现实观了。

作者试图通过一个"革命者"的一生经历剖析墨西哥革命失败的各种因素，而将主人公的死亡的时间安排在 1959 年，寓意一个"革命"—— 资产阶级革命——的死亡，而另一个革命——爆发在同一年的古巴的社会主义革命——的成功。主人公不只是作为作者描写的对象或客体，并非是作者思想观念的直接表现者，而是自我意识的主体。作者写了阿尔特米奥·克罗斯的几个侧面，在家人爱情中人性的一面，为了政治目的兽性的一面等。各个断面自由组装，用联想感觉进行穿插，作者笔下的人物，是破碎的完整体。作品中有众多各自独立而不融合的声音和意识，每个声音和意识都具有同等重要的地位和价值，这些多音调并不用在作者的统一意识下层层展开，而是平等地各抒己见。每个声音都是主体，议论不局限于刻画人物或展开情节的功能，还被当作是另一个人的意识，即他人的意识，但并不对象化，不囿于自身，不变成作者意识的单纯客体。卡洛斯·富恩特斯的世界，根本上是属于个人的世界。

小说具有对话性。米哈伊尔·巴赫金较早提出了小说对话性质的思想，他认为"任何一个表述就其本质而言都是对话"，一部小说"有着众多的各自独立而不兼容的声音和意识，由具有充分价值的不同声音组成真正的复调"。巴赫金的复调小说是一种全面对话和多声部性的小说。小说中，多角度观察、多叙述者、多声音（或复调）、多样杂糅的结构、多元变化的技巧构成了后现代的平等对话的狂欢化叙述机制。这种后现代伦理的叙事形式拆除了具有中心指涉结构的传统叙事的整体性、同一性，宣告元话语与元叙事的失效。拉美后现代主义小说家卡洛斯·富恩特斯在其"最为全面、最为完美、成就最为显著的小说"《阿尔特米奥·克罗斯之死》中，通过视角转换、意识流动、符号跳跃、时空错乱、语言实验和意象多义性等多元化创作手法，打破了传统的现实主义和现代主义叙事形式，表现出颠覆性和大众性的后现代艺术特征，用后现代语境下的语言的狂欢化，描写英雄末路、孤立无援、备受压抑的生活现状和人被异化的现实。

超现实主义的艺术手法融入作品中：幻想、想象、意识流、沉思与白日梦等与现实混杂在一起，巧妙地将现实主义细节描写和后现代主义艺术手法相融合。此外，作者通过内聚焦、隐蔽的叙述者和对叙述时间的灵活处理上，揭示人物的"心理真实"，将自己对世界的感受与作品中的人物形象融合在一起。这种狂欢化叙事揭示，阿尔特米奥·克罗斯所处的是一个以自我为中心的错乱的世界：身为病人，克罗斯的心智无比清醒；医师拿着病人的钱去投资龌龊的生意；男人渴望家庭、爱情，女人却只想找到遗嘱，分得财产，去寻找下一个伴侣；最后克罗斯感觉到人生幻灭，生不如死。

在这部"把许许多多人类命运之线捡起来，汇集成只有一种想法的线"的小说中，富恩特斯通过对体裁的戏仿、复调、真实与虚构并置、反体裁写作等艺术手法，表现出"鄙俗化"和"种类混杂"的写作倾向，"在这多元的现实，所有文体辩证地出现在一种现在与非现在、同一与差异的交织之中"[1]。他通过戏仿、反体裁写作等艺术手法，力求解放现代文明和权力机制的压抑，改变死寂世界中荒诞的现实，并对命运、无常和死亡等形而上的哲学命题进行了深刻的阐释和重构。他的笔下展示了一个破碎、不稳定、怪诞的小说世界，小说中的人物变成了狂欢节上的"小丑"，上演着加冕与脱冕的狂欢节仪式，实现了现实世界的狂欢化。小说中不存在一个至高无上的作者的统一的意识，也不按照这种统一的意识展开情节、人物命运、性格形象，而是展现具有相同价值的不同的意识世界，表现出典型的复调或者多声部特点。小说结构大胆，成为复调小说的典范之作。在一次采访中谈到墨西哥（含拉美）与美国的不同，他认为：①"较之任何拉美国家，美国的单一性更多"，而拉美人较之其他"更不容易被同化，原因很简单……他们不会轻易放弃自己的文化或语言。瑞典人、波兰人、意大利人甚或非洲人则非常不同，他们与主流同化。但拉美人却困难得多"。②美国这个"大熔炉"趋于培育单一文化，因为"美国的统治阶级趋于相信，正是在一致化中，并在一致化中的原子化里，你获取了权力"，但是墨西哥却"非常注意与很多文化、很多时期共存。它是个多历史时期、多不同文化共存的国家"。[2]

这部"描绘人性喜剧的非凡之作"中，表现了酒神与死神共舞、爱欲与死欲交织、喜剧与悲剧并存的独特风格。在解构了现实主义小说的严肃性和权威性，颠覆了现

---

[1]　Hassan Ihab: *The Postmodern Turn: Essays in Postmodern Theory and Culture,* Columbus, OH: Ohio State University Press, 1987, p. 170.

[2]　Weiss Jason: "An Interview with Carlos Fuentes", *The Kenyon Review 5.4*, 1983, pp. 109-110.

代主义小说"为艺术而艺术"的创作思路后，卡洛斯·富恩特斯另辟蹊径地进行了别出心裁的后现代语言实验和语言游戏。在其表现爱与死、悲与喜、迷醉与癫狂的文本世界中，富恩特斯尽情演绎着各种人生，以喜剧性的语言揭露现实的悲剧性。

富恩特斯小说中后现代的狂欢化叙事在形式上突破传统，勇于创新；在主题上表现了作家对当代社会的后现代伦理关怀，揭露了人的物质享受与精神贫乏的矛盾，批判了资本主义革命不彻底、经济文化发展不平衡、传统陈规陋习等诸多因素纠缠难产导致的社会畸形、怪诞、不公正。和《最明净的地区》一样，小说反映的也是墨西哥革命的问题。不同的是，他表现的主要是革命中和革命结束时的墨西哥，而不是革命后几十年的墨西哥；具体内容也不是描写墨西哥城社会各阶层众多人物的生活和命运，而是深入一个人即垂死的主人公阿尔特米奥·克罗斯的内心，描述他一生的十二个故事。通过他一生的经历概括 20 世纪墨西哥的历史进程。

小说的叙述形式别具一格，仿佛坐在主人公的床边静听他对往事的回忆。在临终前的十二个小时里，阿尔特米奥·克罗斯追忆了他一生的十二个关键时刻。每个时刻他都面对几种选择，而他做出的每一种选择都要付出一个人或一种理想的代价。如果他在某个时刻做出相反的选择，他的将来就会截然不同。

如果抛开细节和颠倒的时序，作品的故事是这样的：阿尔特米奥·克罗斯 1889 年出生在海湾附近一座咖啡园的一幢茅屋里，但被双亲抛弃，由舅父卢内罗抚养成人。革命爆发后他参加了革命军，不久升为军官。这期间，他同雷希娜有过一段短暂的恋情，但他后来被捕，再也没有和她重逢。在被处决前，他打死了上校，获得了自由，后来他按照他的战友贡萨洛·贝尔纳尔生前的意愿，去他家看望他的父母，把他的死讯告诉了他们。他受到贝尔纳尔一家的热烈欢迎，并很快博得他们的女儿卡塔利娜的好感和爱情。结婚后，他代替她父亲管理家产，随后又不择手段地占有了周围大片的土地，成为称霸一方的大地主，他不满足于地方上的权势，没过多久就变成了墨西哥城的巨商，当上了国际议员。他的儿子洛伦索是他的欢乐、他的希望、他的青春和精神的象征。洛伦索奔赴西班牙战场，和共和派并肩战斗，不幸身亡。得知这一消息后，克罗斯便一蹶不振，醉生梦死地消耗岁月。他的婚姻早已无爱可谈，夫妻之间的怨恨日深一日，卡塔利娜不得不带着女儿特雷莎离开他。他不甘寂寞，和情妇莉莉娅一起到处抛头露面。对他来说，生活已毫无意义可言。他变得愈来愈不顾廉耻，愈来愈专横，结果人们连他的名字也不屑一提。事实上，对他来说，除了死亡，他已一无所有。最后他病魔缠身，等待死神的来临。

作者塑造的这个人物颇具典型意义。20世纪初爆发的墨西哥革命声势浩大，横扫一切。阿尔特米奥·克罗斯这个有几分傻气的农民居然成了革命者。在战斗中，他流了血，立了功，当上了军官。但同时也学会了投机取巧，在生死关头他凭着自己的勇气和机智死里逃生。在兵荒马乱的年代，他的野心迅速膨胀，利用和死去的战友的关系攫取巨额财产，并趁土改之机非法侵占大量田地，进而打入首都的经济界，成为有权有势的工商巨头和官僚。显然，作者所精心刻画的，是一个投机革命的不折不扣的野心家，是随着革命的洪流泛上来的社会渣滓。由于革命缺乏明确的纲领和正确的领导，难免被野心家利用，把革命作为牟取私利向上爬的阶梯。正是由于这样一批人的存在，革命的成功才付诸东流，才不能彻底完成革命的使命。

由于小说主要是描写主人公对其一生的回忆，所以涉及其他人物时，作者往往轻描淡写，例如，主人公的妻子卡塔利娜，作为一个女人，她既坚强又软弱，既桀骜又顺从。她接受了克罗斯的抚慰和爱情，但是对他并不了解，不由得自问："这个魔鬼是什么人？这个对一切都了如指掌，把一切都据为己有，把一切都毁掉的人，是什么人呢？"她对他存有戒心，听到他那些鬼话并不信服。最初她对他怀着一种既蔑视、内疚又渴望的复杂心情。随着岁月的流逝，内疚和渴望烟消云散，只剩下了蔑视和憎恨。她不能再忍受，便毅然地和他一刀两断。这是一个在农村长大、享受过城市舒适生活却具有叛逆性格的女性。

与作品《最明净的地区》的结构进行对比，我们就更清楚地理解《阿尔特米奥·克罗斯之死》的结构。结构在《阿尔特米奥·克罗斯之死》中是非常重要的。富恩特斯的大多数小说是以一个更为开放的方式组合在一起，但这儿结构浅显可见，如文学的骨骼，有时甚至像叙述基础上的一件紧身衣。结构不仅是描述克罗斯人物特征的媒介，也是主人公的个性品质。所有这三种叙事语态反映克罗斯思想的不同方面，象征着他的迅速崩溃的自我。起初，克罗斯卧病在床，被迫需要女儿救济，反映了一种奇怪畸形的自我。克罗斯的夺取钱财和象征性的精神扭曲勾勒了整部小说的结构，他的自我形象体现在小说的各个部分。叙事结构很大程度上象征着克罗斯永远无法超越自我的狭隘界限。值得注意的是小说很少使用第三人称复数和第一人称复数。"我们"被用在小说叙述中，但用得很少。事实上，"我们"的形式被减少使用，然而确实是一个关键的词。在使用第一人称的部分"我们骑着马穿过那条河"中反复提到。这个短语在整个叙述中显得模棱两可，概念模糊，但最终提出和阐明了克罗斯整个生命的几分钟的自我超越和精神交流。

这两部小说的主角都被卷入了1910年的革命，但却没有真正理解革命斗争的原因。在革命的军事阶段结束后，两人都设法让自己站在胜利的一边，利用他们的特权地位建立金融帝国。印第安人罗布莱斯，作品《最明净的地区》的主要人物，模仿了他曾推翻的独裁者，而不是承认自己对普韦布洛人的责任。混血儿克罗斯也否认他的起源，和波菲里奥执政时期一位贵族的女儿结婚，压迫和剥削农民，在新的独裁者企图扼杀革命的程序面前贬低自己。然而在结构上，对比《最明净的地区》，《阿尔特米奥•克罗斯之死》组织严密，甚至于过分结构化了。在《阿尔特米奥•克罗斯之死》中每个片段的叙事，每一个事件，每一个主题都直接或间接地与主人公的生命或死亡相关。它由一个不变的"你我他"模式贯穿整部作品。富恩特斯在这部小说中的一个主要目标是创造一个单一的角色，强大和复杂得足以令人信服，不仅作为一个个体，同时也作为一个国家的象征。在《最明净的地区》中，他创造了一系列的人物不仅仅是作为个体的人，也是对革命后的墨西哥的一个消极象征 —— 犹豫不决，最后愚弄智慧的萨马科纳，傲慢的和唯物的罗布莱斯，敏感而自欺欺人的艺术家罗德里戈•波拉，暴发户诺尔玛•拉腊戈蒂，和母亲罗森达•波拉之死（象征墨西哥国家吞噬自己的孩子）。《阿尔特米奥•克罗斯之死》代表一个巨大的人工合成和多样化，墨西哥国民性格矛盾的方面被压缩成一个人的个性，他既是西班牙征服者，作为神，也作为革命的理想主义者，作为剥削他人的大庄园主。克罗斯的生活是精心计划的，包括在20世纪墨西哥历史的关键情节 —— 从权力斗争的革命和有时代特征的军事阴谋到20世纪50年代的劳资争议。

富恩特斯的小说是无情节的。在时间上，克罗斯的生存的期限已被确定，他将无法活得更久。随着他躺在病榻上，他的物质生活空间也已固定不变。没有传统的叙事发生、高潮和结局，也没有按时间顺序进行叙述，而是透过克罗斯的灵魂，去戏剧化他在生命的最后一刻所展示的生命的意义。克罗斯的内心逐层得到流露，并通过三元结构体现他性格的复杂性。叙事捕获和投射了意识流，它的叙述不是线性的和有逻辑性的，而是充满联想的和跨时间域的。在叙述人称上的不断转变分别代表了现在、过去所想象的将来以及过去的历史，这种转变是通过语言媒介尝试去阐释，同时还有心理的活动，多层次同时进行，各种感知、觉察、回忆和想象的叠加。叙事的正式的设计，其严格的三维进展，构成一种尝试去把精神意识混乱强加于叙事形式。虽然读者被迫跟随没有按照时间顺序记叙的生命的历史，以一种直截了当的传记的方式，而且断断续续的，回到遥远的过去又突然立刻回到现在，但稳定不变的第一第二第三人称节奏使读者能跟踪和衡量叙事流。因此，内在的、精神世界的杂乱对读者是有意义的。富恩特斯语言的外在特征的进展上是描述性的，在克罗斯潜意识的唤起上是分析型和概念型的，在他的垂死意识上的呈现是崩解性和戏剧性的。用第二人称叙述的漫长的、复杂的、令人费解的句子与断断续续的、过分重复的杂乱的第一人称独白相比，后者语言被分解去传递杂乱，直至最终克罗斯意识的麻痹瘫痪。详尽抽象的第二人称叙事语言与具体的、感性的印象与感觉流进行对比。语言的个体经验与语言的哲学和道德评价相结合，与永恒的行动的叙事相结合，提供一个对人物性格和一个国家的深入写照。而且，通过心性的叙述，克罗斯的生活不仅与20世纪的墨西哥社会和道德的发展相连，而且关系到凡人生存的痛苦。

小说写的是一个老人的回忆。此人已年迈昏聩，病入膏肓，行将归天。他的思想、意识、神志自然不会那么清醒。而且他不止一次失去知觉，有时连撒尿和吃东西也不知不觉，即使醒过来也"不愿意睁开眼睛"，"不想说话"。在这种情况下，他不可能进行有条有理、合乎逻辑的思考和回忆，而只能是没有理性、缺乏逻辑的。他的回忆，他的追溯，就会发生混乱，颠来倒去，从现在回到过去，从过去回到更远的过去，然后又回到现在。结果就造成了现在、过去、更远的过去、现在、不远的过去之间的交叉现象。这是神志或知觉不正常的人特有的时间感。对这种人来说，时间的颠倒、混乱和交叉是正常的、合乎逻辑的。如果把他的回忆写得井井有条、一丝不乱，反倒是不正常、不合逻辑的。

小说叙述形式上的另一个特点是人称的变化。作品写的虽然是一个人的回忆，其间却交替采用了"我""你""他"三个人称。"我"，是主人公自己的讲述，用的是现在时；"你"，是主人公心中的声音，用的是将来时；"他"，是故事的叙述者，讲的是与主人公有关的事情，用的是过去时。三个人称，三个角度，更真实、更生动、更全面地展示了人物的一生。

在小说中，作者运用了多种表现技巧：电影蒙太奇、意识流、语言的变化、人物的内心独白（用现在时）、闪回（用倒叙形式）和"将来化"（用来表现人物心灵的声音，人物在内心里用"你"称呼自己）等。特别是像阿·赫胥黎那样，把不同的时间交插在一起，巧妙地打破正常的时序。

全书共划分为十二个大段和一个序。在序中，作者简单介绍了主人公飞抵墨西哥城时的情形、他的各类财富和发迹的经过。十二个大段均以日期（年月日）为标题，标题前没有序数。如果按照惯常的方式讲述作品的故事，时间顺序应该是这样的：

1889 年 4 月 9 日、1903 年 1 月 18 日、1913 年 12 月 4 日、1915 年 10 月 22 日、1919 年 5 月 20 日、1924 年 6 月 3 日、1927 年 11 月 23 日、1934 年 8 月 12 日、1939 年 2 月 3 日、1941 年 7 月 6 日、1947 年 9 月 11 日、1955 年 12 月 31 日。

但是作者把这样的时序完全颠倒、打乱：把 1941 年发生的事情（主人公克罗斯卖国求荣，为了成为三十万美元股本的股东，不惜把矿产、林业开发权让给美国人）提到最前面叙述；然后一下子倒退二十二年，讲述起 1919 年主人公的一段历史：他脱离起义部队去已故战友贝尔纳尔家，认识了朋友的妹妹、俊秀的姑娘卡塔利娜并同她结婚，为继承她父亲的产业（一座庄园）铺平了道路；之后，时间又倒退六年，讲述 1913 年克罗斯同雷希娜相爱作乐的情形和他作为一名中尉带兵参加一次战斗的情景；讲完这一段，作者又把年代拉回 1924 年，是年主人公被选为众议员，并改进庄园管理方式，成功地扩大了土地面积；第五段的故事又跳到 1927 年：克罗斯移居墨西哥城，在首都的工业部门和政界寻找靠山，立住脚跟，他深知那里存在着你死我活、弱肉强食的斗争；第六段一下推进到二十年后的 1947 年，写农民和印第安人为保卫自己的土地和森林展开的斗争；第七段突然跳回到 1915 年，其间相距三十二年，写的是克罗斯在行军途中遭遇敌军、被击败，以及在被押往监狱的路上逃跑未成的情况，还写了克罗斯和他的朋友争论革命的意义及个人的出路；第八段的描述又拉到二十年后的 1934 年：克罗斯和他的新欢卿卿我我谈情说爱，他儿子洛伦索已经长大，父子二人骑马奔驰，共享天伦之乐；第九段的时间又往前推了五年：1939 年，即西班牙内战爆发后两年，克罗斯的儿子洛伦索奔赴西班牙，和共和军并肩战斗，不幸牺牲；第十段的时间是"现在"，即主人公病危卧床的 1955 年，这一段描述了克罗斯晚年举办的豪华家宴，客人们无所不包的言谈，以及他在病床上对过去、目前、自己的病体、遗嘱、死去的亲人、死亡和复活等的思考；第十一段又跳回到五十多年前，写独裁者桑塔·安纳党政，卢内罗和他的外甥小克罗斯以制蜡烛和独木舟维持生计，广大农民生活困苦，统治者却骄奢淫逸，巧取豪夺，无恶不作；最后一段倒退到最久远的 1889 年：简单地描述了克罗斯呱呱坠地的情景。

这就是作者在小说时间或年份的顺序上所做的颠倒、跳跃和交叉的游戏。如果正常的顺序是：1、2、3、4、5、6、7、8、9、10、11、12 的话，那么，经过颠倒和交叉后的顺序就变成了：10、5、3、6、7、11、4、8、9、12、2、1。

由于时间不断变化，小说的场景或画面也随着发生变化，造成乱和迷惑的感觉。因为前者在改变时间时不做任何交代，全靠读者自己去分辨。而这部作品却不然：它在每个大段前面都十分醒目地标出了日期，一开始就告诉读者每段的事件发生在何年何月何日。这样，当时间和场景发生变化时，读者不会觉得眼花缭乱，目不暇接，而会感到布局清晰，乱中有序。

那么，既然标出了事件发生的日期，为什么还要将时序颠倒，把年份交叉起来呢？一个叙事学的可能解释是：《阿尔特米奥·克罗斯之死》由阿尔特米奥·克罗斯的回忆拼接而成，体现了回忆叙述的不可靠性、碎片化以及选择性的特点。阿尔特米奥·克罗斯为了证明在新的社会价值体系下自己是一位杰出的管家，借由回忆叙述的方式，对历史事实进行了碎片化处理和选择性叙述。过往的历史以碎片的形式，跳跃式地呈现出来。同时，由于回忆的模糊性，历史事实在阿尔特米奥·克罗斯的叙述中也呈现出不可靠性。这不仅体现了回忆的组织特点，同时也反映了阿尔特米奥·克罗斯叙述时的不直接与遮遮掩掩。回忆叙述在整个叙事中成为了小说不可或缺的主题，一方面凸显了所选择事件在阿尔特米奥·克罗斯心中的地位，使读者看到他终于有勇气直面自己的内心世界和对妻子们的爱，对自己的判断也趋于客观；另一方面也模糊了不同事件间的界限，使回忆中弥漫着沧桑的历史感。阿尔特米奥·克罗斯借助对过去时光的回忆，重新构造了一个世界，一个供作者本人站在客观角度上对历史进行重新审视的世界 —— 精明强干的弃儿阿尔特米奥·克罗斯因参加墨西哥革命（1910—1917）在战后逐渐营造出一个庞大的资本帝国，但唯一的儿子却在西班牙内战中为理想献身。他富可敌国，一生中的幸福却极为短暂，稍纵即逝。最后陪伴他的妻子恨他，也唆使女儿恨他。他的死是一种孤独的、了无牵挂的死，与他意外的、没人期待的出生恰成对照。墨西哥革命只是本书特别的背景，它的主题还是反思阿尔特米奥·克罗斯这位野心家的生平。他念念不忘的不是他的产业，而是他生命中的四个女人：初恋、妻子、情人和包养情人。这些人出现在他生命中的不同阶段，非常奇妙地诠释了野心家生活的全部意义，既有力量又极其虚无。只有女人才使他品尝到人生的滋味，但也只有一种滋味，那就是孤独。

全书核心部分主要内容是这样的：

阿尔特米奥·克罗斯已处于弥留之际，虚弱的身体被疾病折磨着，痛苦不堪。他一次次地被腹部剧烈的疼痛弄醒，感觉就好像有人将一把匕首插进他的胃里一样。随之而来的就是一阵阵的呕吐，直到吐血，地毯也被弄得污秽不堪。电话终于拨通了，家人和医生纷纷赶到。医生替他做了检查，认为是肾炎引起的腹痛，需要马上注射吗啡，但他又不敢确定，坚持要征求其他医生的意见。而这时的克罗斯已经神志不清，不断喃喃自语。他几乎失去知觉，甚至需要用手指去碰碰脚趾才知道脚还在。他渐渐感到自己的身体已随着疼痛而慢慢死去，而大脑却变得越来越清晰，好像意识已与身体分离。他想起了自己曾经年轻的身体……脑海中浮现出过去他和儿子洛伦索一起骑马的情景：太阳下，两人纵马疾驰。渐渐地，疲惫的他慢了下来，远远地望着儿子矫健的背影；水塘边，马儿在嬉戏，他和儿子也相互追逐打闹着，儿子装作打他的肚子，他弄乱儿子的头发，父子俩摔倒在草地上，笑得喘不过气来……海滩上，儿子在浪花中快乐地奔跑着。大海，静谧而神圣，对克罗斯来说，它就像一个精灵，真实而又好像不存在。到底是什么东西让他心绪难平，让他带着儿子又回到了克库亚呢？……回忆再一次被疼痛打断了，他的大脑又陷入了混乱……

时间回到了 1939 年 2 月 3 日，内战中的西班牙。

儿子洛伦索远赴大洋彼岸，参加了国际纵队，加入到了如火如荼的保卫共和国的战斗中。而此时，他与战友米盖尔掉了队，正隐藏在一个屋顶平台上，等待着天黑后安全些再撤离。对面的村庄和教堂已是一片废墟，惨不忍睹。远处的天空中不时传来阵阵的枪炮声。两人点着香烟，低声哼唱着，打发着时间。夜幕降临了，他们悄悄地摸着黑下了楼，正巧碰上了三个女民兵战友：劳拉、努丽和玛丽娅。米盖尔告诉三个姑娘他们必须绕路通过一座大桥后才能到达边境，再到法国。于是五个人趁着夜色出发了。路上，劳拉问洛伦索是从哪来的，他说是从墨西哥。这时，劳拉那像大海一样深邃而动人的眼睛望着他，而他也望着她那被冻得通红的美丽的面庞。爱的火花瞬间在两人之间迸发，两只手牵到了一起。他们穿过了大桥，由于极度疲惫，决定在山脚下露营。篝火旁，洛伦索和劳拉互诉着衷肠。劳拉告诉他，她是跟着她的男朋友上前线的，他们原来是同学。但后来他被敌人杀害了。洛伦索给她讲起了故乡墨西哥的生活：那有着奇怪名字的各种各样的水果；清晨在海滩上骑马时，夹杂着绵绵细雨的海风吹来，那无法形容的快乐……其他人都已酣然入睡，而这对情人却难以成眠。

天亮后，一行人开始翻越大山。洛伦索在给父亲的信中写道："山的那头就是法国了。到时候我要好好地睡一觉，美美地吃一顿。你会感到高兴的，因为有一个人也和你一样曾经战斗过。不过这场战斗就要结束了，我要开始新的一切。等我回去就把所有的事情都讲给你听……"但是，灾难发生了。正在他们和许多农民赶路的时候，飞机来轰炸了。大家都卧倒了，只有洛伦索举枪射击，无情的弹片击中了他。任劳拉如何痛哭着呼唤，他再也无法睁开双眼，再也无法带他心爱的姑娘去骑马，去看大海了……

以上节选部分基本上没有涉及作品的主线，即阿尔特米奥·克罗斯的一生，只讲述了两个片段：克罗斯的弥留之际和他的儿子洛伦索在西班牙战斗和牺牲的故事。这两部分以及其他一些小的片段以时间闪回的形式和电影蒙太奇的形式融合在一起，而整体上又都属于克罗斯的回忆，因而给人一种整体感。第一部分中我们看到了病床上老态龙钟的克罗斯。他由于生命垂危，思维也变得不清晰了，于是在这部分作者使用"我"作为叙事人称，采用了意识流和内心独白的写作方法，打乱了符合逻辑性的正常语序，所使用的语言给人感觉是混乱的，甚至有些地方是语无伦次的，经常同时出现一些完全没有关系的事物和片段，这完全是处于昏迷状态的人所发出的重复的呓语或梦中之语；而且出现的场景也是杂乱无章的，各种人的话语相互交错，这些读起来都令人摸不清头脑，但却是非常真实的。另外，在这一部分中，叙事人称和叙事时态发生了变化：开头描写克罗斯被病痛折磨时使用的是"我"，并且用现在时来叙述，于是给读者以身临其境的感觉；接着在他对儿子的回忆中则变成了使用"你"这个模棱两可的人称，并用将来时来叙述，这样便增加了回忆的模糊性、不确定性。此外，这种人称和时态的转换还经常出现在一些局部中。这些空间和时间视角的转换是恰到好处的，不仅有利于故事的展开，还丰富了小说，抓住了读者，给人以生动之感。第二部分比起前一部分的主观气氛更偏重于以一种抒情的语气客观地叙事。爱情的美好与战争的残酷形成了鲜明的对比：读者刚刚还沉浸在洛伦索和劳拉之间深深的爱情中，接着这份动人美好的陶醉就突然被无法接受的情节所击碎了——炮弹夺去了洛伦索年轻的生命。矛盾迅速激化，引起了人们对战争无比的厌恶和仇恨。另外，米盖尔这个人物也很有特色：他是一个成熟而坚强的战士，怀有崇高的理想。宿营时，他讲起他是如何加入国际纵队，又是如何学会战斗的。他说，光是勇敢是不够的，还要学会保护自己，这样才能继续战斗。另外还要学会战胜自己。他大骂无政府主义者，因为他们只知道破坏；他还骂那些投机商，他们许诺提供给共和国武器，而暗地里又把武器卖给弗朗哥。当看到战友牺牲时，他第一次流下了热泪，并鼓励别的战友继续战斗。这都使人物形象栩栩如生。

长篇小说《阿尔特米奥·克罗斯之死》是墨西哥 20 世纪伟大的小说家卡洛斯·富恩特斯的代表作。它反映了墨西哥 1910 年革命战争和战后的情况，深刻地触及了墨西哥的社会政治制度问题，其重要性一直受到世人的关注和推崇。《阿尔特米奥·克罗斯之死》是一部精神小说；外部事件作为阐明中心章节的背景是非常重要的，因此，只有那些与垂死的主角相关的外部事件才会被诱发。过去被生动地纳入到现在，作为克罗斯试图通过延长生命的事件超越凡人的生存界限。在作品《阿尔特米奥·克罗斯之死》中，经历死亡不是被赋予了理智，而是被戏剧化，通过使用第一人称直接的内心独白，授予了一种直接的强有力的叙事。叙事结构投射了克罗斯的个性不仅是一个多样性的自我也是一个矛盾的自我，永远无法融合，实现自我超越和救赎的统一。相反，在第一人称叙事间有一种持续的对抗，在自我提升，你和第二个人的独白无情地探测出主人公的不足之处以及他的未实现满足的本性。小说通过对克罗斯无情的审查和批判，证明他道德的缺失。第二人称独白是最复杂的叙事形式，它有这样几个功能：改变自我、良心的声音（个人和国家）、潜意识和自我超越。托马斯·曼说过，一部小说应该把许许多多的人类命运之线捡拾起来，汇集成只有一种想法的线。"我""你"和"我们"因为想象力的缺乏而干枯、分离了。卡洛斯·富恩特斯坦言："我理解了曼的这些话，很多年后在写作小说《阿尔特米奥·克罗斯之死》

时，我把这三个人称合在了一起。"

二、"狂欢化"世界感受

狂欢是文学理论和文化研究中的一个重要术语，主要来源于巴赫金的"狂欢化诗学理论"。巴赫金在研究陀思妥耶夫斯基以及拉伯雷、塞万提斯等文艺复兴时期作家的作品中提出了狂欢化诗学理论，以他的博士论文《拉伯雷的创作和中世纪与文艺复兴时期的民间文化》为代表。"狂欢"在这里有"颠覆""融合"的意思，狂欢主要针对群体的精神状态，在民间文学中观众与演员之间的界限模糊，个体地位的升华形成了群体狂欢的局面。正如由狂欢化诗学而来的复调理论中指出的那样，人物失去主人公色彩，每一个个体都成了一个独立而鲜明的主体，个人的行为不受群体支配，甚至不受作者本人思想的控制，独立地展示自我个性。在这种人人独立地展示个性的情况下，群体呈现多声部效应，达到一种群体狂欢的局面。颠覆等级制度是民间文化的一个重要现象，巴赫金在狂欢节研究中发现，"狂欢节遂成为完全独立于教会与国家的真正全民广场节日的象征和体现"。在狂欢仪式中，等级、权威概念消失，"决定着普通的及非狂欢生活的规矩和秩序的那些法令、禁令和限制，在狂欢节一段时间里被取消了。首先取消的就是等级制度，以及与它有关的各种形态的畏惧、恭敬、仰慕、礼貌等，亦即由于人们不平等的社会地位等所造成的一切现象。人们相互间的任何距离都不再存在；起作用的倒是狂欢式的一种特殊的范畴，即人们之间随便而又亲昵的接触"。在这里等级制度和社会礼仪让位于个人的自由，个人的行为及思想的放纵导致了群体狂欢的局面，表现为语言的混乱、非逻辑性、世俗化、粗鄙化，行为上癫狂忘我，思想上自由放纵。从内在的本质上来讲，狂欢体现了人类最原始的生存观，"狂欢式是几千年来全体民众的一种伟大的世界感受。这种世界感受使人解除了空寂，使世界接近了人，也使人接近了人（一切全卷入了自由而亲昵的交往），从而深刻领悟到人生的本质所在……"由此可见，狂欢注重的是群体的一种行为与思想状况，这种群体的思想状况来源于个人思想的一种解放，在达到群体思想解放之后，个人又在这种群体的解放之中领略到人的本质意义以及在群体狂欢下的个人的狂欢体验。狂欢式——是没有舞台、不分演员和观众的一种游艺。在狂欢中所有的人都是积极的参加者，所有的人都参与狂欢戏的演出。人们不是消极地看狂欢，严格地说也不是在演戏，而是生活在狂欢之中，按照狂欢式的规律在过活，只要这规律还起作用。

> 他（阿尔特米奥·克罗斯）可以提醒他们，他们的真正的名字是什么……假装的破产……事先通风报信的货币贬值……哄抬物价的手法……金融的投机倒把……新的大庄园……按字数行数贴钱的新闻采访……虚报造价的公用事业工程合同……竞选巡回旅行中的饶舌滑嘴……挥霍祖宗产业的行为……在政府各部中搞的后门交易……凭空捏造的人名：阿尔图罗·卡普德维拉、胡安·菲利佩·科乌托、塞巴斯蒂安·伊巴尔古恩、维申特·卡斯坦叶达、佩德罗·卡索、赫纳罗·阿里亚加、海梅·塞巴约斯、佩皮托·伊巴尔古恩、罗贝尔托·雷古列斯……小提琴在响着，衣裙在飞舞，燕尾服的尾巴在……他们不会谈这一切……他们要谈的是旅行和谈情说爱，房子和汽车，假期和联欢，珠宝和仆役，疾病和神父……但是他们在那里，聚集在一起，正对着那个最有财有势的人……他只需在报上提那么一句，就可以把他们置之死地或是把他们捧到天上……他可以把莉莉亚捧出来，强迫他们把她当作女主人……他可以轻哼一声，就命令他们跳呀，吃呀，喝呀……他们走近时，他可以感觉到他们的存在……[1]

换言之，人们过着狂欢式的生活。而狂欢式的生活，是脱离了常轨的生活，在某种程度上是"翻了个的生活"，是"反面的生活"。决定着普通的即非狂欢生活的规矩和秩序的那些法令、禁令和限制，在狂欢节时间里被取消了。首先取消的就是等级制，以及与它有关的各种形态的畏惧、恭敬、仰慕、礼貌等，亦即由于人们不平等的社会地位等（包括年龄差异）所造成的一切现象。人们相互间的任何距离，都不再存在；起作用的倒是狂欢式的一种特殊的范畴，即人们之间随便而又亲昵的接触。这是狂欢式的世界感受中十分重要的一点。在生活中为不可逾越的等级屏障分割开来的人们，在狂欢广场上发生了随便而亲昵的接触。亲昵的接触这一点，决定了群众性戏剧的组织方法带着一种特殊的性质，也决定了狂欢式有自由随便的姿

---

[1] 卡洛斯·富恩斯特：《阿尔特米奥·克罗斯之死》，亦潜译，北京：人民文学出版社，2011年，第329—331页。

态，决定了狂欢具有坦率的语言。

在狂欢中……人与人之间形成了一种新型的相互关系，通过具体感性的形式、半现实半游戏的形式表现了出来。这种关系同非狂欢式生活中强大的社会等级关系恰恰相反。人的行为、姿态、语言，从在非狂欢式生活里完全左右着人们一切的种种等级地位（阶层、官衔、年龄、财产状况）中解放出来，因而从非狂欢式的普通生活的逻辑来看，变得像插科打诨而不得体。插科打诨——这是狂欢式的世界感受中的又一个特殊范畴，它同亲昵接触这一范畴是有机地联系着的。怪僻的范畴，使人的本质的潜在方面，得以通过具体感性的形式揭示并表现出来。同亲昵相联系的，还有狂欢式的世界感受中的第三个范畴——俯就。随便而亲昵的态度，应用于一切方面，无论是对待价值、思想、现象和事物。在狂欢式中，一切被狂欢体以外等级世界观所禁锢、所分割、所抛去的东西，复又产生接触，互相结合起来。狂欢式使神圣同粗俗、崇高同卑下、伟大同渺小、明智同愚蠢等接近起来，团结起来，订下婚约，结成一体。与此相关的是狂欢式的第四个范畴——粗鄙，即狂欢式的冒渎不敬，一整套降低格调、转向平实的做法，与世上和人体生殖能力相关联的不洁秽语，对神圣文字和箴言的模仿讥讽等。所有上述狂欢式的诸范畴，都不是关于平等与自由的抽象观念，不是关于普遍联系和矛盾统一等的抽象观念。相反，这是具体感性的"思想"，是以生活形式加以体验的，表现为游艺仪式的"思想"。这种思想几千年来形成并流传于欧洲最广泛的人民群众之中。因此它们才能够在形式方面，在体裁的形成方面，给文学以如此巨大的影响。

在巴赫金看来，狂欢节给人们提供了一种实现集体思想的现实方式，这种方式以颠覆官方和教会的根本观念为宗旨，将神圣化的现行制度，现有的宗教、政治和道德价值、规范等一一消解。而这种颠覆与消解本身就是一种生活的方式，它是对人类节庆性的真正本性的体现。因此，狂欢节是一种"实现了的乌托邦"。"在狂欢节上是生活本身在表演，而表演又暂时变成了生活本身。狂欢节的特殊本性，其特殊的存在性质就在于此。"当狂欢式转为文学语言时狂欢化便产生了。在西方狂欢化传统几乎从来没有中断过。不过到了文艺复兴，狂欢化体现为对意识、世界观和文学的直接狂欢化。拉伯雷的《巨人传》最集中、最鲜明地体现了文艺复兴时期的狂欢化特征。对于拉伯雷这位伟大的巨人，俄罗斯著名理论家巴赫金是这样评价的：

"在欧洲文学的伟大创建者行列之中，拉伯雷名列前茅……人们一直认为他不只是一个一般意义上的伟大作家，而且是一个智者和先知……在近代文学的这些创建者中，他是最民主的一个。但对于我们来说，最主要的是，他与民间源头的联系比其他人更紧密、更本质，而这些民间源头是独具特色的；这些源头决定了他的整个形象及其艺术世界观……任何教条主义、任何专横性、任何片面的严肃性都不可能与拉伯雷的形象共融，这些形象与一切完成性和稳定性、一切狭隘的严肃性、与思想和世界观领域里的一切现成性都是相敌对的。"

在美国当代理论家哈桑看来，拉伯雷的这种"狂欢化"其实就是现如今后现代主义的基本特点。哈桑说："这个词自然是巴赫金的创造，它丰富地涵盖了不确定性、支离破碎性、非原则化、无我性、反讽、种类混杂……但这个词还传达了后现代主义喜剧式的甚至荒诞的精神气质，而这在斯泰恩、拉伯雷和滑稽的前后现代主义者那里已有所预示。的确，巴赫金所称作的小说与狂欢——反系统，可能就是指后现代主义本身。"后现代的"怎样都行"，尽情狂欢，拉伯雷显然早已先行了一步。阿尔特米奥·克罗斯可谓晚生 500 年，但其精神是一脉相承的。

> 而同时，他(阿尔特米奥·克罗斯)却在吩咐大家跳呀，作乐呀，喝呀……他在混乱的人群中寻找莉莉亚；她正在一个拐角里单独一个人静悄悄地喝着酒，嘴唇上浮现出天真的微笑，背对着那些舞蹈的假正经的信女……有几个男人出去小便……他们的手已经放在裤裆上……有几个女人出去重施脂粉……她们已经打开了花粉盒子……他狠狠地笑了一下……这是唯一引起他高兴与慷慨的事情；他静飘飘地嘿嘿轻笑……他想象他们的样子……全都一个个地在楼下盥洗室门前排着队……人人都把膀胱里盛满了的高级液体全排出来……人人都把经过两天细致巧手烹调的珍馐美食的残渣全都拉出来了……烹调得那么精心，同这些鸭子、龙虾、菜泥、调味汁的最后归宿简直极不相称……啊，是的，这是整个晚上最痛快的事……
>
> 这次预先安排好的短暂的狂欢……[1]

---

[1] 卡洛斯·富恩斯特：《阿尔特米奥·克罗斯之死》，亦潜译，北京：人民文学出版社，2011年，第 332—333 页。

后现代的狂欢还在继续，狂欢似乎无处不在，看一看世界各地各式各样的"嘉年华"层出不穷，花样翻新，我们就会对此深信不疑。狂欢化就是嘉年华（carnivalization），只不过是对同一个外来词的意译与音译的区别。殊不知二者原来就是一回事。然而昔日的巨人们，随同他们的创造者拉伯雷已经远去，并已渐渐被人们所淡忘。不过，没有了巨人的狂欢也许才是真正的狂欢，正如没有目的的狂欢才是真正的狂欢一样。所谓的狂欢，本质上是一种无奈的独白。文明的进步可能给人带来新的自由，也可能带来新的束缚。在人类各种文明高度发达、政治秩序及经济秩序格外完善、现代大机器生产的今天，人被强烈地异化和疏离，彼此的交流异变和隔离，使每个人成为"孤独者"。然而，人是感情的动物，没有交流是不可想象的。面对社会，我们的自主意识被剥夺，我们都是小人物，没有言说的权力（即使有，也是鹦鹉学舌式的言说）；面对他人，相互信任的基础已被世俗和经济冲刷得无影无踪，彼此的交流变得隔膜。无论是面对社会，还是面对他人，我们都是"孤独者"，因此，我们是没有言说的对象，我们都是在自言自语，都是在独白，而狂欢，则是这种独白的呈现，而且是一种无奈的独白。但是，这种狂欢又是如何去呈现独白的呢？笔者认为，这种呈现有两种：一是独白的现实呈现——狂欢节与狂欢文化；二是独白的理想呈现方式——文学作品。

在狂欢化的文学中，广场作为情节发展的场所，具有了两重性、两面性，因为透过现实的广场，可以看到一个随便进行亲昵的交际和全民性加冕脱冕的狂欢广场。就连其他的活动场所（当然是情节上和现实中都可能出现的场所），只要能成为形形色色人们相聚和交际的地方，例如大街、小酒馆、道路、澡堂、船上甲板等，都会增添一种狂欢广场的意味（不管怎样真实地描绘这些地方，无所不包的狂欢象征意义，是不会被自然主义所淹没的）。描写阿尔特米奥·克罗斯对乐队指挥的场景无异于用文字描画一幅广场狂欢图——

> 他（阿尔特米奥·克罗斯）举起了一条胳膊：这是对乐队指挥的一个示意：音乐奏到半曲就戛然而止，大家都停下不跳舞了。现在琴弦弹出了东方的杂曲。人丛中让出了一条通道，那个半裸体的女人从门口走进来，手臂和屁股不断地发出波浪式的扭动，一直走到大厅的正中央。有人发出了欢乐的叫声，鼓的旋律操纵着这个舞女的腰肢。她随着鼓声跪了下来，身

上涂了油，嘴唇是橘红色的，眼皮是白色的，睫毛是蓝色的。她又站起来，绕着圆圈跳舞，越来越快地扭动着肚皮。她挑选了老伊巴尔古恩，牵着他的胳膊，把他拉到大厅的中央，让他在地板上坐下，把他的双臂交叠成一个毗湿奴神的姿势，在他周围狂舞起来。他则学她的样，设法做出波浪式的动作。大家都笑了。她又走到卡普德维拉跟前，逼他脱掉外套，在伊巴尔古恩周围跳舞。深陷在锦缎安乐椅中的主人，边抚摸着牵狗的皮带，边笑着。舞女骑到了科乌托的背上，煽动几个女人也学她的样子。人人都笑了。几个骑人作马的女人，在大家的哈哈大笑中彼此相撞。女人们的头发都弄乱了，发红的脸上满是汗渍。裙子皱了，掀到了膝盖以上。有些年轻人在刺耳的笑声中伸出腿来把那些中了风似的装作马匹的人绊倒。这些假装的马匹正在那两个跳舞的老人和那个张开腿的女人当中混战着。[1]

巴赫金将狂欢节性庆典活动的庆贺、礼仪、形式等的总和称为"狂欢式"，"在这里，在狂欢节广场上，支配一切的是人们之间不拘形迹的自由接触的特殊形式，人们之间这种不拘形迹的自由接触给人以格外强烈的感觉，它成为整个狂欢节世界感受的本质部分。人仿佛为了新型的、纯粹的人类关系而再生"。巴赫金认为，狂欢节上的笑声（"人人都笑了"）不是针对某个事件自身的滑稽感与可笑性，而是因为感到了世界整体通过狂欢式的活动，经历了由死亡而后的新生的过程，为新世界的诞生而发出的由衷的笑。因此，在狂欢节上的笑声具有深刻的双重性。"狂欢节上的笑，同样是针对崇高的事物的，即指向权力和真理的交替，世界上不同秩序的交替。笑涉及了交替的双方，笑针对交替的过程，针对危机本身。在狂欢节的笑声里，有死亡与再生的结合，否定（讥笑）与肯定（欢呼之笑）的结合。这是深刻反映着世界观的笑，是无所不包的笑。两重性的狂欢节上的笑，其特点就是如此。"这种狂欢式的笑弘扬交替和更新，反对凝固和僵化，因此具有巨大的生命力和创造力量。

三、"狂欢化"语言风格

"狂欢化"不仅限于"舞台"上，还体现在语言叙述、修辞表达、抒情方式等方面，

---

[1] 卡洛斯·富恩斯特：《阿尔特米奥·克罗斯之死》，亦潜译，北京：人民文学出版社，2011年，第329—331页。

下面将从以下几个方面分析小说中的"狂欢化"风格。[1]

（一）戏仿下的狂欢化语言叙述

所谓"戏仿"是指通过对于传统经典文本叙事结构或话语的表面模仿，达到颠覆和消解其诗学范式并建构新的诗学范式。巴赫金认为，戏仿文学来自于民间的狂欢节类型的节庆活动和各种类型的诙谐表演，它以戏谑的眼光睥睨世上一切正统思想和神圣权威，试图将人类从思想桎梏中解放出来，希望"建立第二个世界和第二种生活"[2]。作者是在主观尊重历史大事实的基础上，有意创造颠覆历史细节的荒诞情节、滑稽语言，从而给人"世界被彻底翻了个"的狂欢感受。

1. 戏仿下的戏谑调侃

所谓调侃式语言是指在总体上充满调侃语言或以调侃为特色的语言形态。具体说来，调侃式语言就是那种以运用言语去嘲弄对象为特色的话语形态。这种戏谑调侃往往是在戏仿背景下进行的，戏谑化地仿照模仿原本庄严的事物和语言，一经戏仿，便使这些事物和语言显出可笑的本质，同时戏仿者也显得煞有介事，在貌似庄严中难免露出马脚，因而令人发笑。

（1）这个地区的蕴藏量丰富极了，可以最大限度地一直开采到 21 世纪之后很久；最大限度地开采，直到蕴藏量枯竭为止；最大限度地开采。他这句话又重复讲了七遍。[3]

（2）你不得不信赖黑夜，在看不见它的情况下接受它，在认不出它的情况下相信它，好像它是管辖你一切日子的上帝似的。[4]

例（1）中充满调侃戏谑性，以此讽刺资本家看似科学严谨实则愚昧可笑的形象。客观层面上也体现出作者对于资本统治与权利的思考。例（2）中的对话是模拟当代墨西哥社会中较为常用的政治官方辞令，但由于政治言语使用的日常化，其权威性

[1] 巴赫金:《巴赫金全集》，白春仁、顾亚铃译，石家庄：河北教育出版社，1998年，第160页。

[2] 巴赫金:《拉伯雷研究》，李兆林等译，石家庄：河北教育出版社，1998年，第6页。

[3] 卡洛斯·富恩斯特:《阿尔特米奥·克罗斯之死》，亦潜译，北京：人民文学出版社，2011年，第20页。

[4] 卡洛斯·富恩斯特:《阿尔特米奥·克罗斯之死》，亦潜译，北京：人民文学出版社，2011年，第34页。

已大大减弱，逐渐演变为发话人与听话人之间交流的常态言语。在例（2）中，作者将权威性政治语言稍加改写，更多了些许讽刺、戏谑的内涵，更彰显作者调侃、戏谑人生的态度。

2. 拼贴式的语言杂糅

拼贴（collage）原指一种绘画技法，即将各种实物材料贴在画板上，以造成一种混乱无序的画面感觉，来体现现代人对外部世界的一种认知方式。随后，拼贴作为一种文学叙述方式被运用在文学上，即在文学作品中镶嵌进各种图案，各种不同的文体形式、不同的话语等。[1] 粗俗、粗鄙是狂欢化语言的鲜明特色，这是狂欢节广场上的诙谐语言形式。在狂欢节广场上，暂时取消了人们之间的等级差别和隔阂，实现日常生活中不可能有的一种特殊的既理想又现实的人与人之间的交往，人与人变得亲昵起来，不拘形迹地在广场上自由接触。这种新的交往形式产生了新的话语形式，其典型就是骂人话和充满各种粪便、尿液等排泄物的话语。骂人话是典型的广场言语，在巴赫金看来，"这种骂人话具有双重性：既有贬低和扼杀之意，又有再生和更新之意"[2]。所以狂欢化辱骂的特殊之处在于它的双重性、正反同体性。赞美中充满了辱骂，辱骂中包含着赞美，即是夸中带骂，骂中带夸，没有明确的界限。小说中即充满了大量的粗话、骂人话，例如"呸""操你妈""真他妈的""混蛋""笨蛋""滚蛋"，等等。这些辱骂通常发生在夫妻、情侣、朋友、兄弟之间，它没有道德化指责，而是洋溢着一种亲近平等的色彩，丧失了诅咒的严肃性，成为一种玩笑性的话语。这些骂人话出自各种人物之口，不论年龄、身份、职位，都出言凶狠，针针见血，有一种怪怪的恶意。有时，人物之间甚至通过辱骂来表达相互深深的情意，人与人之间感情用扭曲的语言来表达，比那种平白抒情的语言更有力，更有味道。其次就是充斥粪便、尿液等排泄物形象的话语。这些话语在小说中比比皆是："粪""粪坑""粪池""屎""屁""屁股""屁眼"，等等，这些正人君子、雅士淑女难以启齿的词汇，却在作品中大量涌现。可以说简直达到了粗俗的极端。巴赫金指出，粪便、尿液等排泄物，正是狂欢节广场必不可少的形象，所以这些充满排泄

---

[1] 江腊生：《结构与建构——后现代主义与中国 20 世纪 90 年代小说研究》，北京：中国社会科学出版社，2010 年，第 235—236 页。

[2] 巴赫金：《巴赫金全集》，第 6 卷，石家庄：河北教育出版社，1998 年，第 20 页。

物的语言，也是一种典型的广场语言。他说："在尿和粪便这两个形象中保持着与分娩、多产、更新、吉祥本质上的联系。"[1] 在阿尔特米奥·克罗斯的记忆中，往事不堪回首——

他使别人受罪也就使自己受罪，他即使在那天晚上，啊，我记起来了，那天晚上，选择了那个女人：给我吃点东西吧：滚开：唉，痛啊：滚开：操他妈的：

你念出了这个字眼。这是你的字眼，而你的字眼也就是我的字眼；是说到做到的字眼，男子汉大丈夫的字眼，像车轮般旋转的字眼，像磨盘般旋转的字眼。诅咒，目的，喧嚣，生活的计划，所属的关系，回忆，绝望挣扎者的呼声，穷人的解放，有权有势的命令，打架和工作的号召，纪念爱情的铭文，出生的记号，威胁和嬉笑，作见证地圣徒，吃喝玩乐的酒友，象征勇敢的利剑，代表权势的宝座，象征奸狡的犬齿，家族的族徽，山穷水尽的救生圈，历史的概括：墨西哥的标志：你的字眼：

"他妈的"

"他妈的儿子"

"我们是他妈的能人"

"别来他妈的这一套"

"他妈的儿子们，墨西哥万岁"

它对吵嘴打架和勇敢起着暴露的作用，还使人迷醉，它叫喊，它消失，它生活在每张床上，它贯穿着友谊、仇恨和权利的编年史。我们这个字眼。你和我都是这个他妈的互济会的成员。你之所以是你，是因为你会捞他妈的一把，而又不让别人从你身上捞他妈的一把；你之所以是你，是因为你不会捞他妈的一把，反而被别人从你身上捞了他妈的一把；你捞我一把，我又捞他一把，我们没有一个人能逃脱这个涟漪的关系。上面是锁圈，下面也是锁圈，把我们同前辈的他妈生的以及后辈的他妈生的都联成一片。你从上辈继承了捞他妈的一把的本领，你又把这种本领传给下辈。你是那些他妈的生的儿子的儿子；你又将是更多的他妈的生的儿子的父亲，我们

---

[1] 巴赫金：《巴赫金全集》，第6卷，石家庄：河北教育出版社，1998年，第20页。

的这个字眼，藏在每一张面孔后，每个记号后面，每个下流的行动后面。这件他妈的事使你办事顺利，这件他妈的事能破你的千年道行，你就他妈的去胡闹吧，这件他妈的事让你开眼界。你没有母亲，但你有这个他妈的。有了这件他妈的事，哪一个妈你都可以带走了。这件他妈的事，是你的老搭档，是你的亲人，是你的弟弟，是你的老婆，是你的爱人。干他妈的；你干他妈的那事是骨头都要酥了，你干他妈的那事时痛快舒畅，你干他妈的那事时放了个了不起的屁，你干他妈的那事时皮肤皱起来了，你干他妈的那事时向前冲，你干他妈的那事时不畏缩，你干他妈的那事时抓紧了那个身子。[1]

这里"他妈的"成了口头禅一般，似乎是生活中的语言常态。这些粗俗语言，一方面是一种辱骂和诅咒用语，另一方面又是一种表现快活放肆态度的语言，它蕴含着取消一切界限的要求，发出对于禁令、禁忌的挑战，和对于"众生平等"的东西的呼唤。巴赫金认为，杂语既可以说是小说体裁的重要特征，也是小说语言的根本特性。杂语，就是非规范语，是从统一语或标准语（假定最初存在这样一种语言）中不断分解出来的各种话语，它包括"统一的民族语言的各个内部层次，有社会方言、团体的话语方式、职业行话、体裁性语言、辈分语言、成人语言、流派语言、权威人士语言、小组语言、昙花一现的时髦语言，以及甚至以小时计算的政治语言（每天都有自己的标语、词汇及腔调）"[2]。所以，粗俗的另一个原因即在于杂语的引入，因为在现实生活中原本就存在各种阶层、各种文化的人，他们的语言不可能都是高雅和文明的。巴赫金将那种只有一种语言风格的小说称为"单语小说"，他讽刺地说："单语小说所触及的一切，不论如何卑俗，都可以被升高被点化为黄金。智者小说中有大量的奴隶和海盗，骑士传奇中有许多农夫，巴洛克风格和感伤小说里有好些粗野的士兵——但他们都以高贵的腔调说一种风格化的文学语言。"[3] 因此，这里小说语言的粗鄙特色无疑更符合人物身份与生活环境，更能给人以真实的感觉，

---

[1] 卡洛斯·富恩特斯：《阿尔特米奥·克罗斯之死》，亦潜译，北京：人民文学出版社，2011年，第174—177页。

[2] 巴赫金：《巴赫金全集》，第3卷，石家庄：河北教育出版社，1998年，第40页。

[3] 夏仲宪：《巴赫金狂欢化诗学研究》，北京：北京师范大学出版社，2000年，第135页。

因为杂语的本质就在于现实世界对小说的介入。因此，作者运用讽刺和戏谑的手法，制造出其小说语言鲜明的诙谐特色，让人在开怀的笑声中，引发自觉而深刻的思考，消除对社会主流话语的盲从和迷信。而源于狂欢节广场语言特性和社会杂语的粗鄙语言，表达着对于颠覆等级地位、人际关系走向亲昵、平等的呼声，同时广泛地折射出社会转型时期的思想与文化。而诙谐与粗俗，正是狂欢化文学的典型语言特色，从中传达出狂欢节世界观的追求脱冕、颠覆的本质精神与亲昵、粗鄙的行为范畴。

作者将不同文体的语言放在"不恰当"的历史背景中，即在一个表述范围内混杂两种社会语言，让由时代或社会差别划分的不同的语言意识在这个表述的舞台上相遇，粗俗与高雅、民间与官方、谐谑与庄重、歌谣与打油诗等相互颠覆，相互拆解，营造一种语言"大合唱"的嘉年华盛宴。[1] 这样的语言的交响典型出现在主人公死亡来临前的狂乱回忆中。

"……不行，因为我用了肾上腺皮质素描，会出疹子……"

"……你还不知道马丁内斯神父在叫人作什么修炼……"

"……你瞧瞧她：谁想得到呢，据说他们……"

"……我只好把她打发走了……"

"……路易斯来到时，已经累到什么也不要，只想……"

"……不，海梅，他不喜欢……"

"……她太猖狂了……"

"……只想看一回电视……"

"……今天的女佣人真是不好对付……"

"……大约二十年前是情人……"

"……怎么能把选举权交给这一帮印第安人？"

"……女的单独留在家里，从来不……"

"……这是重要政治问题；我们收到了……"

"……就让革命制宪党继续圈定人选算了……"

"……总统向众议院提出的口号……"

---

[1] 巴赫金：《拉伯雷研究》，李兆林等译，石家庄：河北教育出版社，1998 年，第 179 页。

"……我是有这个胆量的……"

"……劳拉；我记得她叫劳拉……"

"……我们几个人辛辛苦苦……"

"……如果再牵涉到所得税的话……"

"……养活了三千万条懒虫……"

"……我就干脆把存款转到了瑞士去……"

"……共产党人只有……"

"……不，海梅，谁都不应该打扰他……"

"……这可是一件大买卖……"

"……挨了揍才老实点……"

"……投资一亿……"

"……这是达利的一幅名画……"

"……咱们两年内就赚回来……"

"……是我的画廊的代理人给我送来的……"

"……甚至用不了两年……"

"……在纽约……"

"……在法国住了好多年，失望了……据说……"

"……咱们这些女人单独集合在一起吧……"

"……巴黎又称不夜城呀……"

"……咱们女人自己开开心……"

"……你愿意的话，咱们明天就动身到阿卡普尔科去……"

"……真好笑；瑞士工业的齿轮……"

"……美国大使把我喊去，通知我……"

"……竟要靠那一千万美元行动起来……"

"……劳拉；劳拉·里维埃尔；她是在那里再婚的……"

"……坐小飞机去……"

"……这又是咱们拉丁美洲人存放的一千万……"

"……通知我说没有一个国家能避免颠覆……"

"……是呀，我在《至上报》上也看到这样说……"

"……我告诉你：他跳得好极了……"

"……罗马是座千古永存的城市呀……"

"……但是他身无分文……"

"……我是辛辛苦苦挣来的家财……"

"……你看，她打扮得简直是天仙下凡……"

"……我干吗要向一个小偷政府交税……？"

"……人们管他叫木乃伊，科约阿康的木乃伊……"

"……亲爱的，这是个了不起的服装师……"

"……农业贷款吗？……"

"……我告诉你，打高尔夫球他总是失手……"

"……可怜的卡塔琳娜……"

"……那么，旱灾和冰雹又是谁来控制呢？……"

"……少讲废话了：如果没有美国投资……"

"……据说他对她曾经很着迷，但是……"

"……论壮丽数马德里；论漂亮数塞维利亚……"

"……我们就永远脱离不了这个坑……"

"……但是，都比不上墨西哥城……"

"……后来利害关系占了上风，你知道吗？……"

"……家中的女主人；要不是……"

"……我从每一比索中收回百分之四十……"

"……他们向我们提供钱和技术知识……"

"……借钱之前就开始赚回来……"

"……但我们竟然还有人口出怨言……"

"……那是二十多年前的事了……"

"……你说得对；土豪，贪赃的领袖，应有尽有……"

"……他给我来了一套白色的和金色的装饰，漂亮极了！"

"……但是高明的政治家是不会妄想改革现实的……"

"……总统先生对我很友好，使我增光不少……"

"……高明的政治家只是利用现实，加工现实……"

"……要不是他跟胡安·费利佩搞上了这些买卖，那就……"

"……他办了无数慈善事业，但自己从来不提一声……"

"……我只是对他说：没什么……"

"……咱们彼此彼此，不用感谢了……"

"……我多么恨不得摆脱这种处境！……"

"……要是我那就受不了，可怜的卡塔琳娜！……"

"……他同他们讨价还价，出价不到一万美元……"

"……劳拉；我记得她叫劳拉；我记得她十分漂亮……"

"……但是有什么办法；我太软弱了……"[1]

在他的众多小说中，《阿尔特米奥·克罗斯之死》的语言最无忌散漫，作者以社会复杂的关系为背景，打破传统的因果逻辑关系，创造出具有影射内涵的超现实世界。相互拼凑、镶嵌的言语给人一种神经错乱的感觉，但却符合克罗斯走向身体衰亡、心理衰弱之时的凄凉景象。

他们这些同外面那个处处是鞭子、枷锁和天花的世界远远隔开的人，通过色彩和形象，把自己自由劳动的景象诡异放慢，把自己罕有的自由自在的时刻故意延长。你走着，去征服你的新世界。[2] "咱们不管是干了还是不干，也许在有一点上是共同的，那就是干与不干都是盲目的，徒劳。"[3]

前面句子刚表达出发现新大陆似的豪迈激情，后面很快出现泄气皮球似的垂头丧气无奈抱怨，这些不同话语融合在一起，呈现出语言的"狂欢"。"在到了假面具背后，就不会另有单独的面孔。这时候，面容的动作就完全被假面具掩盖起来了。"[4]

---

[1] 卡洛斯·富恩斯特：《阿尔特米奥·克罗斯之死》，亦潜译，北京：人民文学出版社，2011年，第333—337页。

[2] 卡洛斯·富恩斯特：《阿尔特米奥·克罗斯之死》，亦潜译，北京：人民文学出版社，2011年，第35页。

[3] 卡洛斯·富恩斯特：《阿尔特米奥·克罗斯之死》，亦潜译，北京：人民文学出版社，2011年，第39页。

[4] 卡洛斯·富恩斯特：《阿尔特米奥·克罗斯之死》，亦潜译，北京：人民文学出版社，2011年，第39页。

真所谓"假到真时真亦假",社会人生的幻灭、虚无之感顿生。

(二)反讽下的"拧巴"式修辞表达

所谓"反讽"是指揭示人表里不一的技巧,这是文学中最普通的技巧,以尽量少的话包含尽可能多的意思,或者从更一般的意义来讲,这是一种回避直接陈述或防止意义直陈的用词造句的程式。[1]在小说中,反讽是一种常用的修辞手法,这种表达造成作品实质内涵与表面意义的反差,以营造特殊的情感意境,引起读者思考。但同其他作家不同的是,作者笔下的反讽艺术形成了语言表达上独特的"拧巴",给读者产生一种"拧巴""绕"的独特感觉。如:"你一向怎样假装,你就忠实于你的假装吧;忠实到底吧"。[2]"拧巴"在这里,实际上表述的是一种人生不通畅、不正常、背离了常理的社会生活与生命状态。而作者正是通过这种"拧巴"的叙述将生存的"拧巴"一层一层向读者剥展开来。

> 一个词,只要把它反复背诵一千遍,它将会失去一切意义,成了区区的一串……音节……空洞的音节……上帝啊,上帝啊……你给那些留下的人照亮一下吧……让他们有时候……有时候想到我吧……让他们不要失去……对我的回忆吧……[3]

> 生命在前进的同时,也就是在走向死亡;这是一场狂舞,在这场舞蹈中,时间吞噬着时间,任何一个活着的人,都不能扭转事物消灭的进程……孩子、大地、宇宙。总有一天,这三者都会既无亮光,也无温热,也无生命……只有被遗忘掉的混沌一片,没有名称,也没有人来给它取个名称。空间和时间,物质和能,都融为一……一切事物都共有一个名称……都没有名称……但这一天还未到来……现在人还在呱呱坠地……你还听到卢内罗拖长的"啊——"声和岩石上马蹄的"嘚嘚"声……你的心脏还在加速跳动,你终于明白,从今天起,一个前景未卜的冒险开始了,世界展开了,

---

[1] 诺思罗普·弗莱:《批评家的剖析》,陈恺等译,北京:百花文艺出版社,1993年,第23页。

[2] 卡洛斯·富恩斯特:《阿尔特米奥·克罗斯之死》,亦潜译,北京:人民文学出版社,2011年,第26页。

[3] 卡洛斯·富恩斯特:《阿尔特米奥·克罗斯之死》,亦潜译,北京:人民文学出版社,2011年,第345页。

它把时间交给你了……你存在了……你站立在山上……你吹口哨来回答卢内罗的叫声……你要去生活……你要成为宇宙秩序的汇合点和理由……你的身体有它的理由……你的生活有它的理由……你现在是，将来是，过去也是宇宙的体现……[1]

1. 多值逻辑语言并用

庄子曾说过："彼亦一是非，此亦一是非。"用以强调生活中没有绝对的对错，而与生活息息相关的语言自然也具有多种可能性，即多值逻辑语言。所谓多值逻辑是指每一个命题具有两个及以上真值可能性的逻辑推算。作家为了在语言上寻求新的突破，常打破逻辑带给文学创作的无形枷锁，交叉使用逻辑与非逻辑语言，毫无保留地尽显语言的"拧巴"，并传递出文字表面背后的内涵信息，用较少文字传递出更多的语义信息，从而在情感、内容上展现出非逻辑语言背后的心酸与无奈。例如："面子。救了咱们的是面子。把咱们置于死地的也是面子"[2]。"救了咱们"和"把咱们置于死地"本是两个对立概念，但这里，作者却消除二者之间的对立属性，涉及"面子"的两个无法共存的真值条件不可思议地并列存在，尽显语言的"缠绕"，所谓"成也萧何败也萧何"。但仔细分析，世事无常，"有心栽花花不开，无心栽柳柳成荫"却是常事，人生的扭曲复杂又岂能用符合逻辑的语言捋得清呢？甚至夫妻之间也是"你在夜里战胜我，我在白天战胜你"[3]。这让主人公陷入极度"拧巴"的状态，这句话看似简单，却传递出主人公无法言说的苦楚。

2. 否定与肯定句式并置

谁在一生中都会有一次像你那样既体现了善，也体现了恶，同时受两条神秘的不同颜色的线索的牵引；两条线索从一个线团出发，白线朝上，黑线朝下，末了到了你的手指间重新汇合在一起，又有谁在一生中一次这样的情况也没有呢？你不愿意想到这一切。

---

[1] 卡洛斯·富恩斯特：《阿尔特米奥·克罗斯之死》，亦潜译，北京：人民文学出版社，2011年，第398页。

[2] 卡洛斯·富恩斯特：《阿尔特米奥·克罗斯之死》，亦潜译，北京：人民文学出版社，2011年，第253页。

[3] 卡洛斯·富恩斯特：《阿尔特米奥·克罗斯之死》，亦潜译，北京：人民文学出版社，2011年，第120页。

但是你的每一句肯定的话都被否定，每一句否定的话都被肯定，你对这一点又怎能否认得了呢？也许，除了你自己，谁也不知道。你的生命像所有人的生命一样，是由织布机上所有的线织成的。你把自己的生活弄成你所希望的这个样子，机会既不缺，也不多余，恰恰够让你做到这一点。[1]

你的选择不会否定掉你可能的有生之年，不会否定掉你每次选择时留下的一切。你的选择只会使你的生命变细，变到今天你的选择也好，你的命中注定的命运也好，都合而为一。[2]

小说中，有这样一种句式"不是，而是"，同时还有此句式衍生出来的其他相关否定与肯定并置的特殊句式，比如"不是，也是；也不是，还是……""不是，不是，而是……"，等等，这样的表述给人一种"雾里看花"的错乱感，形成一种语言表达上的"拧巴"。但看似不合理的语言句式，却传递出无限延伸的道理，将人物、情节、主题描述得越来越清晰。尤其是表面上表否定，实则表肯定的特殊"假性否定"句式，更是形成句式表面与深层内涵的强烈反差，"占据着他心头的，不是眼前这个现实的世界，而是梦幻中的另一个世界。在那一个世界里，只有他和他的意中人才有活下去的权力和拯救自己生命的理由"[3]，形成"拧巴"句式背后的反讽修辞效果，从而，传神地表明："你经历过了这样长久地死人般的生活，你一直只能做手势。"[4]

这里的"不是"属于"假性否定"，而"是"后面的内容则更凸显生活的"别扭"，事情本身的对错没有意义，重要的是谁能掰赢缠绕在生活中说不清道不明的理，对当今社会的生活状态也起到一定的讽刺作用。富恩特斯的小说创作起源于对现代社会的思考，他试图将社会中不顺畅的理给"拧巴"回来，但结果却常是自己也"绕"不出来。

---

[1] 卡洛斯·富恩斯特：《阿尔特米奥·克罗斯之死》，亦潜译，北京：人民文学出版社，2011年，第32页。

[2] 卡洛斯·富恩斯特：《阿尔特米奥·克罗斯之死》，亦潜译，北京：人民文学出版社，2011年，第33页。

[3] 卡洛斯·富恩斯特：《阿尔特米奥·克罗斯之死》，亦潜译，北京：人民文学出版社，2011年，第83页。

[4] 卡洛斯·富恩斯特：《阿尔特米奥·克罗斯之死》，亦潜译，北京：人民文学出版社，2011年，第33页。

　　这里的"不再是""毋宁说"都属于"假性否定"，这种表面否定与深层内涵的反差引起读者的思考，对"他和他的意中人"出岔子的原因由于这种特殊的结构也进一步明朗化，"他"内心的失落、不甘、委屈等复杂的情感也一层层被剥开。巴赫金说过："狂欢节语言的一切形式和象征都洋溢着交替和更新的激情，独特的'逆向'、'相反'、'颠倒'的逻辑，上下不断易位、面部和臀部不断易位的逻辑，各种形式的戏仿和滑稽改编、降格、裹读、打诨式的加冕和脱冕，对狂欢节语言说来，是很有代表性的。"（王建刚）在《阿尔特米奥·克罗斯之死》中，这些狂欢语言形式屡见不鲜，作者让一切透过"狂欢"展开对话，使语言开放到被自由地表达成为一种可能，同时，这些也冲击着读者的审美领域，并传递出作者对政治、社会现实、历史、人生的独特见解。当然，他的创作有时过于向往自由、张力，当"狂欢"毫无节制，语言过于分裂、含混，便使作者与读者都陷入混乱与困顿的状态了。

　　　　这个身体不再是他的了。毋宁说这是她的身体了。拯救这个身体，是为了她。他们已经不是各自单独地分开或者，分隔的墙已经打破，他们已经是两位一体，永远是两位一体。革命会过去，村镇和生命会过去，但这个不会过去。这已经是他们的生命，他们两人的生命。[1]

　　由于对欧美文明的了解和对拉美落后现状的认识，比起其他的拉美作家，富恩特斯有着更强烈的忧患意识。对世界性与民族性、身份认同、爱国主义等问题的深入思考，也使他对墨西哥的历史与现实有着更为丰富、复杂的认识。在富恩特斯眼里，他的故乡墨西哥城"一面是欧洲人对新世界的乌托邦式的憧憬，一面是殖民活动的恐怖现实，反差巨大，而巴洛克填补了两者之间的鸿沟"。富恩特斯以巴洛克的方式建造了一座墨西哥展览馆。他以魔幻现实主义创作方法和内心独白、多角度叙述、时空交叉、多声部等现代派表现手段表现墨西哥的历史、现状和未来。正如他自己所说："小说的力量就在于它古希腊集会式的存在。在集会上，所有的声音都被倾听、得到尊重。赫尔曼·布洛克和米兰·昆德拉还有我自己，都是循此进行文学创作的。小说不仅应该是不同观点、不同心理现实和政治现实的结合，也应该是不同审美现

---

　　[1] 卡洛斯·富恩斯特：《阿尔特米奥·克罗斯之死》，亦潜译，北京：人民文学出版社，2011年，第86页。

实的结合。"[1]

很显然，富恩特斯对历史的追问并没有造成读者对其作品的隔膜。这不仅在于他重述墨西哥的历史和神话的同时展现了卓绝的文学特质，还在于他并没有局限于再现本民族、地区的历史，而是借此深入思考拉丁美洲乃至全人类的命运，并由此产生震撼人心的艺术力量。在出版于 1990 年的散文集《勇敢的新大陆》中，他就对西班牙美洲文化，即印第安古文化、非洲文化和西班牙文化的交融进行了反思。某种意义上正是基于此，米兰·昆德拉在《小说的艺术》一书中感叹，他在阅读富恩特斯的作品时，发觉自己在另一块风土迥异的大陆找到了知音，而这或许是富恩特斯所能留给我们的最重要的精神遗产。

[1]　傅小平：《小说的力量在于古希腊集会式的存在》，《文学报》，2012 年 05 月 31 日 <http://roll.sohu.com/20120531/n344529845.shtml>。

第二章

阿连德小说的后现代性

　　智利作家伊莎贝尔·阿连德（Isabel Allende，1942—　）在拉美当代女作家中，恐怕是最具国际知名度的一位。她的第一部小说《幽灵之家》既开启了她的写作生涯，也奠定了她的文学地位。她被认为是拉丁美洲"后文学爆炸"中的佼佼者。"在拉美和欧美各国，对这位智利中年女作家研究的深浅已经成为衡量拉美文学研究进展的尺度。"[1] 在阿连德的小说中，她用融合了现实与幻想的写作技巧展现了南美动荡的社会和政治场景。她对个人经历和家庭命运的描述，通常也是拉丁美洲暴力和血腥镇压的历史记忆。继 1982 年完成的第一部小说《幽灵之家》后，1984 年阿连德出版了第二部长篇小说《爱情与阴影》，以新闻体风格，借军事独裁下一个有灵异之能的"圣女"之死，表达出对政治绝望的愤怒。第三部小说《月亮部落的夏娃》于 1987 年出版，写夏娃从一个被人瞧不起的无知无识的女孩子成长为一位自觉支持社会革命行动的女作家的故事。此后又创作了《月亮部落的夏娃故事集》（1990 年）和《无穷的计划》（1991 年）。每本都是畅销书，每本都被译成多种外语出版。而在 1993 年《幽灵之家》被改编成电影搬上大银幕后，阿连德受到了更广泛的关注。1994 年，阿连德讲述女儿病逝经过的回忆录《劳拉》出版。三年之后，为摆脱丧女之痛，她完成了一部色彩明快，甚至带些狂欢意味的随笔集《阿佛洛狄特：感官回忆录》。勤奋多产的阿连德笔耕不辍，她又相继完成了《老照片》《怪兽之城》《金龙王国》《矮人森林》《佐罗，一个传奇的开始》《我心灵的伊内丝》《深海岛屿》等经典作品。

　　西方后现代主义文学是资本主义后工业时期的产物。对于拉美众多的发展中国家"是否真的存在'后现代'，有人心存疑虑"[2]。其实，"'后

---

　　[1]　刘习良：《阿连德其人》，《外国文学》，1993 年第 3 期，第 52 页。

　　[2]　陈凯先：《辉煌在继续——漫谈文学"爆炸"以后与世纪之交的拉美文学》，《当代外国文学》，2004 年第 1 期，第 60 页。

现代'是人类共有的精神现象。"[1]拉美虽不是后现代主义文学的原发地，但它在后现代主义文学创作方面所取得的成就却同样令世界瞩目。一些具有创新精神的拉美作家在欧美当代文学思潮的影响下，用自己带有浓郁加勒比地区特色的后现代主义创作风格，再造了一个坚守本土文化特色的拉美小说体系，震撼并影响了世界文学。伊莎贝尔·阿连德是一位紧跟时代、放眼全球的作家，必将受到当代各种创作理论的影响。她不会脱离时代而创作，也不会固守某个流派或某种主义。在她的作品中，她将现实与想象、历史与幻想相结合，运用了反讽、拼贴、互文、虚实相生的杂糅和时空的迷宫等后现代主义手法，融入了科幻、神话、讽刺、图画、广告、新闻短片，甚至食谱等各种形式。她凭借自身独特的生存体验和艺术手法继承与创新了拉美魔幻书写传统，展现了一位严肃的作家对后工业社会现实生活结构的批评，以及对构建适于人类生存社会模式的深刻思考和展望。

---

[1]　邱紫华：《禅宗与后现代主义的异质同构性》，《南京大学学报》，2014年第3期，第115页。

第一节　《幽灵之家》：女性视角的魔幻与现实

　　《百年孤独》获得诺贝尔文学奖的同年，伊莎贝尔·阿连德的《幽灵之家》问世，它的出版几乎可以说是轰动性的。拉美文学大爆炸的冲击波达到了顶峰，魔幻现实主义的光环耀眼得无以复加。但是，此书问世之初，尽管喝彩者众，却并未赢得评论界的一致承认，被不少人冠上了抄袭《百年孤独》的恶名。阿连德承认自己深受马尔克斯的影响，但不同意自己有意模仿的说法。南美是一块魔幻大陆，外来的天主教文化、土著的巫术，以及光怪陆离的社会和政治现实混合在一起，使想象力得以疯狂生长，这里总是有过多的爱情与过度的暴力。无论是加西亚·马尔克斯还是伊莎贝尔·阿连德，都曾经说过意思差不多的话：魔幻就是拉丁美洲的现实。虽然两部小说都讲述了拉美家族的衰落，人物形象都鲜明生动，也都充满了拉美的神秘气息。可当我们在阅读《幽灵之家》之时，能够强烈地感受到字里行间渗透出来的女性主义气息。阿连德自称更擅长从女性视角来写女人，此书她想献给她的母亲、外祖母和故事中其他不同寻常的女人们。她从家庭、爱情、事业、社会等多方面为我们呈现了拉美现代女性的全貌，展现她们的困境，赋予她们生存权和话语权。这也是阿连德在拉美魔幻现实主义作家群的创作共性中彰显出的独特个性。

一、魔幻与现实的交织

　　阿连德擅长讲故事，但她却不随意编造故事。她的创作素材和描写对象都来源于现实生活，真实的人、真实的事件和真实的人生感悟。《幽灵之家》源于一封家书，讲述一部家族史，也是智利自 20 世纪末以来的一段政治和社会历史。作者以自己的家族历史为原型，以特鲁埃瓦家族的兴衰变化为中心，讲述了特鲁埃瓦、瓦列、加西亚三个家族四代人之间的恩怨情仇。小说的主要人物都是以阿连德家族中的人物为原型的：绝世俏姑娘罗莎、充满魔幻力量的明姑娘克拉腊、充满传奇色彩的主人公埃斯特万·特鲁埃瓦的原型分别是作者的姨姥姥、外祖母和外祖父。此外，小说中出现的"总统同志""将军"和"诗人"等形象，都是以阿连德及其家族真实生活中的重要人物为创作原型的，而整个故事的叙述人阿尔芭就可以看成是作者自己。小说的主要故事也是以作者家族成员的亲身经历为线索的。小说开篇罗莎的离奇死亡就是作者的姨姥姥在政治谋杀案中中毒身亡的写照；小说中总统拒绝流亡、坚持战死的故事情节，直指作者伯父萨尔瓦多·阿连德总统在 1973 年的政变中以身殉职的真实历史事件；诗人与总统的亲密关系、白色恐怖中人们冒死为诗人送葬的情节更是以智利著名诗人巴勃罗·聂鲁达的相关事件为背景的。这是阿连德家族一段段刻骨铭心的记忆，也是智利社会政治的真实记录。

魔幻现实主义是"对待现实的一种态度"[1]。在一次访谈中，阿连德说道，当我们要想改变社会时，我们不能改变它，我们记录它，把事实写下来，然后公之于众。在小说《幽灵之家》中，她就选择了这种做法，她选择了用丰富的想象和艺术夸张的手法对现实生活进行"特殊表现"，把现实变成一种"神奇现实"。克拉腊可以用意念控制物体，可以预言未来，可以解梦，可以与幽灵交流，可以死后以灵魂的形式出现并指引外孙女阿尔芭在绝境中重生；老佩德罗·加西亚可以用意念寻找水源，可以用药草驱魔逐鬼，可以用几句智者的格言和法师的套话连哄带劝赶走蚂蚁，解决美国农业技术专家无能为力的蚁灾。小说中，众多魔幻元素和超自然现象通过预言、梦境、诅咒和心灵感应等不同方式表现出来。然而，魔幻现实主义小说要表现的并不是魔幻，而是现实，是通过魔幻的世界折射间接地反映残酷的现实。小说中前几章，阿连德运用了魔幻现实主义为特鲁埃瓦家族遥远的过去增添了传奇色彩，但随着故事向高潮发展，作者改变手法，用更直接明了的新闻风格描述军事政变前后的事件。文章中所有的夸张和似乎失真的描述都渲染了事实的残酷，也深刻地反映了社会现实。可以说，小说还原了历史，作家以小说的方式告诉了民众历史的真相。小说用作者家族近百年的生活变迁折射出智利的历史风云以及整个拉美大陆的历史发展进程。真实与幻想、虚构与历史、口述与记录、政治权威与乌托邦设想、男人和女人，都交织在小说中，模糊了现实与魔幻的界限，消除了历史书写的局限，既强化了作

---

[1]　Parkinson Zamora Lois and Wendy Faris, eds: *Magical Realism, Theory, History, Community*, Durham: Duke University Press, 1995, p.121.

品的主题又渲染了小说的神秘气息。超自然、神话、狂欢等诸多后现代元素也增加了小说意义的不确定性，给读者带来更加新奇的阅读体验。

二、叙事中的女性声音

后现代主义小说不再采用单一的叙事方式，而代之以复杂多变的叙事方式，呈现出一种多元化、非连续性和零散性。《幽灵之家》有三个叙事者，两位女性叙述者克拉腊、阿尔芭和一位男性叙述者埃斯特万·特鲁埃瓦，三者的叙述形成了一种丰富立体的叙述结构。在这个结构中，特鲁埃瓦的男性叙事成为对克拉腊—阿尔芭女性叙事的一种补充和支撑，使她们的叙事更为可信，更加立体。在这部主要由女性书写的历史中，男性声音的出现不仅没有破坏女性叙事者的权威，反而丰富了历史叙事的层次，表现出作者高超的叙事策略。

拉丁美洲是一块大男子主义盛行的大陆，传统的枷锁与思想的压抑，对拉美女性发出自己的声音造成了巨大的压力。秘鲁著名作家略萨在看到阿连德在拉丁美洲乃至全球所取得的文学成就时，曾不无感慨地说道："她的成功在拉丁美洲之外引起了人们的惊讶，因为在一个以男子气概闻名于世的大陆，像伊莎贝尔这样的女艺术家居然能脱颖而出，似乎真有点奇怪。"在传统的历史叙事中，一直延续着一种共识，那就是浓重而强烈的男性中心主义。在男权盛行的拉美大陆之上，这一叙述规则更是根深蒂固。他们不希望女性发出声音，更不会允许女性参与到历史叙事中来，缄默才是女性应有的状态。这种文化现实对于女性作家来说是艰难且阻碍重重的。为了发出女性自己的声音，并让这种声音参与到历史叙事中去，女性作家不仅需要具有清醒的性别意识和性别自觉，并且还需着眼于传统历史叙事的男性本位性质，以此来完成对男性中心历史观的批判，最终得以将女性的意识经验表达出来，以女性的视角来重新洞察和阐释历史，让湮灭在传统历史叙事背景之后的意义得以重新呈现。

克拉腊和阿尔芭的声音构成了一个连贯流畅的克拉腊—阿尔芭女性叙述，特鲁埃瓦以男性叙述声音呈现的自述，则穿插其中。特鲁埃瓦自述一共有十一处，分别安插在整个叙事文本的八个篇章里。特鲁埃瓦的自述在文本中出现并不带有规律性，而是呈现一种无序性和随意性，叙述中带有强烈的主观情绪。在他的叙述中，我们可以发现许多语焉不详的中断和省略。在小说第一章"俏姑娘罗莎"中，特鲁埃瓦是这样自述的："据他们说，那天我风尘仆仆地闯进家门，头上没戴帽子，满脸胡子拉碴，浑身上下尽是泥。说我怒气冲冲……他们说我当时跪在她身边这样说，这样喊。"[1] 因为记忆的模糊与不可靠性，特鲁埃瓦的叙述带有强烈的不确定性，甚至是自我矛盾。第二章"三星庄园"中，他自述道："回想逝去的时光，我感到十分惆怅。生活过得太快了。假使生活能够从头开始，我会少犯些错误。然而，总的来说，我一点儿也不后悔。是啊，我是一个好东家，这是毫无疑问的。"[2] 特鲁埃瓦提到的错误是什么，联系前文的作者叙述，我们知道应该指的是其对庄园及周边农庄妇女犯下的罪孽，并造成了一大批私生子的出生，这批私生子延续其母亲的悲惨命运，或者更糟，没有姓氏，没有合法地位，被其生父称为"不能称其为人的人"。在回忆这些罪孽昭昭的事件时，特鲁埃瓦轻描淡写，只用一句"总的来说，我一点儿也不后悔"来总结，没有对自己罪孽的反省，可见其大男子主义的家长专制思想的根深蒂固。阿连德正是要让读者对特鲁埃瓦的自述有一种不信任的态度，从而愿意进行深层解码，带来叙述上的反讽效果。

在《幽灵之家》中，小说开始于外祖母克拉腊通过写日记而记下大大小小的生活点滴，而从其最后一章"尾声"可以得知，阿尔芭通过对外祖母克拉腊五十年的笔记等资料的整理，完成了这个故事。因此，可以说，这个故事的讲述者是阿尔芭和克拉腊，是她们共同的记忆完成了这个故事。女性作为整个文本的叙述者和推动者，她们的自我意识和个人声音汇集于此，产生了一种声音的独特混响，形成了丰富而立体的女性叙述。

从克拉腊养成记录的习惯，到阿尔芭为了铭记这段过往，拿起手中的笔，开始书写，开始叙述。这是女性从无意识地发出声音到作为主体有意识地对历史进行书写，体现了女性主体自我意识的觉醒，以及对获得历史话语权的诉求。历史属于过去，而集体记忆是一段活着的并且延续的历史，是一群人集体的声音，这种声音将他们紧紧相连。记录是一种记忆方式，是为了不被忘记，为了代代传承。从妇女参

---

[1] 伊莎贝尔·阿连德：《幽灵之家》，刘习良、笋季英译，南京：译林出版社，2011年，第30—31页。

[2] 伊莎贝尔·阿连德：《幽灵之家》，刘习良、笋季英译，南京：译林出版社，2011年，第50页。

政论者妮维雅到勇敢对抗丈夫并结交社会底层人民的克拉腊，到不顾等级观念嫁给一位农民领袖、革命歌手的布兰卡，再到参加学生政治运动、争取爱情和自由、自觉追求平等和正义的阿尔芭，将记忆代代相传。除此之外，还有几位边缘化的女性，也用她们特立独行的人生姿态来丰富了女性形象的艺术群像。小说从女性视角诠释历史，填补历史的空白和残缺，挑战传统历史的权威，书写了拉美的新历史。

三、迷宫中的女性空间

《幽灵之家》的主要叙事地点分为三星庄园和街角大院。三星庄园是特鲁埃瓦创造的男性统治王国，在这里他起着主导作用，控制着庄园的一切秩序，也占有着庄园的所有财产。在特鲁埃瓦带着他开矿所得的第一桶金初到三星庄园时，那里完全是一派败落、凄凉的景象。"荒草吞食了路径。举目四望，尽是石块、荆棘、矮树……残垣断壁，垃圾遍地，鸡笼的铁丝扔得到处都是。屋顶上的灰瓦一半已经破碎。野藤从窗户爬进屋里，几乎爬满四壁。"[1] 这激起了他男性的创造欲和占有感。而三星庄园作为一个欲望空间，承载着特鲁埃瓦作为男性主体所具有的欲望和梦想。通过对三星庄园的重整，特鲁埃瓦使之恢复了往日的繁荣，也为自己聚敛了更多的财富。而在他统治这个王国、控制一切秩序的过程中，他越发专制、残暴，不惜以各种手段欺压雇农。不仅如此，他还肆意放纵自己的性欲。他的强暴行为使得庄园中以及庄园附近其他村庄的女性都成了受害者，也导致出现了一批私生子，从而有了埃斯特万·加西亚将仇恨宣泄在特鲁埃瓦的孙女阿尔芭身上的后续故事。于是，女性最终成了男性欲望的牺牲品。

三星庄园是个男性统治下的充满暴力和秩序的空间，而街角大院却是女性主导的充满平等、关爱和无序的迷宫。虽然特鲁埃瓦建起了这座宅院，克拉腊却是街角大院的灵魂人物和精神领袖。她"好比是台发电机，使家里的魔幻世界——也就是街角大宅院的后半部分——得以启动，得以运转"[2]。而克拉腊去世以后，"街角

---

[1]　伊莎贝尔·阿连德：《幽灵之家》，刘习良、笋季英译，南京：译林出版社，2011年，第45页。

[2]　伊莎贝尔·阿连德：《幽灵之家》，刘习良、笋季英译，南京：译林出版社，2011年，第250—251页。

大宅院失去了鲜花、来来往往的朋友和调皮的幽灵，进入了混乱时期"[1]。在这里，克拉腊追寻着自由随心的生活，除了养育子孙后代，她还收容乞丐，保护落魄艺术家，接待通灵者与幽灵。特鲁埃瓦本意是要把自己的家建得井井有条，结构紧凑，但最后却不受特鲁埃瓦所控，被克拉腊改得面目全非。"宅院里东加一间房子，西添一间房子；楼梯曲里拐弯，不知通到什么地方；又是塔形建筑，又是悬空的屋门，又是从不打开的小窗子，又是曲曲折折的游廊。最后，宅院变成诱人的迷宫。"[2] 所以，它不再是个男性主导的有序的空间，而是如同女性的直觉、女性的精神世界一样复杂的迷宫。这与后现代主义无序的、迷宫式的空间叙事不谋而合。街角大院这个大迷宫，为处于社会边缘的"他者"提供了庇护空间，同时也是女性主体实现自我成长、为整个家族实行救赎的地点。作者甚至将地下室比作女人用来孕育生命的子宫。克拉腊以女性精神的力量为空间注入精神意蕴，她为街角大院注入了幽灵之家的活力和气质，让这里张扬着包容和庇佑的精神光芒。

在男权社会，阿连德除了提供一个由女性主导的街角大院这样的叙事空间，还向我们描绘了一个不受外界干扰的女性精神王国。神秘的克拉腊从小生活在现实与魔幻交织的精神世界，曾因为自己能预测却无力避免家族灾难而哑口九年。后又为反抗丈夫的暴力和权威，最终选择不再与丈夫说话，不再允许丈夫触碰她的身体。她的沉默，不是被迫无奈，而是对生活、对社会的主动出击，是她最后的自我防御。在男权社会，话语权只属于男人。克拉腊主动放弃了男性的话语空间，也拒绝丈夫进入她的女性世界，从而也不再受控于男性权威。布兰卡为爱情而离开、阿尔芭为投身社会正义而离开，都是脱离传统的男权空间，追求自我的精神王国。对于以特鲁埃瓦为代表的传统男性，这是一个他们无法到达、无法逾越、无法控制的女性精神王国和迷宫。

四、现实中的女性魔力

魔幻现实主义是在政治、经济和社会动荡的现实情况下一种天真乐观的表达，是对事实的揭露和对理想社会的渴望。与加西亚·马尔克斯笔下的魔幻不同，阿连德

---

[1] 伊莎贝尔·阿连德：《幽灵之家》，刘习良、笋季英译，南京：译林出版社，2011年，第 252 页。

[2] 伊莎贝尔·阿连德：《幽灵之家》，刘习良、笋季英译，南京：译林出版社，2011年，第 85 页。

更多地将未卜先知、意念移物等种种通灵异术赋予女性，而男人费尽九牛二虎之力，也无法参透其中的奥妙。《幽灵之家》中，克拉腊能用意念移动物体，能用三个腿的桌子与亡灵交流，能预测家庭变故和地震等自然灾难，能看到一般人用肉眼看不到的东西。然而，作者赋予女性的远不止这些超自然能力。魔幻现实主义作家的目的，就是在日常生活中寻找魔力，寻找力量和希望。这些女人生儿育女，延续生命。她们心灵手巧，创造生活，寄予理想。罗莎的刺绣出神入化、内容新奇；布兰卡的陶器不仅稀奇古怪，也在流亡时期被用来维持生计；阿尔芭的壁画"画出了她儿时的愿望、回忆、痛苦和欢乐"[1]；克拉腊的笔记和阿尔芭的整理和写作都是历史的见证和真相的揭露。

阿连德笔下女性的魔力还在于她们的精神世界对他人的影响，她们的灵魂力量对爱和希望的传播。虽然特鲁埃瓦以他强硬的个性从头至尾出现在小说中，但克拉腊的精神才是主导，她的价值观影响了子孙后代，最终给了阿尔芭绝处逢生的力量和希望。女儿布兰卡深受母亲平等意识的影响，放弃自己的社会地位与一位农民领袖、革命歌手相爱终生。两个儿子在情感上与母亲更亲近，在性格上也与母亲更相像。海梅是一个追求民主、信仰社会主义的医生，他为穷人而不是为财富和名望工作。为反对以父亲为代表的保守党政权，他最终放弃父亲的姓氏，而改用母亲的姓氏，与那个社会脱离关系。尼古拉斯精神上是个印度教信徒，他遗传了母亲的感性，"他感兴趣的全部是精神领域里的东西。家庭生活中的物质主义惹他讨厌"[2]。外孙女阿尔芭在这样的精神环境中长大，爱上了激进派的学生运动领袖，并逐渐将这种小爱升华为对全智利贫苦大众之大爱。她从外祖母那获得了在绝境中重生的勇气和智慧，使她在最黑暗的时刻不忘希望，选择宽容，传播爱的种子。在克拉腊的鼓励和指引下，她通过记录见证历史，通过讲述呈现真相。

面对丑陋的现实，最大的魔力是传递爱与希望。幽灵不是真正意义上的幽灵，而是家族也是国家的一种精神，一种激情，一种梦想，而小说中的女性正是这种精神和梦想的传承者。克拉腊、布兰卡、阿尔芭的名字都有相似的含义：明亮的阳光

---

[1]　伊莎贝尔·阿连德：《幽灵之家》，刘习良、笋季英译，南京：译林出版社，2011年，第 240 页。

[2]　伊莎贝尔·阿连德：《幽灵之家》，刘习良、笋季英译，南京：译林出版社，2011年，第 243 页。

和充满希望的黎明。玫瑰的纯美之意也隐含在罗莎的名字中。阿连德笔下的这些女性，是协调痛与乐、丑与美、恶与善的化身，是追求正义的使者。她们每一个都个性鲜明，敢爱敢恨，忘我付出，或者神秘魔幻，或者聪明绝顶，或者纯美至极，即便如妓女和女同性恋，往往也是心地善良，知恩图报。说到阿连德的女性主义特色，帕特里·夏哈特创造了"魔幻女性主义"这个术语。不同于传统的女性主义，阿连德使用魔幻现实主义这一后现代手法，洞察现实中女性的社会地位和生存危机。她并不是教导女人离开男人和家庭，或是全力投入性解放之实践，恰恰相反，她笔下的女主人公，往往抛弃等级观念，对爱情忠贞不渝，即便因此遭受万般的凌辱和迫害，也在所不惜。她们立场坚定，深明大义，独立自主，敢作敢当，乃至坚贞不屈。正如她在小说中所说的，"我们国家有些妇女十分克己，讲求实际……她们家里收养别人遗弃的孤儿，收留穷得叮当响的亲戚，收留任何一个需要母亲、姐妹或婶母的人……加西亚上校之流的日子屈指可数了，因为他们没能摧垮这些父母的精神。"[1] 作者从这些女性的视角讲述真相，而讲述这一切并不是为了发泄心中的怨恨，而是超越了家国之痛去探讨故国甚至整个拉美大陆的命运和未来。作者的愿景不是从男权社会变为女权社会，而是一个全人类的社会，男人和女人地位平等，关系和谐。小说最后，受尽苦难的阿尔芭没有选择仇恨、报复，而是选择孕育、新生，选择爱与宽容。她不在乎腹中孩子的父亲是谁，因为并不重要。不管负罪感，还是仇恨与复仇，都不能停止厄运，唯有寻得正义，才能改变现状。作家带着寻找根基、寻找身份的自觉意识，用文学的方式反思历史，思考拉美世界的命运，探索拉美的未来。

---

[1] 伊莎贝尔·阿连德：《幽灵之家》，刘习良、笋季英译，南京：译林出版社，2011年，第390页。

第二节 《怪兽之城》《金龙王国》《矮人森林》：
后现代人道主义关怀

2002 年，阿连德完成了《怪兽之城》，接下来两年，她相继完成了《金龙王国》和《矮人森林》，合称"天鹰与神豹的回忆三部曲"。这是她首部冒险奇幻故事，不仅是情节丰富、富有深意的冒险小说，更是具有人道关怀的精彩故事。作者用真实与魔幻交错的笔调，将关怀大地资源、尊重不同族群文化化为生动的文学作品，直击人类与大自然世界和平共存，以及不同族群相处的矛盾与冲突。这也是她第一部为青少年写的书，"写它的目的是给青少年提供一本好看的书，让他们在阅读中感受大自然的奇特魅力，从而热爱大自然维护生态平衡"[1]。

后现代主义者抛弃了各种"权威""中心"，"消解了所有法典的合法性"[2]。在"天鹰与神豹的回忆三部曲"中，作家运用了情节描写、人物刻画等现代主义创作手法，但也运用了反讽、虚实相生的杂糅和时空的迷宫等后现代主义手法，抛弃权威、抛弃中心、强调多元性，承认并容忍差异，充分展现了阿连德对后现代现实世界的人道主义关怀。

一、抛弃权威

第二次世界大战以后，全球科技迅速发展。物质文明的进步和现代科技的发展给人类带来了便利，却也威胁到了人类的生存和发展。陈世丹教授认为，"科学与

---

[1] 朱景冬：《伊莎贝尔欲走〈哈利·波特〉之路——智利作家阿连德访谈录》，《外国文学动态研究》，2003 年第 2 期，第 11 页。

[2] Ihab Hassan: *The Postmodern Turn: Essays in Postmodern Theory and Culture*, Columbus: The Ohio State University Press, 1987, p. 169.

正义、幸福、美丽和善良无关"[1]。全球范围的工业化、机械化造成了人的异化和物化，造成了人类的孤独、生存环境的恶化，从而带来了人类的毁灭。后现代思想家开始正视机械化环境中人类的生存问题，反思科学技术本身及其带来的灾难性后果，他们"坚决反对科学至上的观念，抨击科学话语的霸权"[2]。而以理性主义为原则的传统哲学也凸显了弊端，它"导致了人的不自由，导致了生活的单调、人生意义的枯竭。'后现代主义'正是强调了人性的多面性，强调了人性除理性以外的非理性方面"[3]。在"天鹰与神豹的回忆三部曲"中，伊莎贝尔•阿连德暴露了在这种机械化的物质文明世界，人类过度依赖科技而丧失生存能力、过度信任理性而缺乏真实情感，正在通过破坏综合环境而走向自我毁灭的严重问题。

（一）解构科学权威

三部曲男主人公亚历山大一家居住在加利福尼亚海岸的一个小乡镇，故事便从这个又脏又破、充满悲凉气氛、感觉被人遗弃的家开始。病重的母亲、无助的父亲、迷失在奇幻世界和通过饲养各种动物来弥补缺乏母爱的两个妹妹，都使亚历山大感觉到了家庭的瓦解。这是一个面临生存危机的美国普通家庭，也是后现代人类社会的一个缩影。在这样的社会，到处都是不需要思索就可以使用的便利设施，而匆忙的人群中却一个个看起来像机器人，在纽约机场"有一半的人手机贴着耳朵，对着空中说话，活像白痴一般"[4]。科学的畸形发展使得人性扭曲，造成了人的物化和异化，从而使得人类缺乏情感，人与人之间缺乏最基本的沟通和信任。漂亮的青春期少女沉迷于吸毒和行骗，自诩是严谨科学家的人类学教授满足于自欺欺人和迷惑学生。

同时，在物质文明的推动下，人类变得愈发贪婪和疯狂。脂肪堆积的胖子不停地出着汗，却每隔一段时间困难地弯下腰，把手伸进装着食物的袋子里，然后开始咀嚼零食；企业家从垦伐森林到金矿开采无一不有；冒险家参与象牙、钻石、奴隶的非法买卖；靠"在计算机工业界窃取他下游工厂和同行业的创意而致富"[5]的全球

[1]　陈世丹：《后现代人道主义小说家冯内古特》，天津：南开大学出版社，2014年，第42页。

[2]　刘慧玲：《和谐社会的建构与后现代主义思潮》，《广东社会科学》，2005年第3期，第58页。

[3]　张世英：《"后现代主义"对"现代性"的批判与超越》，《北京大学学报》，2007年第1期，第45页。

[4]　伊莎贝尔•阿连德：《怪兽之城》，张雯媛译，南京：译林出版社，2010年，第12页。

[5]　伊莎贝尔•阿连德：《金龙王国》，张淑英等译，南京：译林出版社，2010年，第44页。

第二富"收藏家"，在他 30 岁时，个人财产就超过联合国总资金；掌握最尖端技术的"专家"可以暗杀哥伦比亚总统、在德国航空公司的飞机放炸弹、取得英国皇室皇冠、劫持教皇，或更换卢浮宫名画。人类变得相当可怕。这群武器、毒品和钻石的走私者，还有橡胶工人、找黄金的人、士兵和木材工人，他们腐蚀、剥削印第安人，威胁到印第安人的生存。相反，印第安人虽然在物质上很原始，但是精神层面却很先进，他们和大自然相联系，像儿子和母亲那样联系在一起。在印第安人之间，从分享食物到共同承担孩子的教养责任，他们分享一切。生活形态如同石器时代的雾族原住民，拒绝物质文明，跟大自然为伍，和周围的生态环境保持最完美的共生状态。

作者在小说中指出，生产力不是唯一的衡量标准，商业利益也不是最重要的追求。在把生态看得比生意还要重要的金龙王国，景致如梦似幻，是现代科技根本无法相提并论的。恩高背的矮人生活穷苦，跟外面的世界如电力、清洁用水、教育或医疗完全隔绝，但他们的社会却是最自由和最平等的。"男人和女人是以紧密的同伴情谊生活在一起……他们当中没有阶级制度……男人和女人之间没差异，老人和年轻人之间没有差异，小孩子没有义务要唯父母是从。"[1] 他们认为，西方的物质主义文化是颓废没落的文化，会危害他们长久以来维持的核心价值观。外国人不仅会将身体的疾病，还会将心灵上的疾病传染给他们，使他们的生命永远改变。以"科学至上""唯发展论"为核心的价值观也造成了人类社会的极度不公。在印度，高级饭店的金碧辉煌和周边极端的贫困形成了强烈对比。靠走私发展起来的现代化城市贫富悬殊，赤贫的人住茅舍，没有钱也没有希望。因此，单有科学和物质文明仍然是不够的，"科学至上"只会将人类引向末路。

（二）批判理性至上

伊莎贝尔·阿连德以她擅长的魔幻现实主义风格描写主人公的神秘冒险之旅，将魔幻、超自然等因素融入作品，突破了写实和虚幻的界限，解构了现实主义小说赖以生存的理性主义的基础，构建一个多样化的世界。小说中，各人都有自己的动物图腾，并与图腾心灵相通；金龙国国王登位之前必须接受各种肉体和灵魂训练，包括开启能看见心灵之光的第三只眼；印第安人掌握古老的隐身术，化实为虚，想象

---

[1] 伊莎贝尔·阿连德：《矮人森林》，陈正芳译，南京：译林出版社，2010 年，第 91 页。

身体形同透明的影像，直到变成纯粹的灵魂；各类物种之间通过灵魂的联系、流动的能量和精妙的网络交织在一起，形成难以捉摸的沟通形式。小说人物多次提到，无法只相信理智，更多时候需要求助于梦境、直觉和魔法。

至于治疗身体的疾病，小说中也多次提到单靠现代科学和医疗是不够的，他们相信，与从外国引进的医疗方法相比，有时候魔法可以给予更好的疗效。金龙王国的迪巴度王子跟师父学习用神奇的针灸和祷念来治病，亚历山大让患癌症的妈妈在接受化疗的同时还服用他从怪兽之城取回的健康水和巫师的草药，他"发觉他的希望没有一个逻辑的基础，他应该相信德州医院的现代医疗，而不是一个装水的葫芦和从亚马逊河流域一个裸体老人那儿得来的几片叶子，但是在那趟旅行中，他学会敞开脑袋去看奥秘事物。存在超自然的能力……几乎一切都可以理性地解释，但是亚历山大宁愿不要那样去解释，而是单纯地全心全意期待有个奇迹"[1]。相比西方的理性社会，作者笔下的"怪兽之城""金龙王国"和"矮人森林"更是一块块神奇的土地，不受理性的禁锢，远离文明，却崇尚自由、平等，有人性也有灵性的乐土。

二、抛弃中心

现代主义二元论将人和自然、男人和女人彻底分开，并认为人高于一切，男人优于女人。这种非此即彼的两极化世界观造成了生态失衡和两性关系的紧张。后现代主义者认为，万物没有中心，一切皆是边缘；承认差异，不分优劣。后现代主义旨在打破二元价值观，反对人类中心主义和男性中心主义，尊重自然，尊重差异，建立生态平衡、两性和谐的社会新秩序。

（一）反对人类中心主义

在人类中心主义盛行的当今社会，人类对自然资源的过度开发和对环境的恶意破坏，使得生态严重失衡，给人类本身和整个自然界都带来了毁灭性的后果。伊莎贝尔·阿连德对此进行了深刻的反思，在小说中融入了自己强烈的生态意识。她曾在接受采访时提到，这三部曲是她为青少年写的书，旨在让他们通过阅读感受大自然的魅力，热爱大自然，立志维护生态平衡。所以，在很大意义上，这也是一套生态

---

[1] 伊莎贝尔·阿连德：《怪兽之城》，张雯媛译，南京：译林出版社，2010年，第218页。

系列小说。她给我们呈现了一个生态的天堂、大自然的圣殿——那里不需汽油，也不需公路，不污染空气，那里毫无人烟，动植物却奇妙无比。雾族人的国度"世界之眼"是一个"拥有巍峨山峦、壮丽瀑布的天堂，一个住满动物、鸟儿和蝴蝶的无际森林"[1]。在把生态看得比生意还要重要的金龙王国，存活着世界其他地方都已绝种的一些植物、鸟类和小型的哺乳动物。人们既要保存本土的品种，也要引进其他品种，此事非常谨慎，以免破坏生态平衡。"他们觉得动植物灭绝是人类缺乏教养的不可原谅的行为。即使国王行使一国之君的权威，也不能让花卉跟动物绝种。"[2]在他们看来，人类的生存绝不是建立在其他生物的死亡和绝种基础上。

小说中，作者向我们传递了一种万物共生的生态价值观。人与动物、植物，甚至各物种间都是息息相关的。每个人都有一种动物的灵魂相伴，作为自己的图腾，与之心灵相通。人可以展开心灵，"接受各物种灵魂的联系，靠着流动的能量，靠着精妙的网络，全宇宙交织一起"[3]。没有事物是遗世独立的，从人的思维到自然现象，无一不会影响其他人和事物。印第安人和树獭好几个世纪来一直是共生关系。不懂书写的印第安人有着特殊的生态档案，他们的历史树獭都不会忘记。印第安人可以"变成跟森林的颜色、树木的纹理和纤维一模一样"[4]而随意消失于无形。他们与大自然为伍，和周围的生态环境保持最完美的共生状态，是纷繁复杂的丛林生态的一部分，而不是以一种优于其他物种的形态存在。跟人类一样，所有的动物都会沟通。它们彼此说话，组成家庭，它们爱自己的小孩，它们群居成一个社会，它们有记忆。在小说中，作者便塑造了一个懂大自然、会动物语言、善于与动物沟通、带着森林气息的人物——纳迪亚。作者还反复强调了大自然不可避免的相互法则，那就是一个人拿走一件东西，就应该拿另一个东西交换，或者说要收获多少就要施予多少。唯有建在平等的基础上，才能保持自然界的平衡和生态的可持续性发展。

---

[1]　伊莎贝尔·阿连德：《怪兽之城》，张雯媛译，南京：译林出版社，2010年，第136页。
[2]　伊莎贝尔·阿连德：《金龙王国》，张淑英等译，南京：译林出版社，2010年，第107页。
[3]　伊莎贝尔·阿连德：《矮人森林》，陈正芳译，南京：译林出版社，2010年，第150页。
[4]　伊莎贝尔·阿连德：《金龙王国》，张淑英等译，南京：译林出版社，2010年，第56页。

（二）消除男性中心主义

"西方文化传统中有着根深蒂固的重男轻女倾向。"[1] 在文明社会，男人世代拥有主权，永远处于主导地位、中心地位，女性却被恶意地客体化、边缘化。在西方社会，永远记不住女人名字的人类学教授用他那雄性占上风的理论迷惑学生，作者对此进行了强烈的讽刺和批判，她为我们展现了一个全新的自然界和人类社会。"侏儒黑猩猩比正常的黑猩猩更加爱好和平。黑猩猩群是由母猩猩发号施令，这意味着它们有较好的生活品质，较少的竞争和较多的合作。团体生活吃得好睡得好。不像其他猴子，在由雄性主导的群体里，只会争吵打架。"[2]《怪兽之城》中，在雾族，女人担任酋长，任命首领，分配权力；《金龙王国》中，雪人"好几个世纪以来皆仰赖女巫的精力和智慧得以生存。她是严厉、公正和英明的母亲"[3]；《矮人森林》中，古老的女王是森林女骑士，在她的统治下，矮人族男人和女人以紧密的同伴情谊生活在一起。夫妻共同狩猎，平等分担照顾孩子的责任。

作为女性作家，伊莎贝尔·阿连德不止一次说过，没有比写女人更容易的了。她认为女性作为人，更有趣，更复杂，同情感和人际关系的联系更密切。她擅长写女人，想为女人代言，但她却绝不是一个偏激的女权主义者。她的本意并不是解构男性中心主义后，建构一个以女性为主的新的中心。小说探险团队由男女老少组成，各司其职，合理分工。男主人公亚历山大的母亲因疾病而在正常家庭生活和子女成长过程中缺席，从而使得整个家庭面临瓦解。作者暗示，小到家庭，大到社会，再到整个生物界，只有两性平等、共同参与、消除中心，才能保持平衡、正常运行发展。女主人公纳迪亚便是个"有森林味道的雌雄同体动物"[4]。借用伍尔夫的双性同体艺术观，作家有意打破了两性的边界，同时弱化了人类和自然界其他生物的区别，旨在建立一个没有中心和边缘之分、没有优劣等级之分、共生共荣的理想境界。

---

[1] 李敬巍、时真妹：《从解构到重构——生态后现代主义批评的双重维度》，《外语与外语教学》，2011年第1期，第93页。

[2] 伊莎贝尔·阿连德：《矮人森林》，陈正芳译，南京：译林出版社，2010年，第26页。

[3] 伊莎贝尔·阿连德：《金龙王国》，张淑英等译，南京：译林出版社，2010年，第227—228页。

[4] 伊莎贝尔·阿连德：《怪兽之城》，张雯媛译，南京：译林出版社，2010年，第172页。

（三）解除权力中心

伊莎贝尔·阿连德笔下的种族首领和国王虽拥有统治的权力，却都不是刚愎自用的独裁者。在老酋长去世以后，雾族遴选出一个有能力了解其他世界的奥秘、可与众神沟通又能保护族人的女酋长。这个睿智的女人任命了其他几位首领，将权力分配下去。雪人首领因为担心族人受苦，只有在找到合适的接替人之后，才舍得离开这世界。为了能胜任治理国家的重任，金龙王国的国王在继承王位之前，必须学习历史和哲学；认识大自然、动物以及植物的药性。他们训练直觉，培养想象力，磨炼应战能力，但同时领略和平的可贵。除此之外，他们再到欧洲求学，了解许多当代知识。通过这些，他们获得治理国家需要具备的身心平衡能力、各种传统知识和当代新知识。国王从善如流，还将佛教义理应用到管理国家大事上，使自己不仅"有务实的知识能力可以作公正判断，也有足够的智慧不让自己被权力腐化"[1]。从而保证国泰民安、民生富裕。所以，小说中不管是种族首领还是一国国君，都是大家的精神领袖，承受更多的是责任，而不是权力。作家借此表达了解除权力中心，构建真正民主社会的美好愿望。

（四）打破传统的人物中心论

伊莎贝尔·阿连德笔下的主人公多数是女性，因为妇女的处境是她关心的主要问题之一。在被问到为何这三部曲中由一个男性领唱，她承认这其中有两个同样重要的主人公，即亚历山大和纳迪亚。所以，作者一反常态，打破传统的人物中心论，特意安排了男女两位主人公，既没有先后之分，也没有主次之分。有人将纳迪亚称为"亚历山大的女人"，而亚历山大对这一称呼很反感，觉得是一种侮辱。他俩谁也不从属谁，既独立存在，又心灵相通，团结一致。

三、强调多元性，承认并容忍差异

后现代主义小说"是对小说形式和叙事本身的反思、解构和颠覆。它造成了传

---

[1]　伊莎贝尔·阿连德：《金龙王国》，张淑英等译，南京：译林出版社，2010年，第48页。

统小说和叙事的瓦解"[1]，它是对既定范式的一种解构，却并没有指明构建的新方向。作为富有社会责任心的作家，伊莎贝尔·阿连德强烈关注人类命运和社会整体走向。通过这三部曲，她倡导建立多元共生、兼容并蓄的理想社会新秩序。

（一）承认物种多元

在她的三部曲中，伊莎贝尔·阿连德向我们展现了一个个物种繁多的生态乐园，那里有着世界其他地方所没有的植物、昆虫、鸟类和其他动物。那简直就是一个生态档案，"地球其他地方已消失的物种却在这里幸存"。作家借小说人物之口告诉我们，"任何生物创造后续生命的要素取决于它们的品种的多样性……多样化将是生存的保证"[2]。

（二）强调种族多元

西方国家的各种垦荒、开采、走私，以及宗教和文化的传播，都是殖民压迫和种族同化的另一种形式。在正面面对来自西方国家的外来人时，印第安人不是被歼灭就是被同化。"参与文明的印第安人变成乞丐，失去战士的尊严和土地，像老鼠般活着……永远忘记自己的源头、语言和神明。"[3] 被抓住的雪人，不是变成展示品，就是被当奴隶使唤。"改变只能自愿，不能强迫。每个人都可以改变，但没有人可以强迫我们改变……改变通常发生在我们面对一个无法质疑的真理时……主其事者的权力就在保卫国家免于不是以真理为基础的各种改变。"[4] 这是作家为智利、为拉美国家、为第三世界所有人发出的心声，呼吁种族平等和自由。

伊莎贝尔·阿连德在三部曲的最后一部《矮人森林》中，特意将故事的背景安排在复杂而多样化的非洲。集市上"沙漠的游牧民族；骑着配备齐全的马匹的骑士；缠着头巾，露出半边脸的伊斯兰教徒；双眼热情、脸上有蓝色图样刺青的女人；裸裎的身上涂满红土和白粉的牧人……空气中充斥持续不断的闲谈杂音，各地方的语言、音乐、笑声、声嘶力竭的喊叫声"[5]。非洲的多元化在这多种的气候、种族、信

---

[1] 陈世丹：《后现代人道主义小说家冯内古特》，天津：南开大学出版社，2014年，第108页。

[2] 伊莎贝尔·阿连德：《金龙王国》，张淑英等译，南京：译林出版社，2010年，第229—230页。

[3] 伊莎贝尔·阿连德：《怪兽之城》，张雯媛译，南京：译林出版社，2010年，第223页。

[4] 伊莎贝尔·阿连德：《金龙王国》，张淑英等译，南京：译林出版社，2010年，第143页。

[5] 伊莎贝尔·阿连德：《矮人森林》，陈正芳译，南京：译林出版社，2010年，第6页。

仰、文化和语言上表现得淋漓尽致。

（三）追求文化多元

随着人类社会的不断发展，各民族文化也得到不断交融。为了使不同文化背景的民族和睦地相处于一个社会，就要接受不同文化的共存，承认不同文化的差异并平等对待它们。这种文化多元在促进世界文化繁荣、增强民族文化和消除文化中心主义等方面都具有重要作用。在三部曲中，作者有意融入了各种文化，向我们展现了一个神秘而又多元的世界。女主人公纳迪亚就是一个懂英语、西班牙语、葡萄牙语和好几种印第安人语言的小女孩。这种文化的多元，是在坚持自身文化传统中最核心价值的同时，兼收并蓄其他国家或民族的优秀文化，从而形成以本国或民族文化为主，外来文化为辅的百花齐放、百家争鸣的和谐社会氛围。金龙王国认为西方文化是物质主义文化，也是颓废没落的文化，会危害他们长久以来维持的核心价值观，他们以自己的传统为荣，但并不全盘排斥西方文化。他们的大学生"热爱牛仔裤和运动鞋……国王在穿着上的想法不执拗僵化，同样在其他方面也很有弹性"[1]。印第安雾族人也派人学习西方人的风俗习惯，以便担任雾族和外来文化的协调者。但西方文化中心主义和霸权地位到处可见，小说中也多次进行了控诉。"他们向我们谈论他们的神明，却不愿意听听有关我们神明的事。"[2] "自己的信仰称为宗教，他人的信仰成为迷信。我们说的话叫语言，其他人说的话叫方言，白人的东西叫艺术，其他种族做的叫手工艺品。"[3] "难道您就尊重非洲的宗教吗？为什么强迫我接受您的信仰？"[4] 作者很明确地表明，只有给予各种文化平等的生存权利和发展空间，互相之间平等共处、和谐发展，真正做到文化的多元共存，才能实现"美美与共，世界大同"的最终目标。伊莎贝尔·阿连德对西方价值体系进行了深刻的反思，表达了对西方文明掠夺史的控诉和对受压迫者的同情。

阿连德采用后现代主义书写策略，探讨世界和平、生态和谐这种理想状态的构建途径。在工业发达、信息爆炸的后现代社会，隔离与孤立并不能确保独立与发展，

---

[1] 伊莎贝尔·阿连德：《金龙王国》，张淑英等译，南京：译林出版社，2010年，第48页。
[2] 伊莎贝尔·阿连德：《怪兽之城》，张雯媛译，南京：译林出版社，2010年，第153页。
[3] 伊莎贝尔·阿连德：《矮人森林》，陈正芳译，南京：译林出版社，2010年，第46页。
[4] 伊莎贝尔·阿连德：《矮人森林》，陈正芳译，南京：译林出版社，2010年，第67页。

"即使躲在密林的最深处，也不算得救。逃避不能解决问题，因为早晚他们还是会被别人找到"[1]。只有团结互助、彼此尊重、平等往来，才是一种生存之道、发展之道。关于部落的集体制度，作者相信，个性是部落中的一种病理学的东西，因为单个人不可能幸存下来，集体比个人重要。阿连德的这种后现代人道主义对于思考和解决当今社会人与自然、人与人之间的问题也具有现实意义。

---

[1]　伊莎贝尔·阿连德：《矮人森林》，陈正芳译，南京：译林出版社，2010年，第201页。

第三节 《月亮部落的夏娃》：不确定的世界

"不确定性原则是后现代主义文学的突出特征。"[1] "所谓不确定性（indeterminacy）就是指后现代主义放弃二元对立，放弃对终极意义的解释和追求。"[2] 哈桑认为，不确定性是后现代主义的第一个本质特征。在其小说中，阿连德对传统小说的解构普遍表现出不确定性这一后现代主义解构趋势的审美特征。"不确定性是一个由不同的概念构成的范畴，它包括：模糊性、非连续性、异端、多元化、随意性、反叛、曲解和变形。"[3] 在《月亮部落的夏娃》中，阿连德通过表现小说意义的多元化和叙述的非连续性来颠覆传统小说的内部形态和结构，体现小说文本的不确定性和外部世界的不确定性。

一、意义的多元化

"多元化是女权主义批评中一种反对系统化和统一性的理论倾向。多元化指一种对话的努力，它使文学创作不断发展，这种对话具有潜在的、竞争的可能性。"[4] 小说《月亮部落的夏娃》以主人公夏娃个人成长的不平凡经历为主线，描绘了一个拉美国家自第二次世界大战前夕到 20 世纪 60 年代末期的复杂多变的历史进程，而不管是个人成长过程还是历史进程，都呈现了多元化的特点，从而也给了我们丰富的启示。

---

[1] Hu QuanSheng: *Selected Readings in 20th-Century British and American Literature—Postmodernism*, Shanghai: Shanghai Jiaotong University Press, 2003, p. 14.

[2] 李智：《后现代主义的回归：〈五号屠场〉的非后现代主义因素》，《广东外语外贸大学学报》，2005 年第 3 期，第 34 页。

[3] 陈世丹：《后现代人道主义小说家冯内古特》，天津：南开大学出版社，2014 年，第 130 页。

[4] 王先霈、王又平：《文学批评术语词典》，上海：上海文艺出版社，1999 年，第 621—622 页。

（一）历史背景的多元化

作者没有按照传统的写作模式将故事的发生和发展安排在一个固定的地方，而是把眼光扩及更大，小说跨及拉丁美洲、欧洲大陆和阿拉伯世界三个地方，而且读者被告知那个拉美国家是在加勒比海沿岸的南美大陆的一个热带国家，这种不确定性就存在很多可能性。这是阿连德习惯的做法，她一向认为拉美国家不仅在地域、文化、政治、经济等方面极为相似，也有着共同的命运。所以，她通过写作想要揭示的不仅是祖国智利的社会现实，也是整个拉丁美洲的现状，甚至她旨在放眼全球，思考整个人类的生存状态和出路。除此之外，在描述主人公遭遇和命运的同时，作者把军事独裁、古巴革命及其影响、各大陆向南美移民现象、开发石油带来的经济繁荣、游击队活动、民主化进程等拉丁美洲近现代史上的典型事件和社会现象引入小说，与个人成长的主线交织在一起。作者这种贴近现实、反映现实、表现现实的一贯创作思想，不仅增强了故事的真实感，也加深了人物活动的社会意义。而多元化的故事背景，更能多角度地表现那段复杂的历史，更能解释个人经历的多元化。

（二）个人经历的多元化

作为主人公，夏娃个人经历的多元化主要反映在她复杂多变的身份和成长过程上。作者不仅以夏娃的姓名作为小说的名字，也以"我叫夏娃。为了给我取名字，妈妈查了一本书，书上说'夏娃'的意思是'生命'"[1]这样的介绍作为小说的开头。根据上帝造人说，夏娃是世界上第一个女人。正如小说中所说，她的名字意味着"生命"，象征着创造的力量。她是一个被创造的生命，而这个创造却源于诸多奇特魔幻、复杂不定的因素。她的母亲是个身世不明的西班牙孤女，她的父亲是个不知姓氏的印第安人。她的母亲为了安慰这个被毒蛇咬伤、气息奄奄的印第安花匠，便委身于他。就这样，母亲在她父亲的灵床上孕育了她，却也救活了她父亲。她是个神秘的混血儿。男人与女人、印第安人与西班牙人、死与生、象征撒旦的蛇与象征生命的夏娃，所有这些共同创造了夏娃·鲁娜这个小说人物。在她母亲与她教母谈论取名的时候，

---

[1]　伊莎贝尔·阿连德：《月亮部落的夏娃》，柴玉玲等译，北京：中国国际广播出版社，1990年，第1页。

我们会发现她没有姓氏。"姓什么呢？""没有姓，有没有姓，关系不大。""人人都得有姓。这儿只有狗才光有名字呐。""她爸爸属于月亮子孙部落的。那就叫夏娃·鲁娜吧。"[1] 西班牙语 Luna 意译为"月亮"，音译为"鲁娜"。可见，夏娃都没有一个固定的姓，而是套用了一个部落名，这意味着她属于一个更大的群体，这也赋予她一种不确定的多元身份。

夏娃是一个被创造的生命，而这个创造也是一个复杂多变的过程。这个过程总共分为三个阶段。在小说开始，夏娃的出生只是完成了生物意义上的创造。在第六章，当她遇到里亚德·哈拉比，被他带回家，算是完成了再创造。"我第一次自由自在地在街上跑来跑去。在这之前，我要么被关在屋里，反锁着屋门；要么在充满敌意的城市里到处流浪。"[2] 里亚德·哈拉比在情感上和经济上给她安全感和归属感。而且，正如小说中所说，"在我一生中，里亚德·哈拉比给了我几样至关紧要的东西，其中极其重要的两件，就是学会写字和那道出生证。直到那时为止，没有任何证件能够证明我存在于世上。我出生的时候，没人为我注册登记，我又从来没上过学，就像我压根儿没有出生似的。"[3] 可以说这个男人给了她第二次生命。不仅如此，在夏娃离开的前一晚，将童贞给了里亚德·哈拉比，从他那获取了初次的性体验，完成了从女孩到女人的转变。里亚德·哈拉比是她的养育者，也是她的向导。然而，要最后成为一位自觉支持社会革命行动的女作家，夏娃还需要第三次的成长。在朋友"咪咪"的鼓励下，她终于开始了写作。"那是个普普通通的星期三……但是，我特别珍惜这一天，它好像是专门留给我的日子……我觉得这次和往常不同，它能够改变我生活的方向。我准备好一杯纯咖啡，往打字机前一坐，拿起一张白纸，干干净净得就像是刚刚熨好供做爱用的床单……我觉得皮下的血管里流淌着某种异样的东西，仿佛一股清爽的微风吹透了骨头。"[4] 而结识并爱上乌贝托·纳兰霍和罗尔

---

[1]　伊莎贝尔·阿连德：《月亮部落的夏娃》，柴玉玲等译，北京：中国国际广播出版社，1990年，第 21—22 页。

[2]　伊莎贝尔·阿连德：《月亮部落的夏娃》，柴玉玲等译，北京：中国国际广播出版社，1990年，第 148—149 页。

[3]　伊莎贝尔·阿连德：《月亮部落的夏娃》，柴玉玲等译，北京：中国国际广播出版社，1990年，第 155 页。

[4]　伊莎贝尔·阿连德：《月亮部落的夏娃》，柴玉玲等译，北京：中国国际广播出版社，1990年，第 250 页。

夫·卡勒这两个男人，使她接触到反政府的游击队，参与帮助同伴越狱行动，并将民主与正义思想注入小说创造中，逐渐成长为一个自觉支持社会革命行动的女作家。尤其与罗尔夫·卡勒的相爱，使她在精神和肉体上完成最后的成熟与蜕变。

夏娃不仅是一个被创造的生命，她本身也是一个创造者。从一个喜欢讲故事、善于讲故事的女孩子成长为一个进步女作家，她完成了一个又一个故事的创造。有缠绵悱恻的爱情故事，有扣人心弦的惊险故事，有滑稽可笑的闹剧，也有催人泪下的悲剧。有听来的、看到的故事，有根据书本、广播、电影、电视剧等改编的，也有原本就留在她遗传记忆中的故事。她用想象力和创造力为自己安排了过去和家族历史，为他人改变了命运或编造了过去。她创造的是一个个故事，也是一种种命运的可能。这些各种各样的可能，不仅解构了小说文本的确定性，也质疑了外部世界的真实性。

（三）次要人物的多元化

除了主人公夏娃是个复杂多元的人物，在她成长过程中遇到的各式各样的人物也都呈现了多元的特性。乌贝托·纳兰霍从一个街头流浪儿到天不怕地不怕的团伙头儿，再到意志坚强、指挥若定的游击队领导人；罗尔夫·卡勒由一个生活在恐惧中的奥地利孩子到住在拉美移民村中的机灵小伙，再到仗义执言、敢于揭示真相、追求正义的电视记者；里亚德·哈拉比有着相貌缺陷却同时拥有善良敦厚、谦逊忍让的美德。这三个分别来自于拉美、欧洲和阿拉伯世界等不同文化环境的男人都有着丰富多变的人生和复杂多元的性格。里亚德·哈拉比和罗尔夫·卡勒或多或少都具有双性的特征。伍尔夫是较早将"双性同体"理论应用到心理学和文学领域中的一位作家。她的双性同体论是指"人类在大脑里两性沟通与交流后达到统一与自然合作的一种精神状态；它从社会性别差异出发，最终走向两性和谐同体，从本质上解构和颠覆了父权体制的两性二元对立说。"[1] 罗尔夫·卡勒敏感、温柔、感性，虽然不承认自己有什么激情，但"稍不留意，情绪一激动起来就折腾得人仰马翻……

---

[1] 刘岩、马建军、张欣等：《女性书写与书写女性：20世纪英美女性文学研究》，上海：上海外语教育出版社，2012，第187页。

在生活道路上，他的感情总是暴露无遗"[1]。而"里亚德·哈拉比这个人心肠软得要
命。对别人爱护备至"[2]。他们在一定程度上都具有典型的女性气质。而乌贝托·纳
兰霍虽然为人仗义，与夏娃也甚为亲密，但却轻视女性。他认为："它使顶天立地
的男子汉，能够驾驭自己的命运。相反地，他认为我生下来是个女人，处于劣势，
应该接受各种保护和限制……即使他的梦想得以实现，平等也不会降临到我身上……
人民似乎只是由男人们组成的，而我们只应该为革命做贡献，同时又被排除于决策
和权力之外。他那个革命实质上不会改变我的命运。"[3] 这也是他们俩之间的问题所
在，夏娃意识到她自己要为自己开辟道路，从而实现了后面她与罗尔夫·卡勒的灵
与肉的真正结合。这三位男人与夏娃保持不同程度的恋情，在夏娃的生命中扮演了
重要的角色。除了他们，还有其他复杂多元的人物形象，比如，"夫人"和"咪咪"
都是被社会环境扭曲了性格，但却也展现出乐于助人、主持正义的本质。尤其"咪咪"
这一个人物形象，本身是男儿身，却有着一颗女儿心，通过药物和激素维持绝美的
女性外貌特征。最后终于能接受自己身上同时留有的男性和女性特征，放弃做变性
手术这一最后的愿望，也被男友所接受。多元化的历史背景和个人经历，有效地解
构了小说文本和外部世界的单一性、固定性、明确性，而作者通过描述这一群复杂
多元的人物形象，挑战二元世界，揭示世界的多种可能性。

二、叙述的非连续性

后现代主义作家总是有意打破各种类型的连续性。他们随意颠倒混乱时间，自
由切断现实空间，从而打破现代主义的连续性，使得小说结构松散、语言分裂，呈
现出一种破碎现象。后现代小说通常没有紧密完整的结构，而是以一种松散，甚至
凌乱的结构呈现出来。作者有意将故事叙述与人物内心独白交织起来，互相穿插又
互相割裂，形成强烈的错乱感和破碎感。

小说《月亮部落的夏娃》中，故事情节的发展和人物活动被安排在拉丁美洲、

---

[1]　伊莎贝尔·阿连德：《月亮部落的夏娃》，柴玉玲等译，北京：中国国际广播出版社，1990
年，第 90—91 页。

[2]　伊莎贝尔·阿连德：《月亮部落的夏娃》，柴玉玲等译，北京：中国国际广播出版社，1990
年，第 137 页。

[3]　伊莎贝尔·阿连德：《月亮部落的夏娃》，柴玉玲等译，北京：中国国际广播出版社，1990 年，
第 231 页。

欧洲大陆和阿拉伯世界三个地方，故事同时或先后发生。为了多角度地表现那段复杂的历史，作者采用了"双线并行，互相交叉"的手法。在一、三、五、六、八、九章里，夏娃·鲁娜的生活是主线，作者先后叙述她的出生、为佣、流浪生活，以及结识乌贝托·纳兰霍和里亚德·哈拉比的故事。在这个部分，还插入对她母亲的描述，包括母亲在修道院度过的童年、在外国生物教授家为佣的经历，以及与印第安花匠生下夏娃的过去。在二、四、七章里，罗尔夫·卡勒是主线，作者主要介绍他的出生、上学、赴南美的生活，以及最后成为记者的经历。而直到十、十一两章和尾声，作者才把全班人马汇集起来，在加勒比海沿岸某一拉美国家演出一场以反政府游击队劫牢反狱、营救同伴为中心的话剧。这种交互运用带给读者一种强烈的断裂感，不同场景、不同人物的交叉叙述还造成了一种时间和空间的倒错感，将过去与现在、历时与共时、想象与真实杂糅在一起，使小说呈现出碎片化的面貌。除此，小说中虚构人物夏娃与故事叙述者夏娃的时而重叠，时而分开，也突出了小说叙事的不连贯性。这样的非连续性揭示了后现代的精神风格，它是对一切秩序的怀疑，对所有构成的消解。

第四节 《佐罗，一个传奇的开始》：
后殖民视角下的混杂身份

20 世纪的最后 25 年里，在文化和文学批评领域出现了各种"后"理论。后殖民主义就是后现代论述在美国本土化之后，从北美兴起，后来在欧洲获得联动的理论体系，它开始放弃追溯既定的、先验的概念图式，而去追溯既定的话语体系，并寻求主体的定位。后殖民主义知识体系极大地挑战了从启蒙主义到殖民主义过程中形成的西方中心主义的历史叙事，引发了全球性的多元文化的价值取向，从政治和文化层面支撑了当今世界的多元格局，并为多元主义提供了理论基础。实际上，后殖民主义是后现代文化批判理论体系的一部分。其最主要的文化批判命题就是"文化身份问题"，并且通过文化身份命题的探讨，衍生到国际关系中的文化权力体系，以及追溯政治哲学和社会哲学层面上对于现有秩序建构方式的阐述。宗主国与殖民地、中心与边缘、自我与他者，多种力量的冲突成为后殖民主义小说中盛行的主题，后殖民小说也旨在为这些矛盾的声音寻求对话的可能，这也促进了文化的杂合，或者用古巴人类学家费尔南多·奥尔蒂斯造的词，叫作"文化嫁接"（transculturation）。

现代拉美小说融合了各种不同的种族、文化和语言元素，本身具有杂糅性。小说《佐罗，一个传奇的开始》囊括了英雄和美人、拉美风情和欧洲景致、游侠和海盗、宗教仪式和骑士精神等一系列畅销元素，使这部小说更通俗化，但它也具有明显的后殖民主义小说特征。故事开始于加利福尼亚，然后转到西班牙，最后再回到上加利福尼亚。佐罗是小说中神秘的主人公，也是行侠仗义、除暴安良、劫富济贫的化身，是一个标志或者代名词。首先，主人公迭戈·德拉·维加是个西班牙和印第安人的混血儿，他的成长经历包括了在加利福尼亚接触殖民地等级制、学习印第安人文化和生活习性、在西班牙学习剑术和欧洲文化，以及回到上加利福尼亚成为一个真正的侠士。他不是一个民族英雄，不是只属于一种文化区域，或保卫某一个特定的民族。佐罗具有混杂的身份，他突破了限定的边界，成为一个跨文化的人物形象。而且，这样的英雄不单单是某一个人物，不只是小说中虚构的主人公。从小说的最后，我们可以看到佐罗是三个人的合体。一个印第安男人、一个欧洲女人和一个混血儿，三个人共同组合成了佐罗。也许，还会有更多的人加入这个队伍，成为佐罗或佐罗的一部分。这是"佐罗"这一身份的混杂化过程，而小说中多个地点和故事背景也是人物完成身份混杂化的必备要素；反之，人物身份的混杂也促进了环境的混杂，凸显其多元又复杂多变的特征。

迭戈·德拉·维加在离开加利福尼亚和回到上加利福尼亚时，不再是同一个人，他成了佐罗，他完成了身份的混杂化；而他离开时和回来时的加利福尼亚也不再是同一个地方，它也经历了一个混杂化的过程。

一、迭戈和印第安土著人

作者将故事安排在三个地方，情节的发展也可以分为三个阶段。第一部分发生在 1790—1810 年的加利福尼亚，讲述了主人公迭戈·德拉·维加出生前的家庭背景、他的童年，以及他赴西班牙前的少年时光。在此期间，他主要是接触印第安人，学习他们的手艺和文化，从他们的视角来认识世界。那时的加利福尼亚不管是从土地风貌还是居住者来说，都主要呈现原本的土著特征。小说一开始便向我们描写了门多萨神父和指挥官阿来汉德罗·德拉·维加眼中的那片土地和那里的土著人，他们看到的是原始和野蛮，他们误认为传播文明是自己的职责所在。双方的互不理解、互不认同是显而易见的。土著人也并非乐意接受基督教义。"印第安人不大明白那个在十字架上受苦的男子有什么神秘可言；为什么白人对他顶礼膜拜；不明白在这个世界受苦会对在另一个世界享福有什么好处……也不明白那些外来者为什么在地上插旗帜，为什么划出想象的界线，然后宣布那是自己的财产……印第安人觉得占有土地的思想如同分配大海的想法一样，简直不可思议。"[1] 其实，印第安人非常聪明，"西班牙人对于邱马什经济有着深刻的感受，认为这种经济的复杂程度可与中国经

---

[1]　伊莎贝尔·阿连德：《佐罗，一个传奇的开始》，赵德明译，南京：译林出版社，2011 年，第 4 页。

济媲美"[1]。而门多萨神父却认为他们是无知的，无法理解他们以暴动的形式反抗西班牙人的统治，他认为这些可怜的人是上帝的无辜羔羊，他们因为无知而不是因为恶习而犯罪。所以，他们必须要接受教化。但是，西班牙统治者向土著人提供的教育是服从和奴役，而不是知识。门多萨神父"讲授教义和数学，为的是让新教徒们——皈依天主教的印第安人——能够计算皮毛、蜡烛和牛群；但是不开设阅读和写作课，在那里这些是没有实用价值的知识"[2]。甚至，他认为教印第安人学知识是非常危险的，因为那样会在他们大脑注入大胆的想法。西班牙政府也不允许土著人孩子上学，老师们甚至威胁说，如果有印第安人胆敢把头探入神圣的课堂，他们就立马走人。

迭戈的母亲依布尔尼娅，人称"狼女"，就是在这种情况下出现了。她的母亲白猫头鹰是一个印第安部落的"大仙"和巫医，是部落的精神领袖。她的父亲是一个西班牙逃兵，一直躲藏在印第安人中间。依布尔尼娅从父亲那学会了基础西班牙语；从母亲那学会用草药治病和掌握了自己民族的历史传说。更不寻常的是，出生没几个月，她便被狼叼走养活，也就成了"狼女"。她的这种混杂身份也是相当典型的。不仅如此，她被当成男孩培养，学习使用弓箭和长矛，她套着狼头，佯装男人，率领一群印第安人武力反抗白人统治。在她被俘虏以后，西班牙总督夫人打算驯化她。"这个女人在监狱里会变成印第安人严厉的烈士……我用一年的时间就能把这个什么狼女、什么勇敢的印第安女郎、什么依布尔尼娅改造成一个西班牙基督徒淑女。这样，我们就一劳永逸地消除了她在印第安人中间的影响了。"[3] 这是宗主国在殖民地惯用的驯化异种人群的手段。因为殖民地不同的地域、人群、语言、宗教、文化显得如此奇异和陌生，殖民者需要改变他们，同化他们，以免受到未知的威胁。小说中，桀骜不驯的依布尔尼娅便被试图塑造成西班牙基督徒淑女，从而减少她的威胁性。但是，她越生活在白人中间，越对自己感到陌生。"她对已经变化的一切感到惊异，看看镜子，她再也找不到狼女的痕迹了；镜子里只有一张目光严厉、嘴巴

---

[1]　伊莎贝尔•阿连德：《佐罗，一个传奇的开始》，赵德明译，南京：译林出版社，2011年，第3页。

[2]　伊莎贝尔•阿连德：《佐罗，一个传奇的开始》，赵德明译，南京：译林出版社，2011年，第4页。

[3]　伊莎贝尔•阿连德：《佐罗，一个传奇的开始》，赵德明译，南京：译林出版社，2011年，第20—21页。

紧闭的妇女面孔。为生活在丈夫的天地之外、躲避问题的需要，让她变得谨慎和虚伪起来。"[1] 在总督夫人的调教下，她变成了一位令人目眩的姑娘：她的服饰和发型都是欧洲式的。虽然她此时的衣着打扮像极了欧洲人，但深爱她、一心想要与她结婚的阿来汉德罗·德拉·维加还是明白永远不能把她介绍给自己的家族或者西班牙上层社会。即使他们结婚以后，作为镇长夫人，她还是不被白人圈子所接纳，总有人在她背后议论她可疑的出身和怪癖的行为。她仍然不属于他们，还是被认为低他们一等。

除了小说开头部分描述了欧洲殖民者眼中的殖民地和当地土著人特征，在其余部分，我们还是能读到更多的客观陈述。土著印第安人与他们的故土紧密相联，甚至揉为一体。依布尔尼娅就是一个典型的例子。在她与阿来汉德罗·德拉·维加婚后居住的庄园旁，"有一座岩石迷宫，那是印第安人的圣地，它像沥青湖一样令人生畏。印第安人出于对自己祖先的尊敬而不去岩洞迷宫；西班牙人也不去那里，因为里面经常发生坍塌，还因为在里面很容易迷失方向。"[2] 如这座印第安人的岩洞迷宫一样，依布尔尼娅也一直是一个无法接近无法理解的谜，婚后她开始恢复一些旧习性，与丈夫的隔阂也越来越明显。在她被俘虏被驯化后，她并没有因此而被理解被认可，甚至她的丈夫把妻子的奇怪举止归因于新婚女人的没有经验以及她那深不可测的性格。事实上，殖民者占据了这块土地，在这块土地上建立他们的体制，按照他们的方式驯化土著人，但他们不能改变殖民地的文化，也没法控制这群人自由的灵魂。置身于这块土地，依布尔尼娅被隐藏的本性又渐渐复活了。她怀孕期间变得野性十足，常常在海里与海豚一道戏水。海豚是维持世界安全和秩序的神圣动物，能带给她分娩时所需的力量和勇气。作为外部自然环境的一部分，海豚预示着拥有混杂血统和文化的迭戈一出生就肩负调和的使命，将负重寻找不同种族、不同文化调和对话的可能。

迭戈和他同一乳母的印第安兄弟贝纳多经常被母亲带到印第安人村庄，学习印第安人的神话、传说，采集草药，叉鱼打猎，洗涤灵魂，这都为将来佐罗的诞生做

---

[1]　伊莎贝尔·阿连德：《佐罗，一个传奇的开始》，赵德明译，南京：译林出版社，2011年，第 32 页。

[2]　伊莎贝尔·阿连德：《佐罗，一个传奇的开始》，赵德明译，南京：译林出版社，2011年，第 24 页。

了准备。外祖母白猫头鹰带他们逛岩洞迷宫，"教孩子们识别一千多年前在岩壁上刻出的象征物的含义；告诉孩子们在洞内寻找方向的办法。她解释说，岩洞内分有七条神圣走向，这是灵魂漫游的基本地图；因此，在古代，先知们总是去那里寻找自我的中心，这应该与世界的中心吻合的，那里是产生生命的地方"[1]。这是印第安人理解的自然和人类的共存现象，神圣的岩洞只接受干净的心灵。除此，能预见未来的白猫头鹰还安排他们通过原始山丘和密林完成成人仪式，"她打算让两个孩子接触'大仙'，请'大仙'显示一下他们的命运"[2]。通过残酷考验，贝纳多找到了自己的图腾——一匹被他取名为"龙卷风"的黑马驹，而他的这位精神导师暗示了他忠诚、有力量、坚忍不拔的长处。同时，迭戈也遇到了他的灵魂向导——灵活、机智和聪明的狐狸。在西班牙语中，"佐罗"即为"狐狸"的意思，所以"他要像狐狸那样，发现隐藏在黑暗中的一切，要善于伪装，白天深藏不露，夜间出来活动"[3]。这是他的使命所在。就如混血的迭戈一样，佐罗这一面具下的英雄也具有双重人生。他熟悉印第安人习性，拥有印第安人世界观，同时又学习了欧洲文化。唯有这种合二为一的混杂身份才能为殖民地的土著人争取话语权。

二、迭戈和欧洲人

1810—1815 年，迭戈在西班牙学习剑术是小说的第二部分。迭戈受到欧洲文化的启蒙，接触到欧洲人的世界观，并与他原本的印第安人世界观相融合，促成佐罗这一人物的诞生。迭戈到达巴塞罗那的时候，被法国占领的西班牙尽管表面无比辉煌，实质经济腐败，政治动荡，内部摇摇欲坠。这在作者对当时欧洲景象的描写中清晰可见。他在西班牙被托付给他父亲的朋友托马斯照顾，与托马斯及其两个女儿胡里阿娜、伊莎贝尔一起生活。托马斯一家表面上过着奢华舒适的生活，可几个月后，迭戈就发现他们的生活并不是看起来的那样富有、体面。这个家实质凄凉衰败的境况象征殖民话语权的消退，所以，这也正是殖民地人民捍卫自己的声音、颠覆殖民

---

[1]　伊莎贝尔·阿连德：《佐罗，一个传奇的开始》，赵德明译，南京：译林出版社，2011 年，第 32 页。

[2]　伊莎贝尔·阿连德：《佐罗，一个传奇的开始》，赵德明译，南京：译林出版社，2011 年，第 64 页。

[3]　伊莎贝尔·阿连德：《佐罗，一个传奇的开始》，赵德明译，南京：译林出版社，2011 年，第 70 页。

话语权的恰当时机。

迭戈跟从一位欧洲老师学习剑术，再将这一欧洲技艺教给自己同一乳母的印第安兄弟贝纳多，后来，他就用这一欧洲技艺在美洲对抗欧洲殖民者的暴政。迭戈从老师那了解到了正义军团，后来也加入了这一为正义而战的秘密团体。迭戈最初学习了欧洲文化和技艺，被欧洲人同化，但他以佐罗的身份从西班牙政府官僚机构集中的兵营内救出老师和其他正义军团成员。他潜入到兵营这坚不可摧的要塞，标志着他进入了殖民话语领域，所以，表面固若金汤的欧洲殖民话语权也是摇摇欲坠、随时可破的。

三、迭戈和佐罗

小说的第三部分始于 1815 年，佐罗以他混杂的身份回到上加利福尼亚重申正义。迭戈儿时在加利福尼亚并没有严肃思考过殖民者的剥削和殖民地为独立而战的问题，而直到他前往西班牙的海上，他认识了一位正义军团的船长，阅读了船长几箱的图书，"在书籍里发现了两本关于殖民地独立的论文……他才想到美洲西班牙殖民地的自由理想……"[1] 事实上，船长圣地亚哥·德·莱昂几乎怀疑一切构成代表加利福尼亚殖民话语权的阿来汉德罗、门多萨神父和学校老师的思想和道德基础的东西，主张废除君主制，主张殖民地独立。这些革命思想对迭戈性格的形成和佐罗的诞生起到至关重要的影响。"与圣地亚哥船长在一起，他敢说出一些绝对不可能对父亲谈及的话题。他惊喜地发现：各种不同的思维方式是无尽无休的。"[2] 所以，他最初是从欧洲书籍上获得了这样的革命思想。而佐罗的一身行头也是从海盗拉非特的穿着获得灵感而模仿欧洲人的。

除了这些欧洲对他的影响，再加上他原有的印第安人特性，另外还有一段特殊的经历对佐罗的诞生必不可少。在西班牙时，他结识了一群吉普赛人，尤其阿玛利亚和贝拉约姐弟不顾不与外人交往的族规帮助迭戈。阿玛利亚安抚他，给他性体验，贝拉约送他"正义之剑"，因为他要以此为正义事业而效力。

---

[1] 伊莎贝尔·阿连德：《佐罗，一个传奇的开始》，赵德明译，南京：译林出版社，2011 年，第 91 页。

[2] 伊莎贝尔·阿连德：《佐罗，一个传奇的开始》，赵德明译，南京：译林出版社，2011 年，第 91 页。

所以，不同文化的众多因素糅合一体，促使了佐罗的诞生。而在小说的最后部分，我们看到佐罗不再是迭戈一人，而是一个三人组：西班牙女人伊莎贝尔、印第安人贝纳多和混血儿迭戈。随着各种文化的融合，佐罗以混杂的身份诞生了。阿连德笔下的"佐罗"，是一个混杂的神话，是作者对消除社会歧视、调和不同文化的最佳途径所做的一次尝试。

第五节　阿连德作品中后现代主义写作的艺术特征

阿连德在小说《佐罗，一个传奇的开始》《月亮部落的夏娃》《幽灵之家》《怪兽之城》《金龙王国》《矮人森林》，以及散文集《阿佛洛狄特：感官回忆录》中，通过元小说叙事和零散化结构等后现代主义写作手法给读者全新的审美体验，呈现历史真相，质疑现实世界的真实性。

一、元小说叙事

元小说虽然不是后现代小说的唯一叙事形式，但却是后现代小说的主流叙事类型。尽管许多研究者在阐释元小说时有不同的主张，但可以肯定的是，元小说是在接受当代哲学、语音学及文学理论的影响下产生的。它的最大特点就是变传统小说的隐藏叙事行为为暴露叙事行为。在元小说创作中，小说家仍在讲故事，但他们在讲故事的同时又故意揭穿其虚构性的本质。"他们的作品经常揭示他们有意识地使用的文学语言和他们清楚明确地表现人造产品特征的习惯做法"[1]，通过自我暴露、自我评述的方式来揭示其创作过程，在写小说的同时评论小说创作本身，从而使自己的小说变成了关于小说的小说。

《佐罗，一个传奇的开始》具有典型的元小说特色，它是一部关于如何写这部小说的小说。作者伊莎贝尔·阿连德从一开始就进入了小说文本，几乎在每个章节的结尾和开头之处都会刻意出现。比如在小说第二部分开头，她写道："既然各位读者已经阅读到这里了，那么我就鼓起勇气继续快速讲述下面的故事。下面的要比前面的更加重要。"[2]继而在第四部分又说："我拿到了新的鹅毛笔，可以继续讲述佐

---

[1]　陈世丹：《后现代人道主义小说家冯内古特》，天津：南开大学出版社，2014年，第112页。

[2]　伊莎贝尔·阿连德：《佐罗，一个传奇的开始》，赵德明译，南京：译林出版社，2011年，第81页。

罗青年时期的故事了。”[1] "亲爱的读者，我的故事就到此结束了……现在到了应该画句号的时刻了。"[2] 这便是小说的最后一句话了。不仅如此，作者还不时地还原自己的创作过程，并邀请读者参与其中，共同探讨和评论这部书的写作。关于在写这部书时作者的做法和设想，她如是说："我已经省略了，免得让可能阅读本书的朋友们感到厌烦。出于同样的道理，我对那些值得纪念的事件进行了加工，大量地使用了形容词，补充了惊险动作中的悬念，但是我并没有过分渲染佐罗值得赞美的德行。这种文学上是许可的。"[3] "我很遗憾事情会这样的，因为任何一位好心的读者都盼望一个有利于我们的英雄佐罗的浪漫结局……我们已经到了本书的第五部分，也是最后一部分。尊敬的读者，很快我们就要分手了……故事就要结束了。这在史诗故事里是经常发生的，从《奥德赛》到天仙的故事，概莫能外，我不会是企图革新的人。"[4] 小说使用的是第一人称叙事视角，在尾声部分也向读者表明了叙述者是故事中的一个人物"伊莎贝尔"，而在整篇小说中，非虚构的作者"伊莎贝尔·阿连德"、叙述者"伊莎贝尔"和故事中的虚构角色"伊莎贝尔"三者时而重合，时而各自出现。比如，在小说第三部分作者是这样谈论写作的，"各位读者：我很抱歉地告诉你们，我不能继续写下去了，因为鹅毛笔用光了……某些过程是不能机械化的，因为需要爱，而写作就是这样的过程之一"[5]。这是她超然于文本之上，客观地进行表达，使传统的技巧和结构陌生化。

《月亮部落的夏娃》是一部关于写小说的小说，关于主人公夏娃从一个喜欢讲故事、善于讲故事但却无知无识的女孩子如何成长为一位自觉支持社会革命行动的女作家的故事。如同《天方夜谭》，小说中充满了一个接一个的故事，爱情的、战争的、恐怖的、现实的、魔幻的，有听过或看过的奇闻轶事，也有根据梦境、广播、

---

[1] 伊莎贝尔·阿连德：《佐罗，一个传奇的开始》，赵德明译，南京：译林出版社，2011年，第 209 页。

[2] 伊莎贝尔·阿连德：《佐罗，一个传奇的开始》，赵德明译，南京：译林出版社，2011年，第 340 页。

[3] 伊莎贝尔·阿连德：《佐罗，一个传奇的开始》，赵德明译，南京：译林出版社，2011年，第 206 页。

[4] 伊莎贝尔·阿连德：《佐罗，一个传奇的开始》，赵德明译，南京：译林出版社，2011年，第 281—282 页。

[5] 伊莎贝尔·阿连德：《佐罗，一个传奇的开始》，赵德明译，南京：译林出版社，2011年，第 206 页。

电影、电视剧甚至在出生前就存储在遗传记忆中的过去而改编的小说。夏娃可以通过编故事、写小说随心所欲地对自己和别人的生活做出安排，将过去变成现在，同时又主宰着未来。她根据自己的喜好为自己编造了完整的过去，编造了自己的祖先和家族历史："我们陆续买下了能凑成一家子的铜板照片……有胸前挂满勋章的大使；有蓄着浓密的掩口胡须、背着双管猎枪的探险家；有两眼傲视远方、穿着木拖鞋、口衔瓷烟斗的老头儿。我们把照片挂在墙上。有了这些出身世家的前辈以后，我们又仔细地寻找孔苏埃萝的画像……她长得相当标致，完全可以代表我母亲的形象。"[1]在她的小说中，死人得以重生，在幻想中可以长生不死；分散在各处的人物集中到一处，所有被遗忘的东西显现出精确的轮廓。而当她开始讲故事时，现实退为背景，房间的轮廓渐渐模糊，最后完全消失在她构思出的背景上。就这样，她甚至模糊了现实和虚构的边界，故事成了生活的重心，现实退为故事的背景。夏娃按要求给罗尔夫编了一个没给别人讲过的故事，故事中有个会讲故事的女人，她利用自己丰富的阅历和陌生人在她身上燃起的激情，为一位战士安排了一个小说式的命运，用一个编造的美好过去替代他充满鲜血和哭泣的过去，而最后这个讲故事的女人自己也深陷其中，和对方融化在同一个故事中。另外，在自己编写的热播的电视小说中，夏娃还加入了对反政府游击队和她也参与其中的帮助同伴越狱事件的详尽描述。夏娃既是小说中虚构的人物，又是小说的叙述者，而她写的小说包含我们在这部小说中读到过的内容、没有读到的内容，以及还没读到但将会读到的内容。所以，这个故事可以被理解成"一个有关讲故事的寓言，即元小说"[2]。阿连德借此向我们揭示小说如何创造假想世界，现实如何被塑造得惟妙惟肖，通过虚构的文本揭示虚构的现实。

二、零散化结构

（一）自由与循环的时间

自由与循环的时间是造成后现代叙事在结构上处于零散、破碎状态的重要原因

---

[1]　伊莎贝尔·阿连德：《月亮部落的夏娃》，柴玉玲等译，北京：中国国际广播出版社，1990 年，第 222 页。

[2]　陈世丹：《美国后现代主义小说详解》，天津：南开大学出版社，2010 年，第 239 页。

之一。自由式的叙事时间是指时间或历史在后现代文本中像一个固定的书架一样，叙述者可以从古至今亦可从现在到过去乃至将来任意穿行，而无论多么久远的时间在叙述者的手中不过是书架上的一本书，可以被随意打开翻阅。《幽灵之家》中，叙事时间完全不同于传统小说的叙述方式。例如小说一开头写到"巴拉巴斯从海路来到家里。克拉腊姑娘用纤细的字体写下了这件事。那时候，她已经养成了记大事的习惯……万万没有料到五十年后我会从她的笔记本里挖出对往昔的回忆，而且借此回想起我个人的劫后余生"[1]。这个开头是作者做出的一个总体性的预设，讲述了故事的来源。也将故事的结局直接告诉给读者：一个魔幻家族劫后余生的故事。这种对情节的预设打破了传统小说的写法，既不按时间也不按事理，仿佛是在记忆的长河里随意摘取一个片断，以此为基点展开叙述。此后的叙述，既有追述大狗巴拉巴斯来到家里之前的故事，也有讲述该时间点之后发生的一切，而巴拉巴斯来到家里这一天就成为本章的时间临界点。因此，时间的先后、故事的发展需要读者自己判断，在不断地拾取时间碎片的过程中形成自己对这个魔幻家族的完整认识，使小说呈现曲折离奇的阅读感受和多面解读的可能。小说还常常出现这样的开头、结尾或者重要转折句。如"过了十个月又十一天，在宵禁中有人在夜间把阿尔芭带走了。到时候，特鲁埃瓦参议员准会回忆起易莎·默拉的预言"[2]。这个神似《百年孤独》那经典开头的句子，将过去、现在和未来紧紧地联系在一起，又为后面事件的发展埋下伏笔。同时还将故事的中间过程悬置起来，给人强烈的破碎感。《月亮部落的夏娃》也有这样的一个开头。"我叫夏娃。为了给我取名字，妈妈查了一本书，书上说'夏娃'的意思是'生命'。我出生在……我母亲叫孔苏埃萝，她的童年……"[3]小说以"我"的出生为基点，然后时而讲述现在的生活，时而讲述母亲的童年，时而讲述"我"出生前的一段过去，甚至突然描述多年以后的情景。作者在将故事固定在时间上之后，观看历史的视点却没有被停止。相反，由于叙事者"我"自由穿

---

[1]　伊莎贝尔·阿连德：《幽灵之家》，刘习良、笋季英译，南京：译林出版社，2011年，第 1 页。

[2]　伊莎贝尔·阿连德：《幽灵之家》，刘习良、笋季英译，南京：译林出版社，2011年，第 330 页。

[3]　伊莎贝尔·阿连德：《月亮部落的夏娃》，柴玉玲等译，北京：中国国际广播出版社，1990年，第 1 页。

梭于历史与现在，故事内的具体时间都自行消失了，所有的事件都在一个固定的时间符码中自由漂流，直至发生空间上的转折。

循环的叙事时间是自由式叙事时间的特例，但却是最具革新实验的叙事时间策略。所谓循环时间实际上是指一种无变化、无发展的循环重复的时间手法，它是文学进入后现代后常用的一种叙事时间手法。《幽灵之家》以"巴拉巴斯从海路来到家里"开始，并以这同一句话结束。它的叙事遵循一种循环回返的圆圈轨迹，叙述的时间从久远的过去跨进现在，又从现在回到过去。《月亮部落的夏娃》中，夏娃出生在南美洲，有个印第安人父亲，最后她又回到了南美洲印第安人村寨。里亚德·哈拉比在厨房里教会了夏娃跳肚皮舞，并告诉她，"这是神圣的舞蹈。你只能给你一生中最爱的男人跳"[1]。而到小说最后，当夏娃与罗尔夫相爱后，她写道，"我跳起了在里亚德·哈拉比家的厨房里学会的肚皮舞"[2]。至此，她圆满地画了个圈。

（二）模糊的时空概念

后现代主义小说"以不确定性为创作原则，从语言、情节、现实、人物等维度对小说的确定性进行多重解构，使小说成为'一切都行'的艺术"[3]。在阿连德小说中，她善于用模糊的时间和空间概念解构传统的写作手法，模糊现实与幻想、真实与虚构的界限，呈现文本结构的零散化和小说的不确定性。小说《月亮部落的夏娃》中，时间和空间都模糊不清，具有很大的随意性。"我用半小时就能环绕地球 6 圈；院子里月光一闪，我的意念中可以过去一个星期……空间按照我的意愿可以伸长，可以缩短。楼梯下的空间包容了一个行星系，而从阁楼的天窗看到的天空不过是一小块灰白的圆形玻璃。只要我说一句话，'啪！'的一声现实就变了。"[4]

后现代主义大师博尔赫斯把世界视为"可能性、平行时间、可交替的过去与未

---

[1]　伊莎贝尔·阿连德：《月亮部落的夏娃》，柴玉玲等译，北京：中国国际广播出版社，1990 年，第 152 页。

[2]　伊莎贝尔·阿连德：《月亮部落的夏娃》，柴玉玲等译，北京：中国国际广播出版社，1990 年，第 305 页。

[3]　尚必武：《后现代主义小说的不确定性管窥》，《求索》，2006 年第 2 期，第 170 页。

[4]　伊莎贝尔·阿连德：《月亮部落的夏娃》，柴玉玲等译，北京：中国国际广播出版社，1990 年，第 25 页。

来的迷宫"[1]。在后现代主义小说中，时间往往不是呈直线的，而是一个个交叉重叠、循环不息的迷宫，时间概念也是模糊不清的。在《怪兽之城》《金龙王国》《矮人森林》"天鹰与神豹的回忆三部曲"中，模糊不定的空间和时间概念也随处可见。小说人物迪巴度和他师父从来不操心花费时间，对时间也不感兴趣，他们认为日历是凡人发明的东西，在心灵境界里，时间并不存在，而且他们死亡的时刻在自己出生时就已经写在生死簿上了。在精灵森林，男女主人公所见的是"无法遏止的循环，生、死、蜕变和再生，好比一幅精彩绝伦的绘画，画中的所有景致同时发生，没有过去、现在或是未来，现在是从过去到永远"[2]。作者将过去、现在和将来的时间或并置或循环，以这种迷宫式的时间观阐述世界如同迷宫，不可把握。而在空间背景上，三部曲的故事分别发生在巴西和委内瑞拉交界处的亚马逊河流域、喜马拉雅山河谷一个小小的独立王国和非洲丛林。背景地点并不明确，我们只知道是一块块神奇的土地，是远离西方物质文明的乐土。小说人物更是多次走进梦境、直觉和魔法的不确定领土。对于作品中不确定的故事背景，伊莎贝尔·阿连德曾在一次访谈中说过，这种不受地理位置限制，便于自己创作。她也"不愿被人划归于任何一类作家之内 —— 她不愿做一个女作家；也不愿做一位政治家；更不愿当一名拉美作家。前不久，她曾说过：她只想做一位普通小说家"[3]。她不只关心祖国智利，不只关心拉丁美洲，她要观照整个第三世界，放眼全球。

（三）拼贴手法

拼贴是后现代主义小说家旨在打破传统小说凝固的形式结构，通常将文学作品中的片段，日常生活中的俗语、新闻、广告等文本组合在一起，冲击读者的审美习惯，产生常规叙述方式无法达到的效果。这些零散、片段的材料随意组合，"要点在于不相似的事物被粘在一起，在最佳状态下，创作出一个现实"[4]。阿连德在创作

---

[1] 马泰·卡林内斯库：《现代性的五福面孔》，顾爱彬等译，南京：译林出版社，2015年，第334页。

[2] 伊莎贝尔·阿连德：《矮人森林》，陈正芳译，南京：译林出版社，2010年，第150—151页。

[3] 赫伯特·米特冈：《智利小说家伊莎贝尔·阿连德的自我评述》，《世界文化》，1989年第4期，第6页。

[4] 唐纳德·巴塞尔姆：《白雪公主》，周荣胜、王柏华译，哈尔滨：哈尔滨出版社，1994年，第331—332页。

时，也经常在小说中融入神话、图画、广告、新闻短片，甚至食谱等各种形式的文本，尝试拼贴这一后现代艺术手法。

《阿佛洛狄特：感官回忆录》就是一个典型的例子，它糅合了神话、艺术和食物而催生的想象力而诞生。这本书有将近三分之一的篇幅完全以标准的菜谱格式出现，细分成"酱汁、前菜、汤、开胃小菜、主菜及甜点"，再配有香艳可人的插图。那么多的食品名词的罗列，有一种丰腴美味的阅读效果。但太多的催情食单，恐怕不只令人疲倦，还会引发相反的情感，阿连德适时地加入了很多佐料：传奇、故事、艺术和幽默。而且，书中还穿插了不少诙谐的故事，阿连德以及她的朋友们的故事——权且这么相信吧，其实很可能是一个优秀小说家的习惯性的杜撰。所以，这本书可以看成是一部小说和散文集的混杂。另外，书中还涉及了大量的东西方饮食文化中的典故、传说、秘笈、禁忌，带有相当厚重的文化含量。如她所言，食物与性的密切关系存在于所有文化之中。在这本书里，读者能看到古老的中国道家的房中术，也有土耳其后宫的传统美食，源自波利尼西亚的智利佳肴库兰多会灌醉灵魂，释放永恒的淫欲，而叶卡捷琳娜女皇保持旺盛精力（她有很多情人，还要处理许多政务）的秘诀是她的早餐：掺伏特加的茶和一份鱼子酱烘蛋卷。这些菜谱、故事、信件、民间传说、历史发现等多个片段、多种形式的文本被拼贴一处，给读者以全新的阅读体验。

阿佛洛狄特，传至罗马时代改称维纳斯，是从海水泡沫中诞生的爱情女神。从此书名中，读者可以看出爱情在这本书中所起到的决定性作用。在书开头不久，阿连德就感慨过，"世间唯一真正万无一失的春膳只有爱情"[1]。在书的结尾，她再次强调，"就女人而言，所有春膳都必须以真情真意为药引，否则就不可以发挥作用"[2]。可见，作者是将爱情的虚无渗透到菜谱的实在中。所谓春膳不过是作者的一个噱头和玩笑而已，或者说，春膳是一种形式。叶芝说，注重形式本身就含有情欲的成分。也许，对于阿连德这样的作家，文字才是最好的春膳，而运用拼贴等后现代写作技巧，也是作者对文字的游戏。作者本人又是一个非常热爱生活的人，所以她才能写出这

---

[1]　伊莎贝尔·阿连德：《阿佛洛狄特：感官回忆录》，张定绮译，南京：译林出版社，2007年，第23页。

[2]　伊莎贝尔·阿连德：《阿佛洛狄特：感官回忆录》，张定绮译，南京：译林出版社，2007年，第208—209页。

么富有趣味性的作品。用有点戏谑的口气、狂欢的语言把自己的感觉和经历娓娓道来。这本书是对生命、快乐和纯美的致敬，对我们感官的刺激，提醒我们活着就要爱着。如果没有对生活的灵敏感受，没有发自生命深处的对爱欲、苦痛、香甜之类的触感和嗅觉，所有的春膳恐怕都是白费心思。

可见，阿连德在小说中，通过运用多种后现代主义艺术技巧，有效地反映了无序、破碎、荒诞的现实世界，深刻地反思了悲痛的历史，有力地表达了改变后现代人类生存状态的愿望。

第三章

胡安·鲁尔福小说的后现代
非线性叙事中的反理性

在后现代主义兴起的时间上，理论家们各持己见，尚未达成一致的看法。理查德·沃森在《论新感性》（1969）中，则把魔幻现实主义作家品钦看作后现代兴起的标志之一。美国当代著名马克思主义文论家弗·杰姆逊（1934—　）认为后现代主义是晚期资本主义的征候，标志着对现代主义深度模式的彻底反叛，其兴起时间是50 年代，与消费的资本主义有着内在的逻辑一致性。[1]多民族、无中心、反权威、叙述化、零散化、无深度概念等是这一时期文化的主要特征。后现代主义正是对这些特征的概括。杰姆逊将后现代主义文化逻辑的主要表现概括为"空前的文化扩张"，"语言和表达的扭曲"，以及"其理论作为一种'后哲学'，不再宣布发现真理是自己的天职和使命"。杰姆逊在将后现代主义置于历史和社会基础上加以考察之后，得出结论：后现代主义是当代多国化资本主义的逻辑和活力偏离中心在文化上的一个投影。并提出，后现代主义的表征为深度模式削平、历史意识消失、主体性丧失、距离感消失等几个方面。其中，主体性的消失意味着"零散化"。主体零散成碎片之后，以人为中心的观点被打破，主题感性消解，主体意向性被搁置。世界已不是人与物的世界，而是物与物的世界。人的能动性和创造性消失了，剩下的只是纯客观的表现物，没有情感、情思，也没有任何表现的热情。[2]

胡安·鲁尔福（1918—1986），墨西哥小说家，被誉为"拉美新小说的先驱"。一生只留下篇幅极其有限的作品。他出生于墨西哥农村，在孤儿院长大，贫苦的童年磨砺了他求知的欲望和创作的才华。他的第一篇短篇小说是由他自己创办的刊物《面包》刊发的。此后他创作了一系列短篇小说，1953 年以《燃烧的原野》

---

[1]　朱立元：《当代西方文艺理论》，上海：华东师范大学出版社，2005 年，第 361 页。

[2]　朱立元：《当代西方文艺理论》，上海：华东师范大学出版社，2005 年，第 376—378 页。

（*El Llano En Llamas*）为题结集出版。《佩德罗·巴拉莫》是在此两年之后出版的。这两本书奠定了他在墨西哥文坛上史无前例的独创性和权威性。有的认为，"随着《佩德罗·巴拉莫》的出版，墨西哥小说达到了完美的高度，通过该作品我们能发现通向拉美新小说的线索"[1]；还有的认为小说可能是 1950—1975 年这一时期拉美文学中"唯一一部最重要也是最有影响的小说"[2]；《百年孤独》的作者，哥伦比亚著名作家加西亚·马尔克斯甚至说："我能背诵全书，且能倒背，不出大错。并且我还能说出哪个故事在哪一页上，没有一个人物的任何特点我不熟悉。"[3] 宁静、谦恭、挑剔、博学，完全没有任何架子，鲁尔福是一个根本不被别人所注意的人，而且他挣钱养家的途径与文学全无任何联系（他做过多年汽车轮胎推销员的工作）。他结婚生子，大多数晚上都是在读书和听音乐中度过的。与此同时，他的盛名无以复加，备受后辈作家的推崇。一位作家年届不惑才出版自己的最初作品是一件很稀奇的事，更为稀罕的是这些作品一经出版，便马上被尊为杰作。而最令人叫绝的是这位作家终其一生，再也没有出版过别的作品。我国拉丁美洲文学专家称他为"以少胜多的典范"[4]。

每个人都在询问鲁尔福为什么不再继续出书，似乎作家生命的意义就在于不断地写作和出版。实际上，作家生命的意义就在于创造一部伟大的作品 —— 也就是一部经世之作 —— 鲁尔福已经做到了这一点。一部作品如果经不起反复阅读的话，那它就不值得一读。加西亚·马尔克斯说过，在他发现了《佩德罗·帕拉莫》之后（与卡夫卡的《变形记》一起，这本书是他写作生涯初期所阅读过的最重要作品），他便可以大段地背诵，最终能够默诵全书。

———————

[1]　Leal Luis: *Juan Rulfo*, Boston: Twayne publishes, 1983.

[2]　Pope Randolph D: "The Cambridge History of Latin American Literature Vol. II", *The Twentieth Century*, London: Cambridge University Press, 1996.

[3]　马尔克斯·加西亚：《两百年的孤独》，朱景冬译，昆明：云南人民出版社，1997 年，第 161 页。

[4]　吕同六：《20 世纪世界小说理论经典（下）》，北京：华夏出版社，1995 年，第 425 页。

第一节　后现代主义的非线性叙事与反理性

后现代主义文学的主要叙述特征呈现为碎片化和拼贴状，是叙事本体论的。巴塞尔姆说："碎片是我唯一信任的形式……破碎远远超出了叙事代码的简单破裂。它不仅是一种技巧或花招，它是理解世界和概念的一种模式；它是一种过程，而不是一种常规。"[1] 后现代主义文学深入到社会现实的内部，以记录日常生活的方式实现着对后现代社会现实的抵制。但后现代主义文学对日常生活的记录和描写并不局限于对生活的模仿和再现，它所呈现的社会现实是扭曲变形、支离破碎的，甚至是穿越物理时间和空间的。这些现实拼接在一起，共同编织出光怪陆离的后现代现状。"后现代主义文学的主要叙述特征呈现为碎片化和拼贴状，是叙述本体论的。"[2] 陈世丹在《后现代主义小说家冯内古特》中提及非线性叙述模式，"冯内古特在小说《五号屠场》中，进行了大胆的艺术创新，解构了传统小说的线性叙述模式，同时提出了一种非线性叙述模式……创造了历史与想象、现实与幻想、历时与共时、作者与文本之间重要的新关系"[3]。周敏则用"水平式叙述结构"来表述"线性叙事结构"的二元对立体。她认为："水平式叙述结构呈发散型，没有闭合（enclosure），碎片状的叙述互为主体，不存在中心，多出现在现代主义和后现代主义作品中，尤其是后现代主义文学作品之中。"[4]

叙事学作为一种文学批评方法在法国结构主义的影响下诞生、发展并成熟于 20 世纪 60 年代。结构主义语言学家索绪尔改历时语言学为共时语言学，将语言学研究着眼点从语言成分的历史演变转到语言这一符号系统的内在结构，并提出了语言与

[1]　Couturier Maurice & Reigis Durand: *Donald Barthelme*, London: Methuen, 1982, p. 25.

[2]　周敏：《什么是后现代主义文学》，上海：上海外语教育出版社，2014 年，第 109 页。

[3]　陈世丹：《后现代主义小说家冯内古特》，天津：南开大学出版社，2014 年，第 219 页。

[4]　周敏：《什么是后现代主义文学》，上海：上海外语教育出版社，2014 年，第 110 页。

言语、共时与历时、能指与所指等二元对立项。经典叙事学就是用结构主义的方法来研究叙事作品。[1]经典叙事学理论对文本采用"故事（story）"和"话语（discourse）"二分法，并就这两个层面对"空间"进行了探讨。故事即所指，是表达对象；话语即能指，是表达形式。一般认为，"故事空间"是指事件发生的场所或地点，"话语空间"则是叙述行为发生的场所或环境与传统的线性叙事模式不同。后现代非线性叙事打破时间和空间的限制，给读者呈现出魔幻与现实交替纠缠的故事空间，其话语空间叙述的也是从未发生过的事实和从未存在过的人物。

---

[1] 申丹、王丽雅：《西方叙事学：经典与后经典》，北京：北京大学出版社，2010 年。

第二节 《佩德罗·巴拉莫》的非线性叙事

胡安·鲁尔福一生从事文学创作时间不长，全部作品不过 30 余万字，但却被公认为魔幻现实主义大师，其代表作《佩德罗·巴拉莫》被誉为魔幻现实主义创作的里程碑。他的作品以自己的家乡哈利斯科州为背景，描述了墨西哥农村在 19 世纪后期到 20 世纪前数十年期间的社会风貌，揭示了资产阶级革命的本质。《佩德罗·巴拉莫》以时空错置、多重视角、碎片结构等现代叙事手法，表现了卡西克主义给广大乡村带来的巨大灾难，主题深刻，人物鲜活，手法新颖独特，被翻译成 60 余种文字广泛流传，鲁尔福也因此享誉世界文坛。

一、《佩德罗·巴拉莫》的情节零度

亚里士多德认为，情节是指"事件的安排"，是悲剧的六个成分中"最为重要的"[1]。现实主义小说家往往遵循亚里士多德的情节观，按照"合理"的情节叙述故事，这类小说的可读性很强……现实主义文学关注时间（瞬间），其情节倾向于静止，而后现代主义文学则很大程度上以荒诞和迷宫般的情节消解了情节，是情节零度。[2]情节在后现代主义文学中被简化为碎片般的叙事拼贴，相互之间没有连贯性。[3]汉森（Clare Hanson）认为，"后现代主义小说中的情节，常常要么少得可怜，要么多得疯狂"[4]。（情节）无论是多还是少，都是一种情节的虚无，因为情节众多就是对情节的解构和颠覆，其本质仍是无情节，就仿佛中心多了也就无所谓中心了。后现代

---

[1] 亚里士多德：《诗学》，罗念生译，北京：人民文学出版社，1982 年，第 21 页。

[2] 周敏：《什么是后现代主义文学》，上海：上海外语教育出版社，2014 年，第 108—109 页。

[3] Seed David: "In Pursuit of the Receding Plot: Some American Postmodernists", *Postmodernism and Contemporary Fiction*, Edmund J. Smyth ed., B.T. Batsfrod Ltd., 1991, pp. 36, 53.

[4] Hanson Clare: *Short Story and Short Fiction,1880-1980*, Macmillan, 1985, p. 141.

主义文学的情节零度还表现在情节的荒诞和迷宫般的叙述中，无论是荒诞的情节，还是迷宫般的情节，都指向后现代现实的不确定性和无序状态。[1]鲁尔福曾经说过，在他确定如何写《佩德罗·巴拉莫》之前，曾在心里酝酿了很长时间。往往是写了数百页之后，然后又将它们丢弃——他曾把写小说称作排除法练习。"写作短篇小说的实践使我得到了修炼，"他说道，"并让我明白需要让自己消失，以便让我塑造的人物角色有随意说话的自由，这似乎造成了我的作品结构松散。是的，《佩德罗·巴拉莫》确实有一个叙事结构，然而这个结构是由寂静、悬念和删减的场景所组成，小说中所有的事情都是在同一时刻发生的，也就是说没有时间。"

看过《佩德罗·巴拉莫》的读者无一例外都有这样的感受：原来小说竟然可以这样写。整个故事中，时空被割裂得近乎支离破碎，每个人或鬼魂的人生也都被剪切成无数细碎的片段，胡安·鲁尔福就像是一个技法娴熟的裁缝一样，把这些不同人物碎片化的人生片段巧妙地缝合在一起，使佩德罗·巴拉莫的故事不呈现出单调的线性走向，从而让读者们能从多个方向走向佩德罗·巴拉莫，从其他人的生活片段中窥得其人生的大致面貌；因为这种碎片式记叙为佩德罗·巴拉莫的人生留下了非常多的合理的空白，故事的可能性无限延伸，读者阅读的自由度也得到增强。倘若胡安·鲁尔福按照故事铺陈发展的时间顺序记录下佩德罗·巴拉莫的生平：一个地主之子，童年时期，因为愚笨，被其父亲嫌弃，跟着母亲拮据地生活；少年时期，父亲被人误杀，母亲自杀身亡，青梅竹马离开他去了远方；成年时期，掌握权力与金钱，不断剥削村庄里的农民，心狠手辣，为达目的不择手段；老年时期，使计困住所爱之人，爱人死去，自己也丧失了活着的动力。这样的情节，难免落入俗套，不会给人留下深刻的印象，更不会令加西亚·马尔克斯倒背如流。鲁尔福借用多个发声体站在不同的角度来讲述和佩德罗·巴拉莫有关的故事，读者对佩德罗的评价会更加客观，不会一味地夸赞或谩骂，读者不会因他童年的凄惨而盲目同情，也不会因他对农民的剥削而盲目批判。这种荒诞的、如迷宫般的情节设计，是情节零度的具体体现，也表现出后现代现实的不确定性和无序状态。

《佩德罗·巴拉莫》的情节荒诞性还体现在故事以亡者发声，这种离奇荒诞的叙事方式令人惊叹不已。这与拉美文化观念密切相关：在拉美人眼中，鬼魂并不可怕；

---

[1]　周敏：《什么是后现代主义文学》，上海：上海外语教育出版社，2014年，第109页。

他们甚至是希望能够见到死去亲人的灵魂。所以，这种鬼魂之声可以看作是胡安·鲁尔福对拉美文化的保留。故事中那些发声的鬼魂都是没能够被神父宽恕的，但是，众多没得到宽恕的鬼魂中，独独少了我们的主人公佩德罗·巴拉莫，这样的叙事安排能看出作者的精妙巧思。一方面，该小说的写作是以佩德罗·巴拉莫的人生为主线，那么，佩德罗·巴拉莫的死亡即是小说的结局，如果让佩德罗·巴拉莫的鬼魂现身，作者的寻父之旅就失去了悬念，而一切看似随意实则精心安排的零散叙事也就会失去其特有的意义；另一方面，作者正是用那些回忆拼接出佩德罗·巴拉莫的形象，这个形象根据第三方叙述间接勾勒出来的，显得朦胧而富有诗意。一旦佩德罗·巴拉莫本人的鬼魂发声，他的叙述会比其他鬼魂的叙述更具有权威性，小说的朦胧与诗意也就荡然无存；那些发声的鬼魂生前都是以弱者的形象存活于世，从他们的叙述中，读者可知佩德罗·巴拉莫是一个强势的、有如教父般的硬汉，如果鲁尔福安排其鬼魂现身，读者会无法接受这样一个硬汉死后，他的灵魂发出屠弱的哀鸣。

故事的情节是一种由离散的片刻而不是发展中的状态组成的；它刻意提供一系列的视觉冲击，而不是一种连贯的叙述；它享受当读者对新奇事物的视觉好奇或欲望得到重复满足的暴露时刻。在很大程度上，《佩德罗·巴拉莫》的吸引力，"因中断和不断变化而产生作用，而非通过稳定的发展"[1]，不连贯的叙事拼贴，普通叙事的情节被鬼神出没的、荒诞的、迷宫般的情节消解，形成情节零度。看似因情节零度而失去的吸引力，又被插曲般的情节展现出来，情节零度的叙事方式，将读者从完全置身于虚构世界之中解脱出来，使其像惊讶的旁观者那样欢乐。余华说："在这部只有一百多页的作品里，似乎在每一个小节之后都可以将叙述继续下去，使它成为一部一千页的书，成为一部无尽的书。"[2] 由于它的离散化、片段化，反而成就了小说的巨大吸引力。小说的吸引力部分源自物质的即时性和表现出的不确定性，因此佩德罗·巴拉莫成为一个不太可能的英雄。

二、《佩德罗·巴拉莫》的发散叙述

《佩德罗·巴拉莫》的后现代性体现在结构上采用片段式的、"碎片化"的组合

---

[1] 汤姆·冈宁：《全城都在张口瞪目：早期电影与现代性视觉体验》，《耶鲁杂志批评》，1994 年 7 卷 2 期，第 193 页。

[2] 余华：《文学或者音乐》，江苏：译林出版社，2017 年。

方式,作者仿佛是在洗牌,直接将杂乱和无逻辑的文本片段抛洒在读者面前。《佩德罗·巴拉莫》除了情节的碎片化处理,在叙事结构上的零散性还渗透在小说的各个层面。

发散叙述最明显的表征是不断变换叙述者。短短一百余页的《佩德罗·巴拉莫》,存在着胡安·佩莱西亚多、阿文迪奥、爱杜薇海斯、佩德罗·巴拉莫、多罗莱斯、雷德里亚神父、管家富尔戈尔、达米亚娜、多罗脱阿、苏萨娜等多个叙述者。这些叙述者的叙述,有的是以回忆的形式,充满了扭曲粉饰的痕迹;有的则看起来逻辑清晰,仿佛在讲述正在进行的确实的经历。大部分的叙述者在叙述展开前已经是或者随着叙述的发展最终变成死后幽灵的形态,他们的讲述往往充满了个人人格的色调,很多时候都像是鬼魂的呓语,是飘散的和直觉性的,仿佛并非刻意而是不小心暴露出一个不完整的场景,这就使《佩德罗·巴拉莫》的叙述具有了"不可靠叙述"的特点。读者在阅读的时候与其说是被动地接受,不如说是主动地寻找、提炼,进而拼凑出自己想象中的故事,阅读成为了创造,这正好体现了《佩德罗·巴拉莫》阐释的不确定性。

碎片化的篇章是发散叙事的另一特征。《佩德罗·巴拉莫》由许多片段组成,而每个片段无论在时间上还是在逻辑上都不是连贯的,像是打乱了又重新拼贴的卡片一样。读者刚理出一点头绪,转而又切换到另一个场景,而且作者并没有交代这种转换,显得很突兀。有时片段以一段对话开头,有时以一段景物描写开头,形式各异,纷繁复杂。细读文本,读者感觉就像走在有众多分岔的小路上,由作者引导着向左转向右转,而读者并不知道道路的前方是什么,这便是篇章的碎片化给读者造成的阅读上的迷惘和障碍。

复杂的时间结构赋予发散叙事变化莫测的魅力。时间有多种可能性,叙事也有多种可能性,一个故事可以在不同的时间里衍变,鲁尔福在《佩德罗·巴拉莫》中示范性地实践了时间的多维、叙事的创新,同一个故事可以在不同的时空里衍生出不同的可能性。《佩德罗·巴拉莫》的故事空间是固定的,局限于小小的村庄科马拉。然而,小说的时间结构却非常复杂、多层次。归纳说来,存在于科马拉这座村庄之上的有三种时间的形态。第一种是天堂般的科马拉,是已死的魂灵们对回忆中科马拉的美化加工,所进行的是一种形容词性的、主观的描述;第二种也是回忆中的科马拉,但不同的是,这是读者根据发生在科马拉的种种事件,所设想的、较为客观的科马拉;第三种,则是叙述发生时的现实的科马拉,是一个炎热、荒芜、破败、鬼魅的科马拉，几乎没有真实的生命存在，是大量的亡灵流连和窃窃私语的场所。小说就是以这样一个死寂的科马拉为背景展开的，主人公胡安遵从母亲的遗愿来此寻父，找到的却不是母亲回忆中天堂般的故乡，而是一个地狱般的场所。在这里，他不断地与人相逢、对话，随后又从每一个后来遇到的人口中得知前一个跟他对话的人已死的事实。最终不知从何时开始，胡安也由生至死，进入了亡灵私语的世界。在胡安与亡灵的不断地对话与倾听中，天堂的科马拉、人间的科马拉与地狱的科马拉相互碰撞、对话、融合。在这种不确定的时间结构中，鲁尔福营造了一种朦胧、伤感的氛围，借此传达了他对于墨西哥民族历史与文化的思考与感受，而作为这种感受的象征，就是村庄科马拉。

时间的不连续性使得文本变得更加扑朔迷离，如果作者按时间顺序写了一个完整的故事而故意删去其中的几节，那么根据逻辑推理和心理揣测，读者可以基本复原这个故事。然而《佩德罗·巴拉莫》的片段不是按照时间顺序排列的，一会是胡安和别人的对话，一会又出现了佩德罗的生活；一会是苏萨娜的梦境，一会又是众人的私语。读者在过去与现在、梦境与现实间穿梭，时间便在此发生了诸多的"分岔"。读者在阅读文本时总是试图发现一个完整的故事，而鲁尔福通过这种时间和逻辑的分岔使得这一过程变得困难而又饶有趣味。

鲁尔福作品中所表现的时间的不连续性具有墨西哥阿兹台克文化的特征。"环形结构是墨西哥印第安人的时间观念……他们认为时间是周而复始的。对于他们来说，昨天与今天一样，明天是今天的重复。"[1] 时间的不连续在鲁尔福的笔下有两种表现形式：一种是时间的环形结构，这种结构以生、死而不是以时间作为标志点；另一种是时间表现上的模糊。时间的环形结构在《佩德罗·巴拉莫》中体现在情节线索、人物塑造等方面。从情节线索来看，《佩德罗·巴拉莫》中大体可以概括为两层：一个是现在时间即主人公的时间，主人公寻找父亲过程中的经历；另一个是母亲回忆的时间，即主人公的母亲和父亲佩德罗·巴拉莫过去的经历。小说以寻找佩德罗开始，以佩德罗死亡结束，以阿文迪奥引领佩德罗之子进入科马拉开始，以科马拉成为一片废墟、阿文迪奥刺死佩德罗结束，构成了一个从生到死的循环。就人物塑造而言，小说中的人物都是亡灵，但所作所为又与常人无异，使人明显感到

---

[1]　段若川：《安第斯山上的神鹰》，武汉：武汉出版社，2000年，第159页。

生死之间的无界与循环。中心人物佩德罗，从生命过程看是从开篇的"死"到中篇的"生"再到篇末的"死"，以性格特征而论是从少年的"善"到成年的"恶"再到晚年的"悲"，也构成一种肉体和灵魂的双重循环。

《佩德罗·巴拉莫》发散叙事的另一表现是多元的人物结构和共时的对话场景。亨利·列斐伏尔（Henri Lefebvre）主张，如果"空间是一个产品"，那么我们感兴趣的对象必须"从空间中的实物转向实在的空间产物"，即从一个固定的实体转向作为一种导致改变和修正的"生产过程"[1]。与列斐伏尔所描述的"社会空间的三个瞬间"或"感觉（the perceived）、构想（the conceived）和生活（the lived）三个的范畴"相一致，他划分了三种关键的概念："空间的实践"（一种物理空间，相互联系但不必前后一致），"空间的表现"（社会工程师占主导地位的空间，倾向健全一种语言符号系统），以及"表现的空间"［艺术家和作家占主导地位的空间，倾向于一种非语言的象征和符号系统，即大卫·哈维（David Harvey）更喜欢称为与"想象"相关联的"表现空间"］。[2] 胡安·鲁尔福的创作无疑属于列斐伏尔所讲的表现的空间，用他的话说即是"有情感内核"，"包含激情、行为和生活处境的核心"，"可以是定向的、情景化的或者有关联的，因为它本质上是有质量的、流动的和动态的"。[3] 列斐伏尔的动态模型解释了文学作品作为一个显著的表现空间其实是一个多元空间的共存。《佩德罗·巴拉莫》探索了不同的空间，通过人神鬼互相对话的情景突出它们的张力。

时间是线性的，作者既描写现在的叙述者胡安的见闻，又展现过去佩德罗的作为。然而作者又安排胡安与逝去的人对话，叙述者不是从存活的人口中得知过去的事，而是让死去的人讲述过去的事。如果说逝去的人生活在另一个世界，那"我"和他们则分属不同的空间，而"我"与他们产生了联系，他们又和佩德罗有关，因此这样的人物关系是立体的、跨界的，这样的人物对话是穿越时空的，就像一张不断增长、错综复杂的网。

---

[1]　亨利·列斐伏尔：《空间生产》，唐纳德·尼科尔森·史密斯译，英国牛津：布莱克威尔出版社，1991年，第36—37页。

[2]　亨利·列斐伏尔：《空间生产》，唐纳德·尼科尔森·史密斯译，英国牛津：布莱克威尔出版社，1991年，第38—40页。

[3]　亨利·列斐伏尔：《空间生产》，唐纳德·尼科尔森·史密斯译，英国牛津：布莱克威尔出版社，1991年，第42页。

共时对话场景体现在文中描写的半月庄的"嗡嗡声"中，在文中的几个片段中，那些游荡的鬼魂在同一时间发出不同的声音，进行不同的对话。"喧闹声，人声，嗡嗡声和远处的歌声"混杂在一起，相互间并没有什么联系。作者完全可以删掉这几个片段，对整个情节也无多大影响，但在此作者有意想要在同一时间发生不同的分岔，造成情节错乱，就像走到一个有无数分岔的路口造成的视觉错乱一样，混淆读者的思维。共时的对话不仅能营造一种错综复杂、杂乱无序的环境氛围，更能对读者的阅读心理产生强大的冲击，从而产生独特的艺术效果。

胡安·鲁尔福作品中时常可以看到那些穿梭于过去、现在与未来的人。胡安·鲁尔福对时间的运用，一些学者将其定义为："非时间"的时间模式，"主要的特点就是拆除了一切时间的壁垒，使时间能够在过去、现在与未来之间自由地交叉穿梭"[1]。在其生存的墨西哥，对时间的理解，就是一种打破了时空界限的、无限自由的状态：纵向看时间，同一个时间，可能会出现几个世界的事情在发生、进行；横向看时间，时间处在无限往复、循环的过程中。李德恩说："人类对时间的感知大致有两种形式，即线性时间和循环时间。"[2] 对于墨西哥人，时间就是一种循环时间，人没有生存的尽头，纵然死了，也能以灵魂的方式继续存活。这种奇特的时间观念与他们文化传统紧密相连，也正是由于墨西哥文化传统中"生死观"造成了这种思维定势。时间观念在胡安·鲁尔福小说中的运用，表现为人鬼界限的打破、阴阳对话的模式。时空的穿透使整个作品变得立体生动，充满魔幻的色彩。《佩德罗·巴拉莫》中科马拉这个小村庄就是一个人鬼混杂的世界。文章开始讲述了胡安回到科马拉寻找父亲，随着一个赶驴人（后来得知是他的兄弟）进入村庄。接着陆续遇到了很多人，爱杜薇海斯、达米亚娜、无名男人和女人……这些人和胡安聊天，但是表现却很反常：

> 有一阵子，有好几个夜晚我听到过节的喧闹声，这种声音一直传到了我所在的半月庄。我走进去，想去看看热闹，结果我只看到我们眼下见到的情景：什么都没有，既见不到任何人，也见不到任何东西，街道跟现在一样，也是空荡荡的。[3]

---

[1] 陈黎明：《魔幻现实主义与新时期中国小说》，保定：河北大学出版社，2008年，第145页。

[2] 李德恩：《拉美文学流派与文化》，上海：上海外语教育出版社，2010年，第335页。

[3] 胡安·鲁尔福：《佩德罗·巴拉莫》，屠孟超译，南京：译林出版社，2011年，第57页。

　　　　我不时地听到有人在说话，我发现这种说话的方式与一般的不同，因
　　为到那时为止我听到的言语都是无声的，就是说根本不发出声音来……[1]

　　发散叙述还体现在多视角叙述及思想和对话的交叉。在《佩德罗·巴拉莫》中出现多次视角和叙述人的变换，从"我"、儿时的佩德罗、爱杜薇海斯太太到管家富尔戈尔、苏萨娜、成年佩德罗，不同的片段常有不同的叙述者。他们的话语连带着和自己有关的故事，像是不同的引导者，使读者在他们的叙述中来回穿梭。另外，视角有时会发生急转，如从一个人的思想急速过渡到一个对话场景，佩德罗和妈妈对话后突然转到对苏萨娜的回忆，稍后又转到和妈妈的对话。又如在苏萨娜的回忆中突然插入胡安和多罗脱阿的对话等。这种思想和对话的交叉没有任何征兆，让读者猝不及防，是阅读过程中突然的急转弯，还没等读者反应过来，就又回到原来的场景。像这样对视角发散的叙述常打断读者的正常阅读，导致情节的断点和理解的延误。

　　读到这里，就可以想到胡安遇到的这些人都是鬼魂，乃至整个村子，都是死人生活的地方。死人在村庄中游荡，彼此交谈，一起生活。在短篇小说《北渡口》中，"我"已经被枪打死，却依然向父亲诉说着去北方的经过。胡安·鲁尔福的作品对于读者来说，如果不通篇读完的话，根本无从知晓自己看的小说中的事情竟然是发生在人鬼之间，就是这种手法给胡安·鲁尔福的小说创作带来了诸多好处。首先，小说叙述更加方便，作者自由地游走在人和鬼魂的世界，想要哪个人物出场，就可以随便切入，不用管人物所处的空间是否不同，想要讲述哪一段故事，不用管时间的限制，只要符合故事发展的顺序，就可以任意排列，穿插；其次，小说如此设计就更能令读者体会到魔幻现实主义奇妙、诡异的气氛设置，使读者沉浸在作者勾画的神秘的世界中。最后这种亦人亦鬼的形象把墨西哥人的文化习俗展现得淋漓尽致，这些不是作者的奇思妙想，超越民族文化信仰的"瞎想"，而是建立在本民族的心理基础上的合理描述。胡安·鲁尔福通过人鬼对话、阴阳相合的手法，深入地展现墨西哥的现实。人们在大庄园主的残忍压迫下过着民不聊生的日子，死的人在家乡痛苦煎熬，活的人远离家乡，居无定所。胡安·鲁尔福巧妙运用时间观念的发散叙事技巧，将情节与主题紧密相连，这种创新，为后人所称道。

------

　　[1]　胡安·鲁尔福：《佩德罗·巴拉莫》，屠孟超译，南京：译林出版社，2011年，第65页。

第三节　《佩德罗·巴拉莫》的反理性

后现代主义文学在文本语言中昭示了真理标准的消失和模式真理的态度。后现代文学作品中的荒诞现象、元叙述、戏仿等也宣布着后现代主义对真理的放逐，取而代之的是开放的、多元的真理观念。后现代主义认为真理是可以制造的。[1] 在后现代主义文学的自反性叙述和对历史的虚构性重写中，我们看到的是作为语言和历史权力建构结果的主体，不再是一个先验的存在，也不具普遍的人性。后现代主义文学中主体是不确定的、荒诞的，以及虚无的。后现代主义文学中的主体观念主要表现在三个方面：第一，对主体——人的先验性批评。主体不是自主、自为和先验的。第二，对人的中心性的摧毁。人不再是"万物的尺度"，福柯甚至宣布了"人的死亡"，即各种由文化科学知识所构造起来的"人"已经死亡。第三，对人的本质的批判。人是历史的产物，是社会、政治、经济和文化共同作用的产物，人的本质不是肉体，也非灵魂或理性。[2]《佩德罗·巴拉莫》中主体的荒诞及虚无，昭示着其叙事的自反性和虚构性，以及情节的反理性，体现了对真理的放纵。这一文学实践的代表便是魔幻现实主义。

拉丁美洲作家要有所作为，必须彻底改变过去那种一味追随欧美西方作家的创作方向，认识到脱离本土，脱离拉丁美洲的现实，运用超现实主义那种离开一切理性控制的"无意识写作"方法是不可能创作出真正反映拉丁美洲现实的作品的。作家可熔现实与幻想、历史与寓言、理性与想象、生与死于一炉，冶炼出既有神秘的魔幻色彩又充分反映现实的作品。魔幻现实主义正是兴起于压迫、独裁或集权社会里，表现了对于这样一个高度危险的政治现实的一种调适。另一方面，魔幻写实也

---

[1]　周敏：《什么是后现代主义文学》，上海：上海外语教育出版社，2014 年，第 116 页。

[2]　周敏：《什么是后现代主义文学》，上海：上海外语教育出版社，2014 年，第 113 页。

超越了这些社会限制。不同于科幻和奇幻文学的是，魔幻现实主义会将它的世界描写得荒诞古怪、反复无常，而严谨的科幻文学则是受限于物理学法则，或者像奇幻文学会有固定的规则在里面（比如说，你必须将一枚戒指丢入火山中，或没有男人能杀得了某位骑士）。魔幻现实主义并不是一种运动或学派，而是一种后现代主义写作风格。代表作家作品有：危地马拉作家米格尔·安赫尔·阿斯图里亚斯（Miguel Ángel Asturias，1899—1974）的长篇小说《总统先生》（*El señor Presidente*，1946）、《玉米人》（*Hombres de maíz*，1949）；古巴作家阿莱霍·卡彭铁尔（Alejo Carpentier，1904—1980）的长篇小说《人间王国》（1949）；墨西哥作家胡安·鲁尔福（Juan Rulfo）的中长篇小说《佩德罗·巴拉莫》（*Pedro Paramo*，1955）；委内瑞拉作家彼特里的短篇小说《雨》；哥伦比亚作家马尔克斯的长篇小说《百年孤独》《家长的没落》等。

拉丁美洲本土其古朴敦厚且带有神秘色彩的民族文化才具有巨大的迷人魅力，才是创作的源泉。鲁尔福在对拉美诸国弥漫传奇情、充满魔幻色彩的山川湖泊、林莽草原考察之后惊奇地发现，拉丁美洲除了神秘莫测的大自然之外，其神话、传说以及人们的信仰，已经极其自然地构成了日常生活的重要组成部分。他欣喜地悟彻，原来，超现实主义作家梦寐以求的"神奇的效果"在拉丁美洲竟然就是"神奇的现实"。据此，他认为，拉丁美洲作家可以把加勒比地区以印第安文化和非洲黑人文化为基础的魔幻般的现实付诸笔端，可以把社会和历史现实中带有浓厚神秘色彩的氛围放在文学作品里加以表现。作家把这种创作方法叫作"神奇现实主义"；而这种创作手法，还启发和影响了后来的魔幻现实主义。甚至可以说，神奇现实主义就是魔幻现实主义的雏形和别名。《佩德罗·巴拉莫》就是作家运用这一手法的成功尝试。他把神话与历史交织，把现实与梦境、幻觉交织，把人的世界与神鬼世界交织，把荒诞不经与极为真实的生活细节交织，大胆地、别出心裁地刻画了这场惊心动魄的黑奴起义。小说情节的处理，往往似真亦假，似假亦真，虚虚实实，恍恍迷离，有一种神奇的效果。如作家是这样来描绘人的世界与神鬼的世界交织的：

> "要做好这些准备工作，得早点通知我，可您母亲只是刚才才告诉我您来的消息。""我母亲，"我说，"她老人家已经过世了。""是吗，怪不得她的声音听起来那么微弱呢，那声音好像得传输一段很长的路程才

能到达这里。我现在明白个中的缘由了。她死了有多久？"[1]

这是符合拉美土著民族独特的世界观和感知现实的方式的。因为他们认为，人的世界和神鬼的世界是相通的，绝没有不可逾越的鸿沟。又如写现实与梦境、幻觉交织：

"我当时在床上一动未动，对他说：'窗门是开着的。'他进来了。他来到床边便搂着我，仿佛这是对他过去的行为表示的歉意……"

"听说那里正在闹鬼。有人见到他在敲某某姑娘家的窗门，模样跟他完全相同……""您认为像堂佩罗德这样秉性的人还会让他的儿子去贩卖女人呢？倘若他真的知道了这件事，我想他一定会对儿子说：'行了，你已经死了，还是安安稳稳地待在你的坟墓里吧，这买卖的事情还是交给我吧。'"[2]

超现实的变形描写也是鲁尔福运用得得心应手的一种手法。如果讲究气氛的协调一致，还可以使作品中的神奇或魔幻色彩调上适当的颜料，从而令读者感到虽不完全真实可信，却可以进行一定程度的推理和思索。

《佩德罗·巴拉莫》采用了反理性的魔幻现实主义表现手法，小说开头便暗示这一趟寻父之旅是为了搭建生与死的桥梁。

我来到科马拉，因为有人告诉我，我的父亲，一个叫佩德罗·巴拉莫的男人，住在这里。这是我的母亲告诉我的。我曾向她起誓，在她死后便动身去找他。我紧握她的手，表示我一定会这样做。在她濒临死亡的一刻，我可以答应她任何事情……[3]

读着胡安·鲁尔福的《佩德罗·巴拉莫》的开头，我们已经知道自己被一位叙事大师掌控在手心。这些深具蛊惑力的句子，如童话的开场白一般扣人心弦，简洁而又直接地将读者引入小说之中。魔幻现实主义把神奇和怪诞的人物和情节，以及各种超自然的现象插入到反映现实的叙事和描写中，使拉丁美洲现实的政治社会变

---

[1] 胡安·鲁尔福：《佩德罗·巴拉莫》，屠孟超译，南京：译林出版社，2011年，第12页。
[2] 胡安·鲁尔福：《佩德罗·巴拉莫》，屠孟超译，南京：译林出版社，2011年，第38页。
[3] 胡安·鲁尔福：《佩德罗·巴拉莫》，屠孟超译，南京：译林出版社，2011年，第1页。

成了一种现代神话，既有离奇幻想的意境，又有现实主义的情节和场面，人鬼难分，幻觉和现实相混。《佩德罗·巴拉莫》里面的每一幅场景都残忍地描绘了墨西哥农村的美丽与毁灭。

胡安·鲁尔福在小说《佩德罗·巴拉莫》的开始，主人公在赴科马拉寻找父亲佩德罗·巴拉莫的路上便想入非非，体现了文学主体的不确定性及荒诞性。酷热的天气、崎岖不平的山路以及乌鸦发出的咿咿呀呀的叫声，科马拉的一切让人烦躁，"好像搁在炭火上一样热，也仿佛就是地狱的门口"[1]。"那里的人死后来到地狱，都因舍不得他们的那个穷家，又回到那里去了。""放在我衬衣口袋中的母亲的那张相片在我心中阵阵发热，她好像也在出汗"[2]，让人毛骨悚然，仿佛过世的母亲正活在另一个空间，而时间则与他重叠。鲁尔福在表面上给予确定的时间标志，实际上却让时间多维地展开，呈现出不同的形态，继而否定原来确定的时间，最终建立一种时间的非时间关系。从确定的时间到非时间的过程，可以视为一种"返源旅行"[3]。作家理性地操控着人物在时间中旅行，既带着超越时间的向往和追求，又体现着积极投身历史洪流，深刻认知现实时代的进取精神。"……在她心口处还有一个特别大的洞……可以伸进一个中指。"这个洞没有在别处，偏偏在心口，作者的用意是将读者拉进他的魔幻世界。

然而小说简明扼要的开头不过是其吸引读者的手法之一。实际上，《佩德罗·巴拉莫》的叙事手法要远比最初看到的更为复杂。小说的预述——死去的母亲将她的儿子送到了这个世界，儿子开始寻找他的父亲——逐渐演变成为地狱间一场多声部的重唱。小说中叙述的故事发生在两个世界：现在的科马拉，即文中的"我"，胡安·佩莱西亚多，所要去的地方；以及往昔的科马拉，一个留在他母亲记忆中的村庄和佩德罗·巴拉莫年轻时生活过的地方。故事线索就在第一人称和第三人称、过去和现在之间来回穿梭。伟大的小说在于其不是用过去时态讲述过去的故事，而是这些故事都跟过去有关。往昔的科马拉是个活人居住的村庄，现在的科马拉则被亡灵所占领，胡安·佩莱西亚多到达科马拉时将遇到的人全部都是幽灵。也有说佩德罗·巴

---

[1] 胡安·鲁尔福：《佩德罗·巴拉莫》，屠孟超译，南京：译林出版社，2011年，第34页。
[2] 胡安·鲁尔福：《佩德罗·巴拉莫》，屠孟超译，南京：译林出版社，2011年，第34页。
[3] 宋玥：《卡彭铁尔小说时间的"返源旅行"》，上海：华东师范大学，2006年，第21页。

拉莫的儿子佩莱西亚多回科马拉只是魂归故里，所以可以与死去多年的众鬼交流。在西班牙语中，Paramo（巴拉莫）意为荒芜的土地、荒原。不仅仅叙述者要寻找的父亲已经死去，就连村子里其他所有人也都如此。作为死人，他们除了本质，无法表达其他的东西。

佩德罗·巴拉莫是书中最丰满、最吸引人眼球的角色。过去的研究多数认为佩德罗是一个残忍、贪婪的封建领主，是科马拉地狱的根源；之所以说其反理性，在这里不妨提出一个大胆的观点——佩德罗是孤独的科马拉的力量之源，而他的所作所为客观上延缓了科马拉的死亡。尽管按照书名，小说似乎是为其作传，但是鲁尔福对他的描写，却采取了一种极为间接的手法。作者选取了与其有关的不同人的视角，分别截取了佩德罗生命中的几个片段。根据这些对佩德罗的恶行的叙述中，可以列举出科马拉村民对于佩德罗的几种态度："仇恨的化身"、对抗、畏惧（阿文迪奥），崇拜、跟随（富尔戈尔），爱慕、献身（多罗莱斯），漠视（苏萨娜）。考虑到佩德罗的罪恶多端，第一种态度是理所当然的，是社会伦理道德的自然反映；富尔戈尔作为佩德罗的同类，第一次与他见面，就为他的"智慧"、为达目的不择手段的狡猾而折服，进而成为他的忠实的跟随，因此第二种态度也不难理解；苏萨娜并非不曾爱过佩德罗，只是再次重聚后她已经完全沉浸在与丈夫的爱情中，她对佩德罗的漠视可以说是命运的偶然的结果，但其事实上造成了佩德罗一生的孤独。而最值得玩味，则是第三种态度，科马拉的女人们对佩德罗的爱慕和向往。当然，在她们如飞蛾扑火般地献身之后，往往被佩德罗无情地玩弄、抛弃，陷入了悲剧的人生，对佩德罗的态度也转变为仇恨；但不可否认的是，这些女人最初确实是怀着极大的热情自觉投身于佩德罗的，并且，她们随后的仇恨，某种程度上也是出于得不到爱而产生。比如，得知了佩德罗求婚而兴高采烈的多罗莱斯；再比如，高高兴兴代替了多罗莱斯与佩德罗共度新婚之夜的爱杜薇海斯；又如，窥见了佩德罗与侍女偷情而后悔自己曾经拒绝的达米亚娜……为什么对于佩德罗的态度包括了如此相反的两极呢？这文本中，真理和非真理并无明显的界限，在科马拉人心中，真理是开放的、多元的，是可以由叙述者制造出来的。因此叙述者对佩德罗的态度的截然不同，可以解读为其情节的反理性。这种反理性爆发出来的张力正是解读佩德罗形象的关键。

佩德罗在自己的人生中、在小说的文本中所进行的主要的行动罗列如下：为了得到多罗莱斯的土地、摆脱自己的债务而与其结婚，婚后对其百般折磨致使其离开；利用驱赶牲口强占土地；为了得到阿尔德莱德的土地指使富尔戈尔提起诉讼，并最终谋杀绞死他；为了报复父亲的死亡而谋杀了众多无辜的人；派手下暗中混入墨西哥动乱的革命军队；利用诱骗、强迫等多种手段霸占女人；为了得到苏萨娜而谋杀了她的父亲巴洛托梅。分析佩德罗行动的动机，大致包括以下几种：利益、复仇、情欲、爱情。这四种欲望也就构成了佩德罗·巴拉莫人格的复杂性。可以说，佩德罗的行为完全出于"为达目的不择手段"的性格，这一点，与他的儿子米盖尔·巴拉莫毫无意义的作恶完全区别开来。与其说，佩德罗是在有意识地为恶，倒不如说他的心中全然没有善与恶的概念，而只是在遵从人类作为动物的原始本能：以自我利益为中心，伺机而动，采取最直接最有效的手段直取目标。可以说他的所有行动，都是以此作为原则。而正是如此，佩德罗也就成为濒死的科马拉村庄中力量最强大、最自由的人。对其他被道德信仰所束缚、虚荣、软弱的人而言，佩德罗的力量是自由地喷薄而出的，而这也正是他的魅力所在。有直接利益冲突的男人们在面对他时往往仇恨与畏惧交织，而与他通常并没有直接利益冲突的女人们，则无法抑制地被他的天然的狂野生命力所吸引。

在后现代反理性叙事中，作者着力表现的不再是一定范围和阶段的社会生活，而是这些生活在人们心中引起的反应，留下的印象和记忆，是人物或鬼魂的梦呓，总之是要表现人物的心理活动或内心世界。回忆、独白、梦呓无疑都是一种心理活动，梦呓更是一种无意识的心理活动。苏萨娜自出场之后的言辞几乎都是以独白或梦呓的形式，表现一种有意识或无意识或介于两者之间的心理活动。涉及主人公佩德罗独白的 6 个段块也是如此，他临死前的喃喃自语，实际上已经近似于意识之外的潜意识活动了。此外，作品中所表现的心理活动的个性倾向上都有一个共同特点，那就是它的否定性一面。无论是回忆、独白，还是梦呓，表现的都是人物内心带否定特点的消极活动。比如胡安回忆所见所闻以恐惧、混乱、破败为中心，佩德罗的独白是对苏萨娜的思念与无望的等待，苏萨娜的独白是对世态炎凉的诅咒与对自己乱伦罪的忏悔。即使是诉诸语言的对话，表现的也多半是对话人对科马拉人欲横流现实的厌恶，对暴力猖獗的恐惧和对罪孽的忏悔等。

表现对象主体内倾最富创新意义的是将"死人"和"死去的村庄"作为表现对

象。还是在 1983 年的那次谈话中鲁尔福说过："所有的人物都是死人。这是一本独白小说，所有的独白都是死人进行的，就是说，小说一开始就是死人讲故事。他一开始讲自己的故事就是个死人，听故事的人也是个死人。是一种死人之间的对话。村庄也是死去的村庄。"[1] 的确，作品通篇讲的是死人的故事。一开篇胡安去科马拉寻父，似乎是一个人在叙述着过去的故事，但到作品中间读者才猛然发现他早就"惊吓而死"，是一个鬼魂在回忆，跟他进行对话的也都是躺在坟墓里的死人。讲的全都是科马拉如何变成一个被废弃的村庄，佩德罗父子如何作恶，苏萨娜母女如何受苦，等等。让一个死人来讲一个死去的村庄中死人的故事，这其中的新意不只是在于叙事角度与表现对象，更主要的是它包含了一个墨西哥的文化观念，那就是生死无界。"墨西哥人害怕死亡，但同时又嘲弄死亡。过万灵节时，人们用蔗糖做成骷髅，然后吃掉。"[2] 在他们看来，生与死之间没有明确界限，活人和死人之间也是相通的。正是在这一观念的基础上，鲁尔福得以确立他独特的叙事视角。

---

[1]　吕同六主编：《20 世纪世界小说理论经典（下）》，北京：华夏出版社，1995 年，第 428 页。

[2]　吕同六主编：《20 世纪世界小说理论经典（下）》，北京：华夏出版社，1995 年，第 429 页。

第四节　《佩德罗·巴拉莫》的文化关照

　　胡安·鲁尔福作品中包含了大量拉美的历史、宗教、神话、传说、风俗、典故等内容，由于文化和语言上的差异，这些内容无论是对读者的理解，还是对译者的翻译，都构成了巨大的挑战。

　　胡安·鲁尔福作品的价值不仅体现在文学审美层面，还体现在文化观照层面。一般来说，文学总是对某一时代社会生活不同形式的反应，也总是对某一文化形态及其内涵的不同程度的反映，换言之，一定的文化孕育一定的文学，任何一部文学作品都会在不同程度上表现出其文化母体的特质，在其内容和形式的方方面面都浸润渗透着文化母体的信息指令。鲁尔福的作品就蕴含了大量的文化信息，即以印欧混血为特征的墨西哥现代文化信息，或者说是"一种堪称基调的原型模式，即新旧大陆初民的集体心象，如宿命轮回、孤魂野鬼等原始信仰，或按照日落日出、冬凋夏荣等自然规律推想出来的死后复生、灵魂不灭（其中有基督教—希伯来神话，也有古印第安传说）等古老的心理经验"，值得我们加以梳理、分析和研究。

　　墨西哥文化是一种混血文化，其源头分别是印第安阿兹台克文化和西班牙天主教文化。这两种文化经过了几百年的碰撞、冲突、征服、融合，才形成了独具特色的墨西哥文化。鲁尔福作品中所蕴涵的文化信息比较集中地反映出 20 世纪上半叶墨西哥文化的一些主要方面，而这些方面都能透射出这两种文化在长期冲突与融合的过程中所留下的痕迹。1519 年，西班牙人埃尔南·科尔特斯带领 550 个人和 16 匹马开始了对印第安阿兹台克帝国的征服，经过两年多残酷的镇压与分化，将这个帝国的首都特诺奇蒂特兰（今墨西哥城）变成一片废墟，西班牙人又在随后的几十年里以屠杀与教化两种手段在墨西哥建立起了殖民地。近百年的征服充满了暴力的血腥。[1]

---

　　[1]　托马斯·E. 斯基德莫尔、彼得·H. 史密斯：《现代拉丁美洲》，江时学译，北京：世界知识出版社，1996 年，第 23 页。

暴力成了西班牙人带给墨西哥人的一份沉重的礼物。19世纪20年代爆发并取得胜利的独立战争又一次证实了暴力的通用性，墨西哥人将西班牙人送来的礼物返赠给了他们，同时也将这样的纪念品留给了自己。这一纪念品在随后的一百多年里一再发挥它的效力。"这种暴力发生在政变、暗杀、武装运动、军人干涉和社会革命之中。"[1]迪亚斯在其三十余年的独裁统治中推行卡西克主义并能取得一时的成功可以作为反面的例证，而墨西哥资产阶级革命以及后来爆发的基督战争则进一步说明，殖民主义所留给墨西哥的"礼物"中所包含的文化负担有多么沉重！鲁尔福从小就背负着这样的文化重担长大，少年时期就亲眼看见自己的亲人一个个死于暴力，"有一次，当我父亲逃跑时，他们杀死了他……他们又杀害了我的叔父，另一个叔父，还有另外一个……他们捆住祖父肥胖的手指再把他吊起来，致使他失去指头……他们都死于无辜"[2]。因此，普遍的暴力并非鲁尔福的凭空想象，而是一种现实的写照，是生活的亲历，是民族和文化征服的遗产，是文化包含和渗透于文学之中的必然结果。

在征服墨西哥的过程中，西班牙人也像几乎所有西方殖民主义者一样，一手举着屠刀，一手拿着《圣经》。他们将印第安人的神庙夷为平地，再在上面盖起天主教教堂。"在离墨西哥普埃布拉城不远的地方有一座小城，乔卢拉，这里历来就是宗教中心，曾经有过365座天主教堂，但是在每一座天主教堂下面都是一座被夷平的印第安人庙宇的基础。"[3]这种在印第安神庙的座基上建立天主教教堂的现象形象地反映出了墨西哥文化中宗教观念的印欧混血特点：扎根主教的教义原理；印第安人的观念意识是根基，部分掩藏于地下，天主教的观念意识是"上层建筑"，显露在外面；两者在建造的过程中有过冲突、碰撞、抵牾，但终究合而为一，看上去是一个整体。但是，这两者原本是两个部分，只是不仔细观察很难发现衔接的痕迹。熟谙自己祖国文化的鲁尔福在作品中艺术地表现出了宗教观念上这种"和而不同"的状态：人们相信上帝，普遍具有天堂意识，都希望死后能够进入天堂，但这种观念是外来的，是一种寄托，一种理想，因为天堂对大多数人来说可望而不可及，就

---

　　[1]　托马斯·E.斯基德莫尔、彼得·H.史密斯：《现代拉丁美洲》，江时学译，北京：世界知识出版社，1996年，第6页。
　　[2]　乌戈·罗德里格斯·阿尔卡拉：《胡安·鲁尔福：〈对天堂的眷恋〉》，见《拉丁美洲当代文学论评》，陈光孚选编，桂林：漓江出版社，第278页。
　　[3]　段若川：《安第斯山上的神鹰》，武汉：武汉出版社，2000年，第91页。

像生前死后的科马拉人；人们对地狱甚至炼狱的相信却是内存的观念，因为地狱就在脚下，就在身边，亡灵都是自己的亲人或熟人，因此并不可怕，即使像科马拉这样的炼狱，许多人生前都不愿离开，有的即使离开，后来也要回来，像苏萨娜，甚至死后的亡灵也要回到故土，像胡安母子；人们相信圣母，以为圣母就是救苦救难的救星，比如胡安·鲁尔福的短篇小说《塔尔葩》中的"我"和娜塔丽亚，背着染上毒疮的弟弟丹尼罗，吃尽千辛万苦去求圣母，但是瓜达卢佩圣母并非西班牙白人，而是一个黑眼睛、黑头发、棕色皮肤的印第安妇女，而这个圣母也并不灵验，并未能挽救丹尼罗的生命。仔细品味鲁尔福的作品，我们会感觉到作者对上帝那种不太在意，甚至有点儿调侃的态度隐含于字里行间，比如前文提到的对丹尼罗结局的安排，再比如《安纳克莱托·莫罗内斯》中的所谓圣婴原不过是一个色狼般的伪君子，再比如那个满脑子天堂地狱观念的马卡里奥却是一个弱智，等等，给读者的明确印象就是：圣母不灵，圣婴虚假，上帝不过是弱智者头脑里的混乱意识。这样一种对上帝似信非信、并非全信，对地狱似怕非怕、并非真怕的意识状态，也并不是鲁尔福的臆想或夸张，而是印欧混血的墨西哥文化在宗教意识上"和"而未"合"的典型特征。

宗教意识可以利用宣传、灌输、教化等手段来培养，时间意识却只能通过生活、经历、感知来获得。因此，作品中表现的时间意识就更多地反映出印第安阿兹台克人的原始心象。创作于 15 世纪、被西班牙人掩埋于天主教教堂地基之下几百年、于 1790 年发掘出土的太阳石[1]，就是这种原始心象或者时间意识的明证。在这个直径 3.6 米、重 20 余吨的圆形巨石上，刻有代表阿兹台克人太阳—金星历法的象形符号、字样和图腾形象。在阿兹台克人眼里，太阳不止催生了人类和世间万物，还是确定时间的唯一坐标。日升日落是时间的往复，秋衰春发是自然的周转，生生死死是生命的循环。公元纪年是欧洲人的日历，太阳—金星历法才是阿兹台克人的时间观念。现代墨西哥正式采用的当然是"欧历"，但在普通老百姓心目中，尤其是鲁尔福笔下的哈利斯科州乡村人的心目中，时间仍然是以太阳的起落来决定的。正因此，对"卢维纳"人来说，"就好像生活在永恒之中"，因为太阳是永恒的；对科马拉人来说，时间是循环的，因为人们只见日起日落，月落月升，生命是循环的，因为死死生生，

---

[1] 陈众议：《20 世纪墨西哥文学史》，青岛：青岛出版社，1998 年，第 150，149，113 页。

没有穷尽。《佩德罗·巴拉莫》里几乎找不到明确的时间参数，人们判断时间都是依据"白昼""黎明""中午""夜晚""黄昏"等这样一些与太阳起落、运行，月亮升降相关的概念。很显然，以太阳起落为时间标志是那个时代墨西哥乡村人时间意识的核心。

科尔特斯及其后代打垮了阿兹台克帝国，杀害了无数的印第安人，征服了这个民族，占领了他们的土地，夷平了他们的神庙，在此基础上建立起了天主教教堂，进行了几百年的殖民统治，但却没能够完全征服印第安人和取代他们的文化，而是导致了一个混血民族和混血文化的诞生。而天才的鲁尔福凭着他对本民族文化和文学的驾驭能力，以少而精的作品揭示出了这一混血文化的特质。

鲁尔福是民间苦难的传达者，其目的是为了使传达的东西更容易被人们接受和理解，使文本更贴近现实生活。鲁尔福回归到了民间文化的根源上来，不管是民间传说，还是文化风俗，他都试图将民间资源利用到极致，从而丰富自己的叙事，突出本民族特色。

鲁尔福的作品中对拉美地理风貌的再现，无须赘言，其在语言上尽量使用方言，从而贴近家乡的本身特点。方言的运用，使拉美风情更加鲜明，但对于中国译者来说，却成为一项不小的挑战。《燃烧的原野》的译者张伟劼在译者序中调侃道："破译一些哈利斯科方言中的特有词汇，着实让我费了点劲。"[1]

胡安·鲁尔福小说中浓重的宗教色彩的展现，也把拉美的精神信仰方面的文化展现在世人的面前。《佩德罗·巴拉莫》中就有着浓郁的宗教意味。可以清楚地读出有天堂、地狱、炼狱三个层次世界的设定。小说中有这样一个情节，米盖尔死去后，佩德罗为了让自己的儿子在死后可以升上天堂，放下面子去祈求神父，希望神父可以宽恕儿子的罪行，佩德罗甚至想用一把金币，去收买神父，但是神父并没有妥协，他坚持说道：他是可以用金钱买到拯救的，是不是这个价钱，这你自己知道。至于我么，上帝，我拜倒在你的脚下，求你伸张正义，主持公道。公道还是不公道，这一切都可以求得……上帝，为了我，请你判决他吧。[2]

虽然佩德罗作为大地主，占有权力，可以支配一切，但是在他儿子死于非命后，

---

[1]　胡安·鲁尔福：《燃烧的原野》，张伟劼译，南京：译林出版社，2011年，第7页。

[2]　胡安·鲁尔福：《佩德罗·巴拉莫》，屠孟超译，南京：译林出版社，2011年，第34页。

他依然希望儿子可以去天堂，免受地狱的痛楚。还有《马卡里奥》一文中描写的一个智障的人，他的脑子里充斥着宗教思想：我养母说，我房间里老是有臭虫啦，蟑螂啦，蝎子啦，就因为我是要下到地狱里去给火烤的，如果我还是改不掉拿头撞地的坏习惯的话。[1] 从中我们也可以读到作者将墨西哥人宗教思想的东西，通过他们的行为和语言传达出来，胡安·鲁尔福在作品中将民间宗教信仰方面的特色，很好地介绍出来：随着殖民者进入墨西哥，西班牙天主教观念渗入，与胡安·鲁尔福所在家乡的人们的观念形成了混杂。一方面受天主教影响，希望进入天堂，远离地狱这种可怕的地方，另一方面又接受以鬼魂的存在方式生活，获取一定程度的解脱。墨西哥文化是印第安阿兹台克文化与西班牙天主教文化交融的文化，具有文化包容的特色。两种文化在交锋、渗透、互相学习的过程中，形成了墨西哥文化现在的状态。胡安·鲁尔福借用宗教意蕴丰富的情节来表现拉美文化的复杂内涵。

　　胡安·鲁尔福作品中也不乏拉美神话传说、文化习俗的介绍。小说就像一部史书，非常清晰地记录了拉美人日常生活中的习俗和精神文化方面的内容。例如，《佩德罗·巴拉莫》中，苏萨娜死去的时间是 12 月 11 日，在这之后的 12 月 12 日，人们从各地涌入科马拉，科马拉顿时人声鼎沸，熙熙攘攘，热闹非凡，就像过节演戏的日子那样，村子里挤得水泄不通。[2] 其实胡安·鲁尔福写到的这个庆祝的日子，就是墨西哥的瓜达卢佩圣母节。瓜达卢佩圣母深受墨西哥民众的崇拜。从历史上看，其实这个圣母形象是"西班牙传教士在新大陆传播天主教的过程中，为了彻底消除印第安各路旧神的影响"[3] 而重新塑造的形象。作者在行文中很自然地提及拉美的风俗，加深了读者对墨西哥的了解。

　　胡安·鲁尔福在小说创作中真正地做到了民俗意义上生存意境的还原，这种叙事十分有利于胡安·鲁尔福小说走向世界，把民族的东西介绍给世界。[4]

---

[1]　胡安·鲁尔福：《佩德罗·巴拉莫》，屠孟超译，南京：译林出版社，2011 年，第 76—77 页。

[2]　胡安·鲁尔福：《燃烧的原野》，张伟劼译，南京：译林出版社，2011 年，第 163—164。

[3]　王松霞、王传龙：《涅槃与新生 —— 拉美文化的面貌与精神》，北京：中国水利水电出版社，2006 年，第 61—62 页。

[4]　王雯倩：《阎连科对胡安·鲁尔福小说创作的借鉴与创新》，《辽宁大学》，2013 年。

第五节　《燃烧的原野》的后现代性

鲁尔福的短篇小说共 17 篇，全部收入 1953 年出版的短篇集《燃烧的原野》。概括起来，这些短篇体现出如下特点：

第一，清一色的农村题材。篇中所述基本都是墨西哥 1910 年资产阶级革命前后几十年的农村生活。对墨西哥来说，这几十年正是庄园主土地所有制经济从形成走向垄断的年代。1910 年的资产阶级革命以及随后数次土地改革虽然冲击和晃动了这一经济形态，但并未从根本上动摇它的基础，也就没有解决以土地争夺为焦点的社会矛盾。他的短篇小说大体反映出了那一时期农村生活的全貌。《清晨》《求他们别杀我》《安纳克莱托·莫罗内斯》反映的是庄园主与农民的冲突；《燃烧的原野》写的是政府军对农民暴动的残酷镇压；《科马德雷斯坡》《那个人》《你该记得吧》《你没有听到狗叫吗》反映的是围绕土地的争夺与搏杀；《都是由于我们穷》《塔尔葩》《北渡口》描述广大农民的悲惨生活和人物的堕落与愚昧；《我们分到了土地》写的是土地改革之后的农村状况；《卢维纳》描述的是农村的破败与凋零；《地震的那天》描述的是民主选举的真实情况；《玛蒂尔特·阿尔坎赫尔的遗产》记叙了农民家庭的悲剧；《马卡里奥》展示的则是一个贫苦农民处于饥饿状态下向往满足的内心活动。因此可以说几乎写出了农村生活从大到小，从外向内，贫穷与愚昧，富有与残暴，民主与虚伪的全貌。

第二，主题展示上的批判与鞭挞。鲁尔福手中操作的几乎是批判现实主义的利刃，刀尖所向，针对的都是人类行为中的残忍、冷酷、暴虐、愚昧等品行：庄园主的凶残与荒淫、政府军的残酷、农民的愚昧、充斥乡村的暴力、民主的虚伪，等等，这些都在前文述及，而首当其冲的则是对杀戮与死亡的揭露与针砭。17 篇中涉及这两类的就有 12 篇。有政府军对暴动农民的滥杀，有庄园主对家民的残杀，也有农民之间为争夺土地和财产的拼杀。《那个人》中的主人公"那个人",用砍刀将另一家三口人全杀死后逃跑,在途中又被人打死在河中。此外,围绕土地的争夺成为诱发各种矛盾冲突和杀戮的导火索。短篇集中的许多篇什都是揭示这一主题,如《教母坡》《燃烧的原野》《你没有听到狗叫吗》等。鲁尔福准确而深刻地抓住了那一时期墨西哥农村的根本矛盾,揭示出了社会生活的本质。

第三,漫画式的人物速写。鲁尔福不在意于人物形象的仔细刻画,而更着力于主题的开掘或某种情绪或观念的表达,因此短篇中的人物若从性格角度考察都显得模糊甚至有些脸谱化。为了表现主题,作者夸大人物某一方面的特征,如同漫画速写,如《教母坡》中的多利戈兄弟似乎是"蛮横"的化身,《安纳克莱托·莫罗内斯》中的主人公显然是"懦弱"的代表,《塔尔葩》中的"我"则是愚昧的典型。

与主题相得益彰的是氛围的营造与笔调。这一点是鲁尔福小说创作的最为成功之处。他的 17 个短篇几乎每篇都有一种特定的氛围,每篇都以一种情绪为主调。如《我们分得了土地》中透出深深的失望和漫漫的苍凉,语调充满谐谑;《科马德雷斯坡》里透出冷峻与随意,语调属黑色幽默;《都是由于我们穷》中释放出山洪下泄般的无奈,语调则是淡淡的哀惋;《马卡里奥》中充满迷乱与依恋,语调显得琐碎;尤其是《卢维纳》,通篇弥漫着凄凉与肃杀,引述一段:

> 您马上就会见识这在卢维纳猛吹的风了。这风是暗黑色的。有人说这是因为它带着火山灰……它在卢维纳扎了根,抓住到手的东西不放,好像要把它们一口口啃掉。它把房屋顶刮走……把那些破墙吹得光溜溜的像是脱去一层皮……然后它就开始抓抓挠挠,好似长了指甲……它掠过墙身,掀起地皮,用它的尖嘴锹在门底下猛拱,好像要把我们的骨头关节翻掉似的。[1]

这种状物述事的准确生动足见出鲁尔福作为小说家深厚的语言功力,由此奠定他的中篇小说《佩德罗·巴拉莫》成功的基础。

---

[1] 胡安·鲁尔福:《燃烧的原野》,张伟劼译,南京:译林出版社,2011 年,第 101 页。

第六节　《佩德罗·巴拉莫》和《燃烧的原野》的离奇幻境与现实社会

　　20世纪30—70年代，拉美出现了现代派与后现代主义文学混杂的文学流派——魔幻现实主义。它将笔触伸向现实但又不同于现实主义，常常变现实为神话、梦幻、荒诞。德国文艺批评家弗朗茨·罗1925年在《魔幻现实主义·后期表现·当代欧洲绘画的若干问题》中提出"魔幻是为了指出神秘并不是经过表现后才来到世界上的，而是活动着并隐藏在其中"。"神奇乃是现实突变的必然产物，是对现实的特殊表现，是对丰富的现实进行非凡的、别具匠心的揭示，是对现实状态的规模的夸大。这种现实（神奇现实）的发现都是在一种精神状态达到极点和激奋的情况下才被强烈地感觉到的！"魔幻现实主义把神奇和怪诞的人物和情节，以及各种超自然的现象插入到反映现实的叙事和描写中，是拉丁美洲现实的政治社会变成了一种现代神话，既有离奇幻想的意境，又有现实主义的情节和场面，幻觉和现实相混，从而创造出一种魔幻和现实融为一体、魔幻而不是真实的独特风格。本质上看，魔幻现实主义文学表现的，并不是魔幻，而是现实。"魔幻"只是手法，反映"现实"才是目的。魔幻现实主义的崛起，是由于拉美地区长期被殖民统治，经济落后，政局动荡，专制独裁。也受拉美民族文化传统的影响较深，例如神灵崇拜，生与死、梦幻与现实的界限模糊。魔幻现实主义文学的崛起，归根结底，是拉丁美洲人民新的觉醒的表现，是一种民族自省和反思的开始。因此，魔幻现实主义的总体基调是乐观、积极、蓬勃向上的，即使它的表现手法是揭露社会弊端，抨击黑暗现实。

　　《佩德罗·巴拉莫》是魔幻现实主义的代表，博尔赫斯认为"甚至在所有语言中，《佩德罗·巴拉莫》都是最伟大的小说之一"。主人公寻找父亲的路上常常表现出现实与幻想共存，生死不辨，人鬼不分。鲁尔福运用象征、荒诞和意识流等西方现代派常用的手法，表现的现实是封建大庄园主对人民的残酷剥削与欺压。

一般来说，一种文化的表达不外乎两种形态：物质的和精神的。物质形态的文化表现在与人类生存相关的基本方面，如衣食住行、生老病死、婚丧嫁娶等，精神形态的文化则体现为对上述基本方面的看法、态度和处理方式。简而言之，前者体现为一种生存状态、生活方式和行为方式，后者则体现为支撑这种生存状态、生活方式和行为方式的观念和意识。循此出发，鲁尔福作品中的文化信息可以归纳为：墨西哥乡村人在资产阶级革命前后数十年期间的生存状态或生活方式和行为方式，以及他们对待这种生活方式和生存状态的意识与观念。

墨西哥乡村人在这一时期的生存状态、生活方式和行为方式究竟如何？鲁尔福的作品中蕴涵了一些什么样的文化信息呢？贫困以及恶劣的生存状态是这一时期的主调。《都是由于我们穷》以"穷"为题，开篇第一句就是"这里的一切每况愈下"[1]，接着"我"告诉读者，两个大姐已经因为穷而沦入烟花之地，而今三姐达恰赖以吸引男人的一头母牛也被洪水冲走，她也只得步两个大姐的后尘。《北渡口》中的"我"为了到美国去谋生，不惜冒着生命危险偷渡界河。《卢维纳》，"这个名称我听起来像是天堂里的名字，但实际上这是个炼狱。这是个行将就木的地方，那儿连狗也死绝了，在寂静中连狗吠声也听不到"[2]。《我们分得了土地》描述的是资产阶级革命后的土地改革，可是"我们"分得的是什么土地呢？这些土地远离村庄且不说，而且都是像"硬牛皮"一样的"不毛之地"，"连玉米都长不起来"。[3] 到了《佩德罗·巴拉莫》，贫困破败似乎是达到了顶点。胡安还未进入科马拉村，就感到它"好像搁在炭火上一样热，也仿佛就是地狱的门口"[4]，随后进入的科马拉"空无一人，仿佛被人遗弃了一般"，"空无一人的住宅，家徒四壁，杂草丛生，房门破败不堪"。

阿文迪奥说，"我们的母亲都很穷，都是在一张破席子上生的我俩"[5]，而他的老婆死了，连将其下葬的钱都没有。

---

[1]　胡安·鲁尔福：《胡安·鲁尔福全集》，屠孟超译，昆明：云南人民出版社，1993年，第5页。

[2]　胡安·鲁尔福：《胡安·鲁尔福全集》，屠孟超译，昆明：云南人民出版社，1993年，第84页。

[3]　胡安·鲁尔福：《胡安·鲁尔福全集》，屠孟超译，昆明：云南人民出版社，1993年，第6页。

[4]　胡安·鲁尔福：《胡安·鲁尔福全集》，屠孟超译，昆明：云南人民出版社，1993年，第146页。

[5]　胡安·鲁尔福：《佩德罗·巴拉莫》，屠孟超译，南京：译林出版社，2011年，第147页。

　　严重的两极分化是这一时期的又一特征。两极分化的表征就是卡西克主义盛行。《清晨》里面那个地主胡作非为，与自己的外甥女乱伦，不巧被一个帮工碰见，他反而将帮工毒打了一顿。《求他们别杀我》中的"我"躲避了 40 年，仍然没有逃出庄园主人一家的手心。

　　鲁尔福在 1983 年关于作品的谈话中说："最初我想写一个卡西克，因为这种人在墨西哥是很典型的。在墨西哥既存在地区性的卡西克主义，也存在国家范围内的卡西克主义。这就使一个古怪的现象产生了：国家政治的稳定同卡西克主义有很大关系，因为每个卡西克都控制国家交给他们的某个地区，那些地区由卡西克下达命令，并依靠这些命令统治那些地区……佩德罗·巴拉莫就是这样一个卡西克。"在谈到卡西克主义给他的家乡带来的后果时，他又说："那里是一片荒野，有成千上万公顷土地。那些土地以前是肥沃的，富饶的。现在却完全荒废了。村庄被村民们抛弃，因为那里生活没有依靠。"[1] 显然，创作《佩德罗·巴拉莫》，就是要揭示卡西克主义给墨西哥农村带来的恶果。

　　卡西克主义来源于卡西克。卡西克是拉丁美洲独立运动和战争期间开始流行的一个词，它指那些以武力或暴力手段去占有和维护田地、财富和权力的人，其所指近似于汉语中的恶霸。卡西克主义则通指以强权或暴力手段去占有土地，聚敛财富、获取利益、实行统治。墨西哥独裁者迪亚斯（Diaz, Porfirio 1830—1915）在其统治的中后期（1885—1910），在广大农村推行卡西克主义，一方面允许卡西克们大量兼并土地，鼓励他们为争夺土地相互厮杀，另一方面则依靠他们在农村实行恐怖统治，其后果是严重而深远的。有些后遗症至今犹存，比如土地争夺。

　　从文本看，作者显然充分实现了他的创作意图，这大体可以概括为以下两个方面。首先，科马拉的变迁是广大农村的缩影。作品中的科马拉按时空可划分为三重世界或图景：一重是佩德罗和苏萨娜年少时的科马拉，在作品中以多罗莱斯的画外音和佩德罗的内心独白等形式表现出来，时间上是遥远的过去，空间上则是一个富饶而美丽的地方。第二重世界是佩德罗父子行凶作恶的世界，在作品中以第三人称，以爱杜薇海斯、多罗脱阿与胡安等鬼魂的对话形式表现出来；从时间上说那是不久的过去，从空间角度看，那时的科马拉已充斥着暴力与罪恶：佩德罗疯狂占地、滥

---

[1]　吕同六主编：《20 世纪世界小说理论经典（下）》，北京：华夏出版社，1995 年，第 427 页。

杀无辜、玩弄女性，但钟情、痴情于苏萨娜，其子也到处作恶，最后摔死于马下；他在占有了全村绝大部分土地后，对村人实行报复，致使村人死的死、逃的逃，土地荒芜，成了一片废墟，无人管理之后，虫害肆虐，满目疮痍，佩德罗自己也身心俱颓，成了行尸走肉，最后死于一私生子之手。第三重世界是一个鬼魂游弋的世界，作品中以胡安第一人称回忆的形式表现出来，时间是不确的过去，空间则是废墟与鬼域的科马拉。随着胡安的回忆，读者被引领进一个鬼魂出没的废墟：到处是空无一人的住宅，家徒四壁、杂草丛生、破败不堪；头戴面纱的女人一闪而过，犹如没出现过一般，说起话来语言细如发丝，但口中牙齿齐全，说话却结结巴巴……总之，胡安所见皆是鬼魂，所听到的要么是窃窃私语，要么是哀号般的呼叫，要么是负罪亡灵的忏悔，再就是鬼魂在墓穴里的交谈。

对比科马拉不同时期的三个世界，读者能一目了然地看出科马拉是怎样由一个富饶美丽的村镇变成一个恶人横行的场所，再变成一个人烟绝迹鬼魂出没的废墟。造成这一后果的是卡西克佩德罗的横行霸道，而这正是作品所要揭示的主题。

体现作者创作意图的另一面是卡西克主义怎样将人变成鬼，将人变成恶魔，这在佩德罗的人生经历和归宿中得到体现。少时的佩德罗天真烂漫、勤快纯良、充满爱心，但随着复仇与强占土地的实施，尤其是对土地的贪欲膨胀，他渐渐变成一个冷酷、凶狠、残暴的卡西克，按作品中的说法，他成了"仇恨的化身"，"像一根恶草一样往上长"，疯狂地强占土地，成了独霸一方的卡西克。正是由于他对村民的报复，迫使村民大批逃亡，科马拉渐渐被废弃，成了一片鬼域。显然，科马拉由富庶变为一片荒野的直接原因是佩德罗的横行霸道，而佩德罗则是卡西克主义的直接产物。

如果说鲁尔福的短篇小说不太在意人物形象的塑造，这一点在《佩德罗·巴拉莫》中得到了纠偏。作品中的人物性格较为鲜明，其中又以佩德罗为最。他由纯良少年变为无恶不作的卡西克，有着失恋、复仇、占有等多种心理驱动，其性格的发展也是逐步而符合逻辑的。

失去少年恋人和失去父亲的双重打击将他推上发泄与复仇之路；一方面他拼命玩弄女人，另一方面滥杀无辜，到后来对土地无限占有的欲望又将他推上了利令智昏、无法自拔的境地。但他不只是有恶的一面，比如他对苏萨娜的爱可谓至死不渝，既未因她的离去和出嫁而减弱，也未因岁月的磨蚀而消退。苏萨娜走了 30 年，他就等了 30 年，几乎是无时不思，无时不念，并一直派人到处寻找。后来他竟不惜以杀其父为代价，而后娶其为妻。但苏萨娜嫁给他后不久就"发疯了"，神志不清，常常辗转于病榻，被一个一个的噩梦所困扰。但他不仅没有怨恨或抛弃她，而是经常守候于床前，痛苦地看着她遭受折磨。苏萨娜去世后，他如同被抽走了灵魂，心灰意冷，整天坐在一把皮椅中，望着她墓地的方向，念叨着她的名字，最后几乎是迎着阿文迪奥的屠刀，呼唤着苏萨娜的名字死去。

佩德罗·巴拉莫算得上是卡西克的典型。通过科马拉的变迁和佩德罗的变化，卡西克主义的后果得到了准确、生动的诠释。他家原本也很穷，家里的日用品有时也得去赊取，父亲死后也无钱下葬，但他长大后想方设法占领土地，或偷移地界，或强占，或暗杀其他庄园主，或通过结婚来控制别人的土地，将科马拉村的绝大部分土地都占为己有。暴富起来的佩德罗横行霸道，无恶不作。科马拉甚至邻近半月庄的女人大部分都成了佩德罗父子欺凌和发泄的对象，他们或骗婚，或胁迫，或玩弄，或强奸，无所不用其极。既然如此，法律自然不在话下，他明明白白地告诉手下人，"什么法律不法律的，富尔戈尔！从今以后，法律该由我们来制定"[1]；为了报复科马拉人错把他老婆苏萨娜的葬礼当成了节日庆典，他说，"我只要采取袖手旁观的态度，科马拉人就得饿死"[2]，他果然这样做了，结果科马拉在他死后不久就真的变成了一片废墟。

面对如此贫困的生存状态和恶劣的生存环境，墨西哥乡村人是如何反应，采取的是什么样的行为方式呢？他们或者逆来顺受，如《佩德罗·巴拉莫》中的爱杜薇海斯、多罗脱阿、雷德里亚神父等；或者逃避，如《佩德罗·巴拉莫》中的多罗莱斯，如《教母坡》中逃离村庄的教母坡人，如《北渡口》中企图逃向美国的"我"；或者自暴自弃，如《都是由于我们穷》中"我"那沦为妓女的两个姐姐，如《佩德罗·巴拉莫》里在乱伦中打发岁月的多尼斯兄妹；或者装疯卖傻，如被佩德罗强娶过去的苏萨娜；而最为普遍的行为则是暴力或者以暴易暴。翻开《胡安·鲁尔福全集》，

---

[1] 胡安·鲁尔福：《胡安·鲁尔福全集》，屠孟超译，昆明：云南人民出版社，1993 年，第 181 页。

[2] 胡安·鲁尔福：《胡安·鲁尔福全集》，屠孟超译，昆明：云南人民出版社，1993 年，第 256 页。

我们发现，这似乎是一本描写暴力的书。

短篇小说集《燃烧的原野》共有小说 17 篇，直接或间接描写暴力的就有 9 篇。《教母坡》中的多利戈兄弟滥施暴力，致使村人死的死、逃的逃，最后自己也被人杀死。《那个人》中的主人公将仇人的全家老小杀死后自己在逃跑途中自杀。《清晨》中与自己外甥女乱伦的地主后来被人杀死。《燃烧的原野》描写的是资产阶级革命战争中的暴力与滥杀无辜，小说题词就是"母狗已诛，犹存狗崽"，所谓的起义军和政府军都是一个样，烧杀抢掠，视人命如草芥，起义军头子让公牛将俘虏和庄园主一个个挑死，以此取乐，政府军则将起义军赶尽杀绝。《求他们别杀我》里面的主人公在杀死自己庄园主人后躲藏了 40 年，后来还是被主人当了军官的儿子抓住了，他苦苦哀求仍无济于事，还是被枪杀，时间和哀求都无法泯灭固执的仇恨与以暴易暴。其余还有《只剩下他一人的夜晚》《你该记得吧》《我们分得了土地》等。前文已经提到，《佩德罗·巴拉莫》同样是一个关于暴力和以暴易暴的故事。佩德罗的父亲在一次婚礼上被人误杀，"由于永远也弄不清击中其父的这颗子弹来自何方，就来了个不分青红皂白，格杀勿论"[1]。为了占地，他派人绞死了另一个庄园主阿尔德莱德；为了娶苏萨娜，他派人杀死了她的父亲；而他后来又被自己的私生子、喝醉了酒的阿文迪奥用杀猪刀给捅死了。暴力变得如此普遍，以至于"人们要是见到你成天背着一支有皮带的卡宾枪，可以连招呼也不打一下就把你干掉"[2]；暴力变得如此随意，以至于"那个人"说"杀人也很费劲，因为人皮很坚韧，虽说对方引颈受诛，也多少会反抗一下"，"我原意只想杀死我必须杀的那个人；然而，当时天很黑，人影看上去都差不多……不管怎么说，这么多人埋葬在一起开销反倒省了不少"[3]，话语中弥漫着令人毛骨悚然的冷酷。

透过这样的生存状态和行为方式，透过作品的情节内容，我们能看到墨西哥乡村人的传统观念和意识。

第一，生命意识。他们的生命意识中有两个很重要的观念：生死观念和人鬼观念。墨西哥人虽然不轻视生存，但并不害怕死亡。"他们相信生死轮回说"，"死神对

---

[1]　胡安·鲁尔福：《胡安·鲁尔福全集》，屠孟超译，昆明：云南人民出版社，1993 年，第 222 页。

[2]　胡安·鲁尔福：《胡安·鲁尔福全集》，屠孟超译，昆明：云南人民出版社，1993 年，第 5 页。

[3]　胡安·鲁尔福：《胡安·鲁尔福全集》，屠孟超译，昆明：云南人民出版社，1993 年，第 31 页。

墨西哥人来说并不陌生，他们不怕死神，敢于面对死神，甚至嘲笑死神，给死神取了许多外号：老太婆、秃脑壳等"；他们"和死亡开玩笑，嘲弄它，与它亲昵，伴它入睡，对它表示祝贺"。在他们看来，生与死只不过是一种转换，死是生的继续，或者说是生的另一种形式。有这样的观念支持，人与鬼之间的关系就不是陌生，更不是彼此害怕，而好像是亲戚朋友之间的往还。因此，墨西哥人有过死人节的习俗，"那是每年 11 月 2 日"，"节日前后，无论是城镇或乡间，商店、摊头摆满用砂糖或巧克力制的骷髅头出售"。[1]

人们买来后把它当作糖果一样吃下去。"墨西哥传说中的死人国又称'米特兰'，与天庭相对，但又不同于基督教文化的地狱。它没有黑暗，没有痛苦，是一种永久的'回归'，永久的存在，因此它并不可怕。"[2]基于这样的意识信念，《佩德罗·巴拉莫》的整个故事建立在一片鬼域或是死人国之上。对此鲁尔福本人说得直截了当："所有的人物都是死人。这是一本独白小说，所有的独白都是死人进行的，就是说，小说一开始就是死人讲故事。他一开始讲自己的故事就是个死人，听故事的人也是个死人。是一种死人之间的对话。村庄也是死去的村庄。"[3]诚然，作者的话并不能作为诠释的唯一依据，但有一点可以肯定的是，读者要想分清作品中的人物哪些是活人哪些是死人的确是很难办到的，因为所有人物的活动，无论是独白、对话、交谈，还是交往、行为、争斗，都与日常生活中所发生的没有任何两样。作品一开篇胡安的介绍，接着被阿文迪奥引领进科马拉村，随后碰上爱杜薇海斯太太等人的一系列行为与交谈，以及后来对佩德罗从儿时天真直到长大后作恶的种种叙述，到达米亚娜与别人的对话，到多尼斯兄妹之间的交谈，你都看不出有丝毫的异样，直到小说进展到一半左右，也就是第 34 自然节时你才猛然发现胡安和与他交谈的人原来都是亡灵。这时候你才知道前面许多原本是"死人之间的对话"。接下去对佩德罗所作所为的种种叙述，对米盖尔行为的叙述，苏萨娜的对话和她自己的独白等，又将读者拉回到活生生的现实中，使你仍然不会对所述内容的现实性有任何怀疑，等到小说的结尾佩德罗像僵尸一般倒下，再返回到第 1 节最后一句阿文迪奥说的"佩德罗·巴

---

[1] 段若川：《安第斯山上的神鹰》，武汉：武汉出版社，2000 年，第 160 页。

[2] 陈众议：《20 世纪墨西哥文学史》，青岛：青岛出版社，1998 年，第 149 页。

[3] 吕同六主编：《20 世纪世界小说理论经典（下）》，北京：华夏出版社，1995 年，第 427 页。

拉莫已死了好多年了"时才会相信："所有的人物都是死人。村庄也是死去的村庄。"显然，这样的情节构设不只是要揭示卡西克主义给墨西哥农村带来的恶果，而且是受着上述生命意识的支配，即生死之间只不过是一种转换，人与亡灵同属一体。实际上，这样的观念在作品中借人物之口一再得到表述，比如达米亚娜一再提到的爱杜薇海斯的亡魂，比如被绞死的阿尔德莱德亡灵的呼号，比如多罗脱阿告诉与自己一起躺在坟墓里的胡安说，苏萨娜就埋葬在他们旁边的大坟里，"大概是潮气侵袭到她了，这会儿大概在梦中翻身呢"，并告诉他，"这些死了年深日久的人，一旦受到潮气的侵袭，就要翻身，就会醒来"等。[1]这样的生命意识同样决定着人们对待死亡的态度：死亡不止是一种必然归宿，在一定情况下还是一种令人向往的归宿，"死亡对他们来说是一种希望"[2]。因此，《你该记得吧》中的戈麦斯很随意地杀死了自己的姐夫，接着自己被吊死。佩德罗得知儿子米盖尔摔死于马下后并"没有感到痛苦"，而是等待甚至是期待着死亡的来临，"还是早点开始好，这样可以早点了结"[3]，他平静地说。这样的平静后面支撑着的是一种对死亡的坦然与默然。与这种生命意识紧密相关的是一种听天由命的宿命意识，这在作品中也得到了充分但并非明了的反映。佩德罗的儿子死于非命，自己又被一私生子刺死，他想方设法娶到苏萨娜，但婚后苏萨娜就"发了疯"，这一切像是一种宿命的安排；多利戈兄弟作恶多端，滥杀无辜，后来两人都死于非命；《佩德罗·巴拉莫》中反复出现的、与人物死亡相照应的流星和流星雨，都带有明显的宿命色彩。

第二，宗教意识。鲁尔福的作品中反映得较为多而集中的宗教意识是有关天堂、地狱与炼狱的观念。墨西哥著名评论家阿尔卡拉就认为鲁尔福作品所表现的主题是"对天堂的眷恋"。的确，作品中的许多人物都有天主教中的天堂观，即人生前要是没有罪孽，死后可以进入天堂；要是犯有罪孽，就要进入炼狱和地狱受罪，但也可以经过神父的祈祷而得到宽恕后进入天堂。佩德罗的儿子米盖尔死于非命后，他一反常态、低声下气地去向雷德里亚神父求情，希望神父向上帝祈祷以宽恕米盖尔

---

[1]　胡安·鲁尔福：《胡安·鲁尔福全集》，屠孟超译，昆明：云南人民出版社，1993年，第218—219页。

[2]　胡安·鲁尔福：《胡安·鲁尔福全集》，屠孟超译，昆明：云南人民出版社，1993年，第84页。

[3]　胡安·鲁尔福：《胡安·鲁尔福全集》，屠孟超译，昆明：云南人民出版社，1993年，第208页。

的罪行，为了达到目的，他甚至塞给了神父"一把金币"；苏萨娜死后，他就经常坐在半月庄大门边的一张皮椅里念叨着，"苏萨娜，就在同一时刻，我就站在这门边，望着黎明，望着你朝天堂的道路走去"[1]，后来被阿文迪奥刺中临死前，头脑里出现的还是"天堂在摇晃"[2]。多罗脱阿也是如此。她知道自己帮助米盖尔玩弄女人，犯下了难以饶恕的罪孽，很难进入天堂，但仍然三番五次地恳求雷德里亚神父，直到神父告诉她，"你再也不能上天堂了"[3]；即使如此，躺在坟墓里的她仍然念念不忘请求上帝的宽恕。此外，达米亚娜、爱杜薇海斯太太、多尼斯兄妹、比亚妈妈等都是如此，雷德里亚神父就更不用说了，就连《马卡里奥》中马卡里奥那个弱智的脑子里装满的都是对上帝的敬畏和天堂的向往。在坟墓里的多罗脱阿对胡安说，她听见到处是鬼魂的絮语，"我终于听清了几个没有杂音的字眼，'替我求求上帝吧'"[4]。当然也有人不相信天堂只相信地狱，比如苏萨娜，她明白无误地告诉达米亚娜，她只相信地狱。这种意识上存在的个别差异是有意义的，它不仅说明了文化的非绝对性，更重要的是反映出墨西哥文化的双重特质，即天主教文化和印第安文化的混杂。明显地体现出这种文化双重特质的是关于地狱和炼狱的观念。西班牙天主教文化中的地狱和炼狱是十分可怕的地方，那里充满着魔鬼、苦难与惩罚，就像但丁笔下的《地狱》和《炼狱》。但阿兹台克人原本没有明确的地狱和炼狱观念，有的是上述的"死人国"观念；而死人国并不是一个可怕的地方，而是每一个人死后的归宿。天主教的长期灌输和熏陶使许多人接受了地狱与炼狱的观念，但骨子里相信的仍是"死人国"。鲁尔福的笔下明显地表现出在这一观念上两种文化的混杂或者说矛盾。一方面，人们害怕地狱与炼狱，祈求进入天堂；另一方面，死人国仍是绝大多数人死后的去处，就像科马拉村的人，几乎所有的亡灵都仍然"生活"在那里，一如生前，并无更多的痛苦，有些反倒觉得去死人国是一种解脱，如佩德罗和苏萨娜；一方面，人们从

---

[1]　胡安·鲁尔福：《胡安·鲁尔福全集》，屠孟超译，昆明：云南人民出版社，1993 年，第 257 页。

[2]　胡安·鲁尔福：《胡安·鲁尔福全集》，屠孟超译，昆明：云南人民出版社，1993 年，第 262 页。

[3]　胡安·鲁尔福：《胡安·鲁尔福全集》，屠孟超译，昆明：云南人民出版社，1993 年，第 215 页。

[4]　胡安·鲁尔福：《胡安·鲁尔福全集》，屠孟超译，昆明：云南人民出版社，1993 年，第 201 页。

观念上接受了生前犯有罪孽死后就只能下地狱炼狱的说法，另一方面却在行为上依旧作恶，滥施暴力，不在乎死后会去哪里，如富尔戈尔，再如佩德罗。

在费瑟斯通那里，"后现代主义"中的"后"（post），并不仅仅意味着断裂，它还意味着不同历史时代之间的粘连。他对于狂欢、节庆以及乡村集市中后现代的特征的讨论——那里充溢着娱乐性，杂乱无章，以及刻意为之的情绪失控。[1] 鲁尔福的后现代小说，创造出了这样一个狂欢式的刻意混乱，在那里，精英和大众相对峙的社会等级制被颠覆了，压抑着的情感以戏谑的方式被安全地释放了，由此避免了陷入自恋、精神分裂或者歇斯底里的病态的危险。

胡安·鲁尔福毫不掩饰地展现与后现代主义相关的特征，如表面胜于深度、空间胜于时间、幻象胜于真实、分裂胜于连贯等。

胡安·鲁尔福的作品《佩德罗·巴拉莫》中讲述的故事是一部浓缩的拉丁美洲历史，然而却是以支离破碎的方式讲述的历史，讲述者是生还是死，也难以判断。无论时间、空间和人物，都充满怪诞迷离的气氛。这是一部带人走进魔幻世界的奇妙作品，一部无人知道生者与死亡界限的史诗。这是胡安·鲁尔福完全用后现代小说的叙事方式写成的新小说，在艺术上的成就引人瞩目。

鲁尔福刻意地改变了原来的节奏，将传统的叙事截成了无数马赛克似的碎片，以叙述者父亲佩德罗·巴拉莫的经历为主线，又毫无过渡地插入其他相关人物的回忆和经历，甚至不做任何交代就转而描述其他人物的动作、言语、思想，事件被一再地戳碎，彻底打乱顺序后混杂地撒落在故事的演进中，使小说显得意外得混乱。一个单独的插曲，甚至一个简单的身体动作，都被撕裂成几块分散地插入叙述中，过去的事件变戏法似的混杂在现在的事件里，读者必须依照散乱的头绪和信号推论事件的前因后果。

---

[1]　迈克·费瑟斯通：《后现代主义和日常生活的审美化》，载司格特·莱许与乔纳森·弗里德曼合编：《现代性和身份认同》，英国牛津：布莱克威尔出版社，1992 年，第 265—290 页。

第四章

巴尔加斯·略萨小说的
后现代书写

　　秘鲁作家马里奥·巴尔加斯·略萨（Mario Vargas Llosa，1936— ）是 20 世纪及 21 世纪最主要的拉美作家之一。20 世纪 60 年代，拉美文坛涌现出大量杰出的作家，成为拉美文坛最为辉煌和风光的时期，拉美"文学大爆炸"广受赞誉。这其中，略萨成为了一代宗师，被冠以"结构现实主义大师"的盛名。2010 年，略萨在 74 岁时，摘得了诺贝尔文学奖，他的作品"用制图学般的细致入微描绘了权力结构，并对个人的抵制、反抗和挫败等形象进行了犀利和生动的刻画"[1]。

　　略萨出生于秘鲁阿雷基帕市，1957 年获圣马科斯大学文学学士学位。1958 年，《法兰西评论》颁发的奖金让略萨有机会在巴黎度过了为期两周的假期。这一旅行让年轻的略萨印象深刻。同年，他再赴欧洲，开始了长达 16 年的自我流放，其间只回过家乡几次。自 20 世纪 90 年代起，他定居欧洲。1993 年加入了西班牙国籍，成为了一位具有西班牙国籍和秘鲁国籍的双国籍作家。1994 年，他被聘为西班牙皇家语言学院院士。1995 年，他获得了代表西班牙语文学的最高荣誉塞万提斯奖。

　　略萨的写作生涯从他的短篇小说集《首领们》（Los jefes，1959）开始，而他的第一篇长篇小说《城市与狗》（La ciudad y los perros，1963）一经出版就引起轰动，并译成 20 多种外国文字出版，获得了西班牙简明丛书奖等奖项。之后，他的《绿房子》（La casa verde，1966）以及《酒吧长谈》（Conversacion de La Catedral，1969），这几部早期作品均以秘鲁乃至拉美复杂微妙的现实和腐败的社会作为描写对象。略萨一直痛恨秘鲁的独裁社会，在他看来，文学给予了他革命意识和批判精神，文学与政治是密不可分的。2011 年 6 月，略萨来访中国，在他《一个作家的证词》的演讲中，再一次重申了"文学并不是消遣，文学有一种批判的精神"。通过文学，唤醒人们的反抗意识，将梦想变为现实。

　　从 20 世纪末至 21 世纪初，略萨出版了《安第斯山的利杜马》（Lituma en los

---

[1]　王杨：《马里奥·巴尔加斯·略萨：一个作家的证词》，《文艺报》，2011 年 6 月 24 日，第 13 版。

Andes，1993）、《公羊的节日》（*La fiesta del chivo*，2000）、《天堂在另外的街角》（*El paraiso en la otra esquina*，2003）、《坏女孩的恶作剧》（*Travesuras de la nina mala*，2006）等，这个时期的作品，相比较他的前期作品而言，有了许多的变化。略萨一直以福楼拜、福克纳等作家作为自己的写作榜样，他在获诺贝尔文学奖致辞时也提到：福克纳认为，主题的丰富与否在于形式——取决于文笔与结构。马托莱尔、塞万提斯、狄更斯、巴尔扎克、托尔斯泰、康拉德、托马斯·曼，在他们的小说中，小说的规模与意义、精湛的文体及叙事视角都至关重要。[1] 在叙事技巧上，和传统小说相比，略萨的小说往往注重讲故事的方式。略萨的小说中大多体现了后现代主义的叙事策略，他招牌式的视角转换，能够邀请读者近距离地审视小说，读者们依靠"连通管"，将碎片式情节进行拼接和重叠；略萨推崇的是福楼拜及其"透明的"叙事者，有意隐瞒的全知叙事者视角和隐藏的信息，制造出光怪陆离的效果，表现了后现代小说的不确定性；另外，略萨擅长采用交错对话等语言游戏，将不同时空的人物和语言复杂地交织在一起，产生了一种多重叙事或插叙或倒叙的效果。

---

[1] 马里奥·巴尔加斯·略萨：《赞颂阅读与虚构——马里奥·巴尔加斯·略萨诺贝尔文学奖致辞》，姚青云译，《书城》，2011年1月号，第71页。

第一节 《城市与狗》：叙事技巧与暴力现实

一、《城市与狗》的叙事技巧

《城市与狗》是巴尔加斯·略萨首部向福克纳致敬的作品。在 1998 年的再版前言中，略萨提到了他"无限钦佩过美国'迷茫的一代'小说家的作品，钦佩他们每一位，尤其钦佩福克纳"。从叙事学角度来看，福克纳的小说其鲜明的特点在于采用多角度的叙述方法。而在《城市与狗》中，略萨也采用了这种技巧，建构出多层次的故事框架，通过变换的叙述角度串起时间线，将小说分割成一系列片段。

（一）平行线性结构的并置

全文共分为第一部、第二部和尾声，每部分分为 8 章，共包含 81 个叙事片段。81 个叙事片段中的 36 个为第一人称叙事。文中主要安排了四个叙述角度，首先是阿尔贝托、博阿和"美洲豹"三种第一人称视角，对于前三个第一人称叙述角度尚不能交代清楚的故事和不便交代的情况，作者又用了第三人称的"全知全觉"零聚焦的方式做了补充，使整个故事轮廓清晰完整。一个故事由三个人物来讲，由浅入深，由朦胧到清晰，有区别有层次地反映了军校这个小社会的混乱与腐败，从不同的人物角度来控诉这个小世界。不同的叙述者从不同的角度在讲述同一个故事，他们讲述的部分之间在时间上又巧妙地或重合，或推进，或回转。四个部分仿佛四束由各个角度射出的光源照在作品的中心主题上，形成了对对象的整体把握，取得与毕加索立体派绘画的艺术效果相媲美的美学效果。从另一维度来看，多重叙事角度共同来叙述同一事件除了取得空间上的并列效果外，还使各个部分之间可以形成一种众声喧哗的"复调"效果。多重叙事的角度和各种线索的并置，不同的人物视角推动了情节发展。共同之处在于每个人对于军校的不满。在事件的发展中，阿尔贝托、博阿和"美洲豹"三种第一人称视角，作者采用了平行结构，交替出现的形式，在主线进行的同时，略萨还十分注重人物心理的刻画，穿插了三位叙述者的个人童年经历的回忆。空间分为军校和校外两个主要空间，在军校这条主线事件发生的同时，校外空间又巧妙地以特莱莎为连通人物，三个男孩与其的感情发展为支线，既推动了整个事件的发展，也使得人物形象逐渐丰满起来。

（二）《城市与狗》的叙事视角

传统小说家一般用第三人称零聚焦，即全知视角进行叙述，全知视角使得作者和读者都宛如上帝，能够洞察书中角色某个或几个人物的内心想法。在这种视角下，叙述者大于人物。叙述者的优势可以表现为知道某个人物的秘密愿望（而这个人物自己却不知道这些愿望），也可以表现为同时知道几个人物的想法（这是他们中间的任何人都办不到的），或者仅仅表现为叙述那些不为一个人物感知的事件。但在略萨的笔下，虽然部分片段也采用了第三人称，但是他主动放弃了全知视角的优越性，采取了叙述者小于人物的视角，他仿佛是一个跳到空中的冷眼旁观者，对于所见场景和事件只是做冷静的叙述，不杂糅任何的感情因素和主观评价。这种置之事外的叙述态度使得整个描述更有可信度，模糊了虚拟和现实的界限，对于现实的影射更加有力。同时加强了读者的参与度，在这里，读者可以不受干扰地自行阅读、分析、理解和判断。略萨隐去了自己的作者身份，邀请读者来审视小说中人物的生活，略萨给予了大量生动真实的场面描写。

以第一章为例，小说一开始，作者先以第三人称视角做了冷静的场面描写：

> 洗脸间在寝室的旁边，中间由一扇薄薄的木门隔开，那里没有窗户。前几年，冬天的冷风还只能从玻璃破碎的铁窗钻进士官生的宿舍。但如今寒风凛冽，学校里几乎没有一个角落能够避开东风。[1]

之后的五个小节分别描述了卡瓦偷卷子、里卡多的回忆、阿尔贝托值班、阿尔贝托回家、圈内成员的对话。看似毫不相关的各种叙述场合，组成了一个随意与偶然、拼接与巧合的世界。略萨并不关心各个小节内的逻辑关系与时间关系，随意性地叠加，

---

[1] 马里奥·巴尔加斯·略萨：《城市与狗》，赵德明译，上海：上海译文出版社，2009年，第4页。

收到了特殊的艺术效果。读者从这种冷漠的直陈式语言描述中，会形成自己的阅读体验。这也是后现代小说看重的"离开中心"的阅读过程。

"这种中性写作存在于各种呼声和判决的汪洋大海之中而又毫不介入……这是一种毫不动心的写作，或者是说一种纯洁的写作。"[1]

（三）蒙太奇

蒙太奇（montage）不同于拼接，不是偶然拼凑无意识的大杂烩，而是后现代主义小说中有意识的组合。[2]略萨通过将故事切割成情节版块，每个故事都有重叠部分。当不同角色的故事彼此交互重叠时，真相便慢慢地浮出水面。读者可以充分体验阅读的乐趣，将碎片的情节自行拼凑，最后呈现出一个具有立体感的整体阅读感受。核心事件其实很简单，在莱昂西奥·普拉多士官生军校，以"美洲豹"为核心的地下团伙以掷色子的方式，决定派卡瓦去偷试卷，被另一位士官生"奴隶"（阿瓦纳）告发，之后"奴隶"被"美洲豹"在一次军事演习中实施报复枪杀的事件。略萨比较排斥无所不知的叙事者和滔滔不绝的作家，他所推崇的是"有意隐瞒的全知叙事者"，则有意识使用"隐藏的信息"来设置或保留悬念。

"奴隶"阿瓦纳的死这一片段是从加里多上尉的视角来描述的。略萨巧妙地借上尉之口嘲讽了这次演习：但这不过是一场演习而已，因为加里多上尉知道，战争可不是这个样子的。"和正规士兵或军事学院的学生相比，这些士官生是何等的笨拙和懒散啊！"[3]士官生们平日搞地下团体，赌博抽烟喝酒，爬墙偷偷外出到镇上找妓女；看似纪律严明的部队实际上乌烟瘴气。军队管理者们也睁一只眼闭一只眼。看似一场闹剧似的军演捅出来大篓子，略萨十分冷静地叙述了事实：子弹打中了他的脑袋，一股鲜血正从颈部留下。[4]在下一章共有9个叙事片段，略萨却巧妙地"遗忘"了阿瓦纳中枪的事件，而是交叉叙述了母狗马尔巴贝八达（博阿角度）→探视"奴隶"被拒（阿尔贝托角度）→和特莱莎的交往（"美洲豹"角度）→母狗马尔巴贝八达

---

[1] 罗兰·巴尔特：《符号学原理》，北京：生活·读书·新知三联书店，1988年，第103页。

[2] 陈世丹：《美国后现代主义小说详解》，天津：南开大学出版社，2010年，第13页。

[3] 马里奥·巴尔加斯·略萨：《城市与狗》，赵德明译，上海：上海译文出版社，2009年，第261页。

[4] 马里奥·巴尔加斯·略萨：《城市与狗》，赵德明译，上海：上海译文出版社，2009年，第365页。

（博阿角度）→与"奴隶"父亲的对话（阿尔贝托角度）→"奴隶"的入学经历（阿瓦纳角度）→欺凌母狗马尔巴贝八达（博阿角度）→阿尔贝托的入学经历（阿尔贝托角度）→欺凌山里人卡瓦（博阿角度）→与"奴隶"父亲的对话（阿尔贝托角度），最后以一位士官生的话作为此章结尾：

> "'奴隶'死了。"乌里奥斯特气喘吁吁地说，"我们去通知这件事。"[1]

这9个小节看起来在形式上并无联系，文本完成了场景的跳跃与剪切，过去与现在的交织和游走。空间和时间在这里变成了一个错综复杂的大线团。读者随着它们忽而跳回过去，忽而被拉回现在。这些片段虽然在形式上呈凌乱性、孤独性，但在内容上却呈现出很强的逻辑关系。首先三个片段中，作者花了不少笔墨来描述混在军营的一条狗：这条学校里的四肢健全的流浪狗，被"美洲豹"扔虱子，又被撒辣椒面，然而让人惊奇的是，这条流浪狗却仿佛通了人性，以谄媚的方式讨好博阿，赢得了博阿的照顾；小狗对主人百般忠诚，而在第三个相关片段中，却被主人博阿残忍地推下来并摔断了腿。而在下一个片段，博阿回忆"圈子"对山里人卡瓦的欺凌，是何等的相似！在对话中，五年级的士官生骂四年级的士官生为"狗崽子""狗东西"。而在前文中，老生对于新生的"洗礼"活动中，更是有一段对于"奴隶"被欺凌的具体描写：

> "奴隶"感到肩膀上被疯狗咬了一口，这时，他的身体才有了反应，他在边叫边咬的同时，以为自己真的长了一身皮毛，嘴巴也是既长又尖的，好像真的有条尾巴像皮鞭一样在背后甩来甩去。[2]

在这个荒谬的世界里，人失去了为人的尊严，用最原始的暴力和撕咬解决问题，赢得生存的空间。在这里，谈不上理想和追求，生存成为这些青少年的第一需求，慢慢地丧失了人性，被军事的专制异化成为了流浪在城市中的狗；而狗却似乎有了人性，为了生存，狗也学会了人类的虚伪与狡诈，在遵循了弱肉强食的丛林法则之后，

---

[1] 马里奥·巴尔加斯·略萨：《城市与狗》，赵德明译，上海：上海译文出版社，2009年，第217页。

[2] 马里奥·巴尔加斯·略萨：《城市与狗》，赵德明译，上海：上海译文出版社，2009年，第54页。

这条母狗居然赢得了自己的生存空间。在军事的独裁和暴力的世界中，人与狗的界限被模糊了，人的生命与狗一样，是无足轻重的。

这一段看似和"奴隶"的死并不相关，而正是这种客观描述的闲来之笔，让读者进一步窥见军校对于士官生身体和精神两方面的摧残。他们本是 15 岁左右的青少年，应该是无忧无虑、天真无邪的年龄，然而在作者笔下，看不出一点希望，整个军营阴暗，到处充斥着暴力和压轧。在这样的一个暴力世界里，阿瓦纳被枪杀，也丝毫不令人惊奇。人性在这个军校早已荡然无存，人的动物性被暴露无遗。另外的三段分别是对阿瓦纳、阿尔贝托和"美洲豹"的过去的叙述，让我们在压抑的叙述中喘了口气。尤其是对于阿瓦纳入学情景的描写读起来尤其刺眼和酸楚。

二、《城市与狗》的语言主体

在后现代主义语言观看来，说话的主体并非把握着语言，语言是一个独立的体系。[1] 后现代小说家们把语言与主体分割开来，语言被赋予了同样的自主性。语言并不是为人物服务的，而是以"意识流"、叙述者身份的瞬间改变、言语与内心独白同时出现等形式自成一体。语言的目的不是建构主角，读者可以依靠语言去分解分析主角。在《城市与狗》中，略萨巧妙地运用了语言主体这一概念，让主角们退居为语言载体的地位，使得整个事件描述更加客观，读者的参与体验更加强烈。

现代主义作家劳伦斯、乔伊斯、福克纳等人的作品中都有突出的意识流手法的运用，而略萨也深受这些现代小说大家，尤其是福克纳的影响。

（一）意识流

在第一章里，阿尔贝托在夜间值班的时候，略萨用一段意识流的心理描述，用文字直接表露出阿尔贝托的心理活动：怎么能赚到二十索尔。首先提出了意识流学说的美国著名心理学家威廉·詹姆斯也认为人的意识是一个充满了各种影响、感觉、思绪、回忆和直觉的综合体，会形成一股纷乱如麻、奔腾不息的主观生活之流。[2] 这种跳跃和不确定性，也是后现代主义写作的一个重要特点。阿尔贝托的思维不断地

---

[1]　陈世丹：《美国后现代主义小说详解》，天津：南开大学出版社，2010 年，第 16 页。

[2]　管建明：《福克纳叙事艺术中的时间和空间形式》，《外语教学》，2003 年第 4 期，第 72 页。

跳跃：从对付母亲、代写情书又跳跃到现实中，"是谁他妈的在那里喊叫呢？"[1] 既不受空间的限制，也不受时间的限制。读者能够通过阿尔贝托的心理，直观感受到阿尔贝托在看到周围环境刺激下产生的紊乱的联想、纷杂的回忆。略萨仅仅作为叙述者，把阿尔贝托的内心完完整整地记叙下来，不论从表面上看它们是多么不连贯，多么不一致。略萨在人物描写方面，注重人物丰富和隐秘的内心世界，免去了主观的评价，把感受的体验留给了读者。所以，小说中的心理活动不再附庸于小说情节仅仅作为补充的描写，而是相对独立出来，作为表现对象呈现在作品中。

接下来的阿尔贝托与中尉的对话也妙趣横生，值得细读。

> "我有一个问题。"阿尔贝托一本正经地说道。（就说我父亲是将军，是海军少将，是元帅。我可以发誓，每记过一次，就会迟升级一年，可能……）"是我个人的事。"他停顿了一下，犹豫了片刻，撒谎道，"上校有一次说过，我们可以向军官请教。我要说的是关于个人的问题。"[2]

这里括号巧妙地插入式描写了阿尔贝托离开值班的地方，被中尉发现，害怕被惩戒，绞尽脑汁找借口的一段心理。通过这样的记录式"内聚焦"的叙述角度，阿尔贝托的言语被"自己"打断，转而"自我"分析事件。叙事视角也从第三方忽然变成了"我"，因此读者的注意力很容易被转移到阿尔贝托用语言来支撑的内心世界。文本的世界相对变得客观独立存在，而不是那个在语言世界之外、不以我们意志为转移的世界。这种反传统的叙述方法，正是后现代主义表现出的拆解和消除，使得文本更加富有立体感与空间感。

（二）交错对话伸缩技术

在《城市与狗》的结尾，略萨再次展示了对话语言的魅力，表现出后现代主义作品的一个重要特征，即不确定性。而这种不确定性体现为文本的非连续性和随意性。在瘦子依盖拉斯和"美洲豹"即时性的对话中，又插入了特莱莎和"美洲豹"过去的一段对话：

---

[1] 马里奥·巴尔加斯·略萨：《城市与狗》，赵德明译，上海：上海译文出版社，2009年，第12页。

[2] 马里奥·巴尔加斯·略萨：《城市与狗》，赵德明译，上海：上海译文出版社，2009年，第15页。

"我把一切都讲给她听了。""美洲豹"说。（1）

"什么一切？"瘦子依盖拉斯问道，"你被打得像只丧家犬，又怎样跑来找我，都讲了？你成了一个惯偷、一个嫖客，也讲了？"（2）

"对，""美洲豹"说，"我把每桩盗窃都告诉了她，总而言之，反正我记得的事，都讲了。只是那件为了给她送礼去偷的事没讲，但是她立刻就猜到了。"（3）

"原来那些包裹是你寄给我的呀！"特莱莎说。（4）

瘦子依盖拉斯说："啊，你把弄来的钱只花了一半在妓院里，另一半你给她买了礼物。你这小子！"（5）

"美洲豹"说："不对。我在妓院里几乎不花钱，那些女人不收我的钱。"（6）[1]

在这六小节对话中，（1）（2）（3）（5）是发生在此刻的瘦子与"美洲豹"的对话，而（4）（6）是"美洲豹"回忆当时与特莱莎见面时的对话。同时（5）又是在过去的时间线中插入（4）（6）的此刻的瘦子的一句评论性的话语。这种跳跃的对话非常有趣，三个人，两个时空的对话被随意地切割之后再拼接在一起，现代主义的那种意义上的连贯被打破，取而代之的是更加错位式的"开放性"对话。时空的连续性也被打断，现实时间和历史时间两个时空并置在一起，互相交错；人物也可以如旁观者一样进行评价。而这种还原式的话语评价显然也更加直接和客观。读者在阅读时会产生奇妙的第三方的代入视角，宛如在场的瘦子依盖拉斯一样，聆听"美洲豹"和特莱莎的谈话。这样的视角也使读者脱离文本，直接跳跃参与到过去的时空。两段对话读起来貌似冲突，但这种对话伸缩技术让偶尔矛盾对立的本质变成了并置，表现出来后现代小说偶然性的特点。

三、人物的反抗与出路

如同略萨的其他作品一样，这部作品虽然是他的早期作品，但已经表现出略萨对现实的不满和批判，充满了反独裁、反压迫的政治主题。在这样一个专制、腐败、

---

[1] 马里奥·巴尔加斯·略萨：《城市与狗》，赵德明译，上海：上海译文出版社，2009年，第256页。

独裁压得人喘不过气的环境中，主人公们也进行了不同程度、不同方式的反抗。

（一）"美洲豹"——暴力的继承者

在小说中，"美洲豹"貌似十分强势，在四年级士官生对新生进行"洗礼"的情况下，"美洲豹"显得有些"与众不同"。略萨借另一位士官生卡瓦之口客观冷静地介绍了"美洲豹"的灵活冷静：

> 卡瓦说："不，不是因为这个。他有些与众不同。他就没有被'洗礼'。我是亲眼看见的。他根本没让他们得手。他们把他和我一起拉到寝室后面的操场上。他对着那些人放声大笑说：'这么说，你们打算给我洗礼啰？试试看吧，试试看吧。'说着哈哈大笑，他们好像有几十个人。"[1]

"美洲豹"首先提出一定要自卫来反抗凌辱，并组织了地下团伙"圈子"，对四年级的士官生进行了一系列的暴力报复。所以，"美洲豹"似乎是个领袖人物，也是新士官生中人人模仿的对象。连阿尔贝托这样的富家子弟也下意识地模仿他"一味嘲弄而不带笑意"[2]的声音。然而，"美洲豹"并不是一个正义凛然的起义英雄形象。之后，他欺负最弱小的阿瓦纳，像对待"奴隶"一样指使他，让他替自己站岗；他指使手下去偷卷子，偷母鸡；他延续了军校的传统，继续揍"新兵狗崽子"；[3]在怀疑"奴隶"告发了自己手下卡瓦偷卷子的事实之后，他在一次军事演练中开枪射杀了"奴隶"。对于"美洲豹"来说，杀人都不算什么了不起的事情，而对于阿尔贝托揭发他射杀奴隶一事，他称为最卑鄙的事情。对于为什么欺负奴隶，"美洲豹"与"诗人"阿尔贝托的对话可以解释："欺侮奴隶的并不仅仅是我一个人。大家都欺侮他。诗人，你也在内。在学校里，你整我，我整你，让大家整的人就会自己倒霉。这并非我的过错。如果说别人不敢欺侮我，是因为我比较厉害。这可不是我的错。"[4]

---

[1] 马里奥·巴尔加斯·略萨：《城市与狗》，赵德明译，上海：上海译文出版社，2009年，第56页。

[2] 马里奥·巴尔加斯·略萨：《城市与狗》，赵德明译，上海：上海译文出版社，2009年，第19页。

[3] 马里奥·巴尔加斯·略萨：《城市与狗》，赵德明译，上海：上海译文出版社，2009年，第69页。

[4] 马里奥·巴尔加斯·略萨：《城市与狗》，赵德明译，上海：上海译文出版社，2009年，第388页。

所以，对于"美洲豹"来说，他所贯彻的是简单的欺凌原则，他对于暴力的态度就是以暴力对抗暴力。然而，这样的人物在这样一个纪律严明的军校却是如鱼得水，甚至杀了人也可以逍遥法外，无动于衷，真是莫大的讽刺。"美洲豹"在班级的地位反衬出整个军校的乌烟瘴气，表面看着是严厉的军事训练和管理的日常，实际上的管理松散无序，腐败肮脏。

而在围墙之外的大社会中，"美洲豹"也沿袭了自己的生存法则。"美洲豹"童年就失去了父亲，寄宿在教父家，教父把他当作免费劳动力，教母则勾引他，诱惑他与自己发生关系。本性淳朴的"美洲豹"失去了对社会的信任和信心，也缺乏反抗的力量。他选择了随波逐流，自暴自弃，成了惯偷；在可以外出的日子大多与妓女厮混在一起。然而这样的"美洲豹"却成了一定程度上生活的胜利者。军校毕业后，他找了一份正经工作，巧遇自己喜欢的女孩特莱莎，与其结婚，并且继续用自己一贯的"暴力原则"揪住了神父的脖子，让他为自己证婚，又是以咒骂特莱莎姑妈的方式与这位嫌贫爱富的老太太"相处得很好"。

（二）阿瓦纳 —— 幻想者

阿瓦纳位于这批士官生的最底层。他来自于山区，家庭贫困，因为想摆脱爸爸的虐待而考入军校。然而等待他的却是更加悲惨的命运。他生性胆小，很少打架，所以总是受欺负，一进校便被高年级的士官生选为"洗礼"的对象，受尽了欺辱。他既不想当兵，不会也不想打架。对于未来，他有着自己美好的憧憬："我一度想当海员。可是现在不想了。我不喜欢军队生活。也许我也想当个工程师。"[1] 他相信军人的生活是由三个要素组成：服从、勤劳和勇敢，对"美洲豹"等人的欺负一直忍气吞声。然而因为想解除禁闭去见自己的心上人特莱莎，他勇敢地站出来指认了卡瓦偷试卷。对于他来说，爱情是他生活的救赎，然而讽刺的是，阿尔贝托替阿瓦纳送情书时，特莱莎却和阿尔贝托相爱了。最终，"奴隶"因为举报一事被"美洲豹"杀死，特莱莎得知他的死讯后，却无动于衷。最终，命运安排了"美洲豹"与特莱莎在街上相遇，并很快结婚。阿瓦纳可以说是整本书中最循规蹈矩的人，然而他的结局也最惨。阿瓦纳对于自己的命运无从反抗，即使他想通过自己的努力来改变命运，

---

[1] 马里奥·巴尔加斯·略萨：《城市与狗》，赵德明译，上海：上海译文出版社，2009 年，第 57 页。

也是不可能的事情。阿瓦纳的小心翼翼、谨慎处事与他的悲惨遭遇不由地令人咋舌。

（三）阿尔贝托 —— 逃避者

相对于阿瓦纳和"美洲豹"来说，出生于中产阶级家庭的阿尔贝托拥有更多的选择权和生活空间。阿尔贝托进军校的原因文中没有说明，但对于一个居住在米拉芙洛尔这样的富人区的孩子来说，这无疑是不可思议的。从阿尔贝托这个人物折射出略萨本人的经历。巴尔加斯·略萨的童年并不幸福，由于母亲和父亲家族的矛盾，在略萨的母亲怀有身孕时，父亲埃尔奈斯托·J. 巴尔加斯抛弃了他们。因此，略萨一直和母亲及外祖父母一起生活。直到 1945 年，略萨的父母重归于好，又带着略萨在秘鲁皮乌拉生活，之后迁居利马。然后，跟父亲生活的这段时间中，父亲的禁锢和暴力留给了年幼的略萨严重的心理阴影。父亲坚持自己的暴力管制，并且强制性地把儿子送进军校。父亲的这种独裁管制非但没有把略萨改造成他心目中所期待的样子，反而激发了略萨的反抗心理，伴随着恐惧，仇恨因此而生，父子关系逐渐恶化。他总是"盼望着上帝会惩罚这个暴君……"所以，不难理解文中的有着作者同样经历的阿尔贝托被送去军校的原因。

> "在军事学校念书？"鸡冠发型的那个问道，"你干了什么事情，让人家送进那里面去了？那一定很可怕吧？"[1]

对于阿尔贝托来说，这场军校的历练更像是一场噩梦。在学校里，他选择了写作作为遁世的方式，他对于周遭不闻不问，被同学们称为"诗人"。而阿尔贝托处处折射出作者本人的影子。略萨在就读军校期间，某种程度上被称为职业作家。同学们纷纷托他代写情书，报酬是香烟，若是朋友要他帮忙，他则分文不取。[2] 这和文中阿尔贝托的描述是一致的。由于阿尔贝托的出身，他这样一个逃避者有着自己的生存空间：即使不打架，别人也不敢欺负他。作为"奴隶"唯一的朋友，他清楚"美洲豹"对"奴隶"的敌意，所以向校方举报了谋杀的可能性，要为"奴隶"报仇。然而，校方根本不在意事件发生的真相，只想尽快平息此事，隐瞒丑闻。当校长拿"诗人"

---

[1]　马里奥·巴尔加斯·略萨：《城市与狗》，赵德明译，上海：上海译文出版社，2009 年，第 103 页。

[2]　雷蒙德·莱斯利·威廉姆斯：《马里奥·巴尔加斯·略萨：他的文学人生》，袁枫译，哈尔滨：黑龙江教育出版社，2016 年，第 13 页。

写过的色情小说来要挟他时，他也放弃了，最后反而跟"美洲豹"惺惺相惜。"奴隶"的死就这样不了了之。"诗人"想以写作为象牙塔，在现实面前，选择了逃避和妥协。

在小说的结尾，阿尔贝托结束了自己的军校生涯，回到了正常的轨道。

> 阿尔贝托仰面躺在床上，睁着两眼在遐想。仅仅只有几秒钟，就使他一度离开的世界又向他敞开了大门，并且不加审查地又接纳他回到了怀抱，仿佛他在他们中间的位置被小心在意地保留了三年。现在他又重新赢得了自己的前程。[1]

不仅在生活上他回到了自己的轨道，在感情上，他也跟自己不同阶级的女孩特莱莎分手，跟同是米拉芙洛尔区的女孩玛尔塞拉成为恋人。最讽刺的是，阿尔贝托甚至立志要成为像他父亲一样的人：

> "我一定用功读书，当一名优秀的工程师。回国之后，跟爸爸一起工作，也要有一辆高级轿车，一幢带游泳池的住宅。我要和玛尔塞拉结婚，当一个唐璜。"[2]

（四）甘博亚 —— 坚持者

甘博亚是莱昂西奥·普拉多军校的中尉。在小说中第一部分，对于军官们的描述仅仅是轻描淡写，浮光掠影。军官们作为军校的管理者和权威的象征者，在书中，略萨刻意做了忽略性的处理。他们如同冷冰冰的机器一样，和学员们没有交流，没有感情，除了吼叫，就是处罚。甘博亚是士官生们惧怕的对象，也是毋庸置疑的权威的代表。甘博亚只需要简单的扬脸皱眉或叉腰的动作，全连士官生就会立刻肃静下来。但比起其他的军官，甘博亚多了一点民主意识和人情味。在处罚学生时，他甚至给了学生一个戏弄的微笑，让他们自己选择"罚六分"还是"站直角"。就是这样一点点小小的自由选择，让甘博亚显得那么与众不同。立刻响起一片掌声，有

---

[1]　马里奥·巴尔加斯·略萨：《城市与狗》，赵德明译，上海：上海译文出版社，2009年，第 446 页。

[2]　马里奥·巴尔加斯·略萨：《城市与狗》，赵德明译，上海：上海译文出版社，2009年，第 42 页。

人甚至喊了一声："甘博亚万岁！"[1] 在之后发现了低年级的士官生被"洗礼"进行反击战，他并没有对士官生们进行惩罚，也没有在军官会议上提出，只是要求他们熟读校规，因为他觉得"军队是宽宏大量的，它知道你们这些新兵还不懂得军人生活，还不懂得尊敬上级和士兵之间的友爱"[2]。

"美洲豹"利用军事训练枪杀"奴隶"，校方一心想隐藏真相以维护所谓的军校荣誉。在他们的眼中，一个士官生的死无足轻重，就如同"一个士兵挨了一枪，把他埋了，事情就算完了"。他们关心的是这个士官生的身份，"为了这样一件事，会闹出一场大乱子。万一这个士官生是某个将军的孩子呢？"他们发现受害者只是一个普通的山里的孩子，更是肆无忌惮地将阿瓦纳的死归结于意外，是"从他本人的步枪里射出来的"。阿尔贝托进行举报之后，上尉先是以长者的身份进行了哄劝，之后又以捕风捉影为由要开除阿尔贝托进行恐吓。而良心未泯的甘博亚在整个事件中是唯一坚持正义和追查真相的人，他不顾上尉的威胁，支持了阿尔贝托的诉求："姑且不说它是否真实，但是他有权要求调查。条令里讲得很清楚。"[3] 上尉用升职来诱惑他时，他也不为所动。他是当局政策的执行者，并且坚决支持拥护这样的纪律。在他看来，军队是神圣的，是唯一保持健康和力量的单位。而纪律便是军队存在的基石和保障。他越过上尉把事件报告给上校。令甘博亚没有想到的是，他信任的上校对此事的处理与上尉并没有不同。上校关心的只是此事不要牵扯到自己，最终以阿尔贝托写过黄色小说威胁他，使他撤销了举报。

而军校里唯一一个具有正义感的军官，相信军校信条的军官反而被看作异类，显得那么格格不入，最终既没有得到学生的理解，也受到了上级的报复性的处罚，被调离到远离大城市的边远地区任职。

后现代小说中的黑色幽默，在社会经济萧条、政治动乱的背景下，人们失去了以往的价值标准，在精神上产生危机感，体验着情绪的绝望，生活只剩下沉闷、痛

---

[1] 马里奥·巴尔加斯·略萨：《城市与狗》，赵德明译，上海：上海译文出版社，2009 年，第 461 页。

[2] 马里奥·巴尔加斯·略萨：《城市与狗》，赵德明译，上海：上海译文出版社，2009 年，第 61 页。

[3] 马里奥·巴尔加斯·略萨：《城市与狗》，赵德明译，上海：上海译文出版社，2009 年，第 17 页。

苦和迷茫，以及随之而来的虚无主义。

四、荒谬的世界 —— 文学现实化

无主义 —— 作为哲学意义认为世界，特别是人类的存在没有意义、目的以及可理解的真相及最本质价值。与其说它是一个人公开表示的立场，不如说它是提出的一种针锋相对的意见。许多评论者认为达达主义（Dada）、解构主义（Deconstructionism），朋克（Punk）这些运动都是虚无主义性质的，虚无主义也被定义为某些时代的特征。如：鲍德里亚（Baudrillard）称后现代是虚无主义时代。

在《城市与狗》中，各种"反英雄"小人物对于命运也进行了自我的抗争，然后这一切在结局中证明是毫无意义的。阿尔贝托最终回归到自己曾经鄙视的父亲的生活轨迹与模式；"奴隶"阿瓦纳就这样死在了"美洲豹"的枪下；甘博亚最终的反省也十分讽刺：那时候值得花那么多时间去背诵那枯燥乏味的书本吗？值得那样孜孜不倦地攻读条令章程和战略、战术以及军事地理吗？[1]他对于自己一直坚持的信仰产生了怀疑：秩序和法律构成社会基础，它们是人类集体生活中必不可少的工具。但是"条令章程应该用头脑分析一下，应该把个人的安危与前途置于一切之上"。现实是十分荒谬的：在貌似以纪律和秩序为一切准则的军队，实际的状态是一个班有一多半的士官生喝烧酒、聚赌、越墙外出、偷窃试卷，每个人都可能受到严厉制裁，甚至被开除。可是检查宿舍无济于事，士官生们有足够的时间可以销毁或隐藏烧酒。而处在这个混沌世界上的人似乎越抗争，就离自己的目标越远。这类人物就如蝼蚁，"只不过是场景中一个可以替代的暂时性角色，他丧失了悲剧的气息，而多了些游戏成分，他以自身灵肉的无言的麻木……达到减少欲望的焦虑痛苦的目的"[2]。

在写作手法上，后现代作家们打破传统，不再热衷于平铺直叙，注重情节的连贯性的写作手法，转而用大量的不连贯的情节穿插和叠加，加上客观的形象化描绘和大段的人物潜意识思维空间，加强了读者对于叙述事件的不确定性和荒谬感的认知。在《城市与狗》中，略萨多次运用这一技巧，原原本本写出人物下意识的思想活动。这种无意识的心理描白，对比荒谬的世界，反而显得更为真实可信。理智、法律、

---

[1]　马里奥·巴尔加斯·略萨：《城市与狗》，赵德明译，上海：上海译文出版社，2009 年，第 376 页。

[2]　王岳川：《后现代主义文化研究》，北京：北京大学出版社，1996 年，第 16 页。

宗教、道德以及很简单的日常生活中的经验，都是对精神、对人的本能需要的强制，一种束缚和桎梏，只有抛弃并打碎它们，才能使精神获得自由。[1]

耐人寻味的是，虽然《城市与狗》不能称为自传体小说，但是在《城市与狗》中，处处可以看到略萨自己的影子。

（一）社会背景

在《城市与狗》中，"城市"与"狗"都有两层指涉意义。"城市"从大层面来说，是指整个秘鲁社会，又指书中事件发生的地点——利马的莱昂西奥军校。军校在略萨的笔下就是一个微缩的社会："他们来自秘鲁各地，以往素不相识，现在集合在一起，站在那陌生的水泥建筑物的门前。"[2] 士官生中既有阿尔贝托这样来自社会上层的富家子弟，也有来自社会底层的黑人、"山里人"；军校里既有如上校校长这样老奸巨猾的政客形象，伪善的神父形象，也有相对正直想揭露真相而最终被迫离开军校的中尉；这个小社会里尔虞我诈、弱肉强食，残酷的丛林法则和整个秘鲁大社会是如出一辙的。"狗"在书中也有两层意义。字面意义来看，是指文中描写的一条名为马尔巴贝尔达的小狗。作者不吝笔墨几乎用整个章节来具体描述了这条小狗的来历，读来却丝毫不觉得突兀。缘由是在被士官生收留之后，这条小狗的动物性渐渐消失，取而代之地居然是只能体现在人类身上的谄媚、忍辱求生。而"狗"的另一层意义是指在文中被作者称为"狗崽子"的士官生们。在作者笔下，这些士官生们，尤其是来自社会底层的士官生们，被高年级生终日欺凌，被逼迫模仿狗的动作，同时被军校管理方高压管制着，他们的生活并不比这条小狗好。在略萨的笔下，这是一个"狗咬狗"的小社会，士官生们之间互相"狂叫""扑打""撕咬"。在他们身上，感觉不到正常的人性、关怀和温暖。略萨对现实世界怀有激烈的批评态度，更好地准备抵抗摆布。略萨多次表示，一个作家的使命便是描写社会，揭露现实。他全身心地反对军事寡头和强权独裁所代表的野蛮行径——反对他们的一切。

---

[1]　陈世丹：《美国后现代主义小说详解》，天津：南开大学出版社，2010 年，第 206 页。

[2]　马里奥·巴尔加斯·略萨：《城市与狗》，赵德明译，上海：上海译文出版社，2009 年，第 51 页。

（二）创造背景

"哪怕是想象最自由的作品"都与"虚构者的大量生活经验根深蒂固地联系在一起"。[1] 略萨的作品往往以他熟悉的秘鲁社会为背景，而这部处女作更是从作者熟悉的军校生活着手开始进行创作。对于略萨来说，"一个小说家最真实的自传就是他写的小说"。

略萨本人在军校度过了自己的青春期。莱昂西奥·普拉多军校就是一个微缩的小社会，青年时代的略萨居住在米拉弗洛雷斯镇，接触的只是周围的中上阶层，他对祖国秘鲁的认识也仅仅来源于此。而在入校之后，略萨第一次接触到了真实残酷的社会，经历了暴力和人性的残忍。在这里，略萨见识了秘鲁社会的所有阶层，从冷酷无情的当局者，到貌似强悍的"圈子"头目"美洲豹"，最底层的"奴隶"。就读军校期间，年轻的略萨度日如年，不仅成绩糟糕，并且屡次违纪。创伤彻底改变了略萨的人生道路，他看清了独裁政府和军队的腐败，终其一生都在倾尽全力对抗那些倒行逆施的当权者。略萨 2007 年在《杂录》所发表的文章中谈道：我全身心地反对军事寡头和强权独裁所代表的野蛮行径——反对他们的一切，不管他们究竟被归类为左派还是右派；反对愚蠢的男权主义；以及民族主义，在巨大烟雾的掩盖下，各国政府肆意进行军备竞赛，犯下欺世盗名的罪行，还将这一切归于合法的范畴。[2]

《城市与狗》1963 年 10 月一经出版，便获得了巨大成功。然而出版过程充满曲折：因为略萨的朋友、法国西班牙语文化学者克洛德·库丰的帮助，这本书获得了西班牙的"简明图书奖"（the Premio Biblioteca Breve），后又避开佛朗哥政府的书刊检查，顺利出版。之后这本书又相继摘得了"西班牙评论奖"（the Premio de la Critica Espanola）和法国的福尔门托文学奖（Prix Formentor）。然而在秘鲁，这本书遭到了严厉的抵制，在军校的典礼上，一千多部小说当众被销毁。在秘鲁的当权者和军阀们看来，这无疑是对独裁政治和军事权威的巨大挑战。当权者对这本书的批判和禁毁并不能阻止略萨。对于他来说，拉丁美洲的作家首先是政治家、革命家，然后才

---

[1]　巴尔加斯·略萨：《中国套盒——致一位青年小说家》，赵德明译，天津：百花文艺出版社，1999 年，第 12 页。

[2]　巴尔加斯·略萨：《谎言中的真实》，赵德明译，昆明：云南人民出版社，1997 年，第 44 页。

是创作家和艺术家。他创作成熟期的很多作品，如《酒吧长谈》《潘达雷昂上尉与劳军女郎》《狂人玛伊塔》《谁是杀人犯》等都体现了略萨对于秘鲁的社会现实，尤其是任何军事独裁的政治主张的无情鞭挞。

略萨在虚构世界和真实世界中游走。1957 年，他前往巴黎，并完全投身于文学领域，成为锋芒毕露的年轻作家。此后，他很少回到自己的祖国秘鲁，主要住在西班牙和英国伦敦。但他一直以写作和秘鲁的社会现实纠缠在一起。作为一个"世界公民"，尽管他本人一直密切关注秘鲁，书写着祖国的故事；但对于秘鲁本土知识分子来说，略萨失去了与祖国母体的真实联系，饱受了批评和争议。在秘鲁总统的决选中，竞争对手以略萨的小说攻击略萨，称《城市与狗》完全是对国家军队的污蔑，略萨的竞选最终以失败告终，继续回到了文学创造中。这也正巧证实了略萨的观点：写作和政治密不可分。真实的世界和虚构的世界边缘仿佛模糊化，文学与历史、文学与政治、文学与人生相互影响。在文学处理方面，略萨巧妙地将小说中的历史人物与虚构人物，以及自己的人生经历娴熟地融合在一起。如《城市与狗》中的阿尔贝托为同样就读于军校的少年时代的略萨，《酒吧长谈》中绰号为"小萨特"的记者，也是作者本人的化身。1960—1964 年，略萨除了写小说，还为法国通讯社及法国广播电视台工作。1962 年，略萨被派到古巴，进行导弹危机的报道。《胡利娅姨妈与作家》讲述了作家和姨妈的不伦恋，其实就是略萨本人十八岁时和姨妈的热烈奔放的恋爱（当然，胡利娅本人看到这本小说时并不满意，认为没有写出事情真相）。《世界末日之战》描述了历史上真实发生在巴西的卡奴杜斯农民起义。《公羊的节日》也记叙了多米尼加共和国的独裁者特鲁艾略的真实故事。文本即为现实的投影，更加衬托出现实社会的荒谬和不可理喻，对于秘鲁的社会进行了辛辣犀利的讽刺。

文中充满了父权的暴力书写。《城市与狗》描述的莱昂西奥·普拉多军校处处充满了暴力。因此，在《城市与狗》中，专制的父权角色与独裁的军方角色有着重叠的部分，男孩们受着父权的滥用和军权的压制的双重压迫。而这一经历是和略萨自己的经历息息相关的。略萨的小说除了描述黑暗的秘鲁社会，往往与他个人成长经历有很大的关系。如《叙事人》和《狂人玛伊塔》讲述了秘鲁的游击队武装起义及秘鲁的过去；《城市与狗》《绿房子》《酒吧长谈》则探讨了作家有创伤的过去。《城市与狗》主要通过阿尔贝托这个形象，控诉自己对父亲的怨恨与不满。和略萨一样，阿尔贝托先是象征性地失去了童年和母亲，精神上受到了父亲的虐待，军校的痛苦经历更是压倒作家的最后一根稻草。弗洛伊德曾指出，一个人的童年经历对人的一生有重大影响。略萨一生以写作来治疗创伤，可见童年所受的暴力创伤对其创作的影响。

（三）女性形象

文中的母亲多懦弱胆小。略萨的母亲出生名门，受过良好的教育，然而却被丈夫抛弃，在家里没有发言权，只能把所有的希望寄托在儿子身上。而在文中，阿尔贝托的父亲也是抛弃了母子俩，在外面有了情人，并且认为儿子是整个家庭的耻辱，必须送到军校去改造。阿尔贝托的父亲背叛了家庭，并且对其母亲提出表面上和解、离婚、友好地分居以维持家族的颜面，他留给儿子唯一的一点父爱只是"五十索尔的钞票"[1]；阿尔贝托的母亲出身名门，表面强悍，经常痛骂丈夫，说他是"通奸犯""道德败坏的分子""不可救药的垃圾"；实际上她只能被动地选择拒绝来维持自己仅剩的尊严，并将丈夫的堕落归因于他的朋友。同时，她也是悲剧性的人物，在她的世界里，只剩下对过去美好生活的回忆，唯一的中心就是自己的儿子阿尔贝托；然而，母亲终日的抱怨与唠叨却使得阿尔贝托十分厌倦，选择了用写作来反对父权，治疗创伤。

阿尔贝托的母亲一直遭受着父亲的暴力，并且没有力量去保护儿子。阿尔贝托八岁才见到自己的父亲，父亲对自己的父爱缺失丝毫意识不到，把所有的责任全部推卸到母亲的身上，"你没有把他教育好。他现在这个样子全都怪你。简直像个女的"[2]。因为父亲的殴打，母亲流产了，为了脱离这样的家庭，阿尔贝托主动提出要去军校，过住校的生活。

> 他感到毛骨悚然。父亲一个大巴掌朝他打来，他一声没吭就摔倒在地，他马上爬了起来，觉得周围的一切都在旋转。他刚要开口说，他从来没有

[1] 马里奥·巴尔加斯·略萨：《城市与狗》，赵德明译，上海：上海译文出版社，2009年，第117页。

[2] 马里奥·巴尔加斯·略萨：《城市与狗》，赵德明译，上海：上海译文出版社，2009年，第117页。

挨过打，怎么能随便打人呢！[1]

作为力量较为弱小的孩子和母亲，他们对这种暴力既感到屈辱又觉得无奈。

"美洲豹"父爱缺失，母亲去世后，一直和教父母生活在一起。他的教父是个伪君子，"美洲豹"在他们家只能睡后院，白天除了打扫屋子，就一直在教父的杂货店免费打工。教父把"美洲豹"当成免费劳动力。教母则一直引诱"美洲豹"，半逼迫其与之发生性关系。"美洲豹"用出逃作为威胁，让教母说服丈夫出钱让他去莱昂西奥军校，这才逃离出这个虚伪、令人窒息的"家"。

除了懦弱的母亲外，特莱莎也是文中贯穿始终的一条暗线，也是三个男孩子的喜欢对象。她是男孩子心目中美好、纯洁的象征。阿尔贝托对她一见钟情，称她是自己见过的最美的姑娘之一；"美洲豹"桀骜不驯，终日与妓女厮混，却也对特莱莎情有独钟，去偷窃都是为了给她买礼物，最终两人走到了一起；而奴隶更是为了她，不惜充当叛徒，揭发同学偷卷子，来换取自己外出看望她的机会。特莱莎成了男孩黑暗世界上那一束微弱的光，那一丝渺茫的希望。然而事实真是如此吗？

在特莱莎听到阿瓦纳的死讯的时候，她的表现是冷漠的，无动于衷：

> "我虽然和他不熟，可是心里也很难过。多么可怕啊！"他一闭上嘴，特莱莎就说道。她显得有点慌乱，说着把一只手放在他肩膀上。[2]

她的慌乱是因为阿尔贝托的生气，而不是因为阿瓦纳的死讯。

后来她看到了阿尔贝托和有钱人家的姑娘手拉手在散步，在大街上偶遇"美洲豹"后，十五天之后，就结婚了。这种草率的态度不禁让人咋舌。

---

[1] 马里奥·巴尔加斯·略萨：《城市与狗》，赵德明译，上海：上海译文出版社，2009年，第89页。

[2] 马里奥·巴尔加斯·略萨：《城市与狗》，赵德明译，上海：上海译文出版社，2009年，第304页。

第二节 《绿房子》：真实与虚构并置的社会现实

1964 年，略萨在深入亚马逊丛林之后，开始创作《绿房子》。《绿房子》是略萨雄心勃勃的一部小说。略萨在《绿房子》中深化了"结构现实主义"的复杂表现手法。相比《城市与狗》时间线上几个月的跨度，和两个空间的叠加，《绿房子》主要讲述了五个分散的历史事件、三个远距离的空间：名为皮乌拉的小镇、修道院和亚马逊丛林。分散的五个历史事件并没有按照时间顺序娓娓道来，而是以零散的片段出现，编织成一个空间与时间的迷宫。而五个历史事件的每一缕都不具有排外性。一个历史事件中的人物可能也会出现在其他的事件中。两个事件在空间上可能相距甚远，并且人物的名字可能还不一样。有些叙事事件又是同时发生的，总之，五个事件分散在 72 个叙事片段中，中间又穿插着倒叙。

读者在读《绿房子》时，要试图从一团乱麻中抽离出五个单独的叙事事件。略萨在叙述时，还设置了很多陷阱，为读者的理解设置了障碍。比如说共有同一个名字的不同人物和以不同名字出现的相同人物，或者说都称为"绿房子"的两个不同的妓院。读者必须从不同的场景和事件、不同的时间和来自于不同的社会阶层的不同角色、混杂的信息中，分析出交缠在一起的五个事件。

事件一：鲍尼法西亚和中尉在修道院：鲍尼法西亚是一个印度女孩，是在当地教会里年纪最大的一个学生。鲍尼法西亚因为同情两个被捉的被迫接受"基督教育"的印度女孩，帮助她们。修女们因为鲍尼法西亚的行为，将她赶出修道院。鲍尼法西亚被当地的水手阿德连·聂威斯和他的情妇拉丽达收留。之后，鲍尼法西亚接受了中尉的求婚。因为聂威斯曾经为强盗团伙工作过，中尉不得不逮捕了他的朋友。聂威斯进了监狱，中尉和鲍尼法西亚在新婚之后，离开了丛林开始了他们远离皮乌拉小城的生活。

事件二：伏屋，圣地阿哥马拉尼翁河地区：伏屋从巴西的监狱逃到了秘鲁的亚马逊伊基托斯地区（秘鲁城市，洛列托省省会，位于亚马逊地区）。他获得了法毕奥和他老板，一个有钱的橡胶贩子胡利奥·列阿德基的信任。伏屋带着钱和货物，还有一个十五岁的女孩拉丽达再次逃跑。他们躲到了一个人迹罕至的小岛上，伏屋开始从印第安人手里偷橡胶。最终，拉丽达和为伏屋工作的水手聂威斯私奔了。他们在圣玛丽亚德聂瓦镇建了房子，也就是鲍尼法西亚和中尉多年之后去访问的那家。伏屋染上了麻风病，并带到麻风病人隔离区。他的朋友阿基里诺一直去看他。

事件三：安塞尔莫和先前的绿房子：20 世纪 20 年代，安塞尔莫来到了偏僻的皮乌拉小镇。起初，他只是喝喝酒，和镇上的人闲聊。之后，安塞尔莫在小镇的郊区建了一间名为"绿房子"的妓院，一时间来者络绎不绝。神父加西亚严厉指责妓院在为魔鬼工作。安塞尔莫深深地爱上了无家可归的十六岁的盲女安东尼娅，安东尼娅在分娩时难产死去，留下来一个女儿。神父加西亚带着愤怒的市民们烧毁了绿房子。在酗酒消沉一段时间之后，安塞尔莫成为酒吧的竖琴演奏者。多年之后，几乎瞎了的他又在绿房子演奏起流行音乐。这次的妓院是他女儿琼加建的。多年之后，以前的绿房子成为了一个传奇，人们甚至怀疑绿房子是否存在过。

事件四：胡姆，在多次的丛林背景中：中士德尔加多暂时休假，召来聂威斯作为他的水手。他们抢劫了一个叫乌腊库萨的印第安村庄，当印第安人反击自卫时，聂威斯逃跑了（他在伏屋的小岛上出现）。德尔加多去报复那些印第安人。他们鞭打男人，强奸妇女，打败印第安首领胡姆，并且抢了他的女儿。女儿后来被扔在了修道院，就是鲍尼法西亚。胡姆被吊起，并且剃光了头发作为惩戒。

事件五：十年之后，利杜马带着鲍尼法西亚回到了皮乌拉。他又和以前的团伙混在一起，最终在皮拉乌的警察局当上了警长。何塞费诺，发誓要勾引利杜马的妻子。一天晚上，在绿房子喝酒时，利杜马鼓动塞米纳利奥玩俄罗斯轮盘。后者自杀，利杜马也进了监狱，鲍尼法西亚怀孕了，与何塞费诺同居了，何塞费诺最终抛弃了她。当利杜马从监狱获释后，她在绿房子里当妓女。因为来自于丛林，被称为"野花"。利杜马揍了何塞费诺一顿并取笑了鲍尼法西亚。

五个叙事主线中每一个都有自己独特的视角、基调和形式。最传统的是第一个叙事主线，以第三人称视角阐述。叙述者将场景和说话者，用引号标志得非常清楚。

略萨描述了说话者的神态和外表，以第三者旁观的角度进行了客观的表述。比如在序言中。

> 黄毛掩藏在树丛中用手指着河流：警长，他们从船上下来了，把船拴住了，上来了，警长。警长：这些胆小鬼，黄毛你过来吧，藏起来，可别睡觉。[1]

在第一个片段中的对话中，作者则巧妙地插入一段介绍性的描写，打断了戏剧化的事件。略萨舍弃了情节的连贯性，用客观的地理位置的描述提醒读者这个故事反映的本身是虚假的现实，使得读者从故事中跳脱出来进行重新思考。这种后现代的叙述方式打破了"纯小说"的概念，模糊了小说与其他体裁的边界。

> "您在说些什么，安赫里卡嬷嬷？"住持一跳站了起来，朝门口走去，"孤儿们都逃跑了？"
>
> "上帝啊，我的上帝！"安赫里卡嬷嬷像母鸡啄米似的连连点头。[2]
>
> 圣玛丽亚德聂瓦镇位于聂瓦河汇入马拉尼翁河的交叉点，两河环抱着小镇，也是小镇的边界。小镇前面的马拉尼翁河中有两个小岛，居民们就用这两个岛测量水位的涨落。在不下雾的晴天，从镇上可以看到后面树木葱郁的山丘和前面宽阔河流的下游。高耸的安第斯山被马拉尼翁河切断，形成了曼赛里切峡谷，整整十公里都是漩涡、岩石和湍流。这十公里峡谷的一段是宾客洛警备队，另一端是博尔哈警备队。[3]

一、镜像对话

略萨善于将小说戏剧化，以对话的罗列给予情节。这一点在之后的作品《酒吧长谈》中很好地体现了。这种对话在《城市与狗》中首次出现，在之后的《绿房子》中，略萨将这一技巧加以娴熟地运用和发展，读者经常会发现发生在两个不同时空的对话，并且经常直接出现在原本正常进行的对话中；也就是说至少将三段对话混杂交织。

[1] 马里奥·巴尔加斯·略萨：《绿房子》，孙家孟译，上海：上海文艺出版社，2014年，第6页。
[2] 马里奥·巴尔加斯·略萨：《绿房子》，孙家孟译，上海：上海文艺出版社，2014年，第15页。
[3] 马里奥·巴尔加斯·略萨：《绿房子》，孙家孟译，上海：上海文艺出版社，2014年，第15页。

而在《酒吧长谈》中，略萨使用了 18 段对话并置的复杂模式。和《城市与狗》一样，《绿房子》的描述对象是非英雄群体，他们之间相互关联，相互牵扯，形成了超常的朝我。略萨曾经给予过解释，"我"想表现的是远超于个体人格，试着去表现集体性人格，也就是说，一群在现实面前并且能够体现出现实的这样一群人。通过把整体时间分割成非连续性的、非时间性连续的片段，略萨试着抹杀人在社会中的个体性，而想表现出一个社会群体。他的角色们往往是一个复杂的人际网中的一个不同的部分，交织成这种客观性归功于略萨能够从旁观者的角度来展现。就像略萨自己说的，他的小说仅仅是行为的描述。

如在阿基里诺和伏屋的聊天中，伏屋向阿基里诺讲述过去他和拉丽达之间的事情。对话者是阿基里诺和伏屋两人，但在他们对话中，作者运用电影艺术中的"闪回"的技巧，将镜头直接切换到过去，使得伏屋的回忆直接呈现出来。读者可以和阿基里诺一起知晓事件的发生。

> "可你现在为什么态度变了？"阿基里诺说道，"为什么又这么恨她？"
>
> "这是两码事，"伏屋说道，"这次她没有达到我的允许，偷偷摸摸的，而且手段很恶劣。"
>
> "您别做梦啦，老板，"拉丽达说道，"您向我祈祷，对我痛哭，我也不干。"
>
> ……
>
> "你真像蚕茧里的蛹，落在纱窗上的蝴蝶。"胡利奥·列阿德基说道，"拉丽达，把披肩取下来，让我高兴高兴，没关系。"
>
> "简直是疯子干的事，"阿基里诺说道，"先让人家披上，又让人家脱下来，这些阔佬们尽是些怪念头。"
>
> "你从来没动过心吗，阿基里诺？"伏屋说道。[1]

这里利用闪回的场景，由单一的两方对话营造出四方对话的效果，大量迅速的动作以后现代凌乱、跳跃的方式显现出来。而在伏屋回忆中的拉丽达和胡利奥的对话是否真实，则是读者需要思考的另一个问题。这种不确定性正是后现代主义的第一本质特点。

---

[1] 马里奥·巴尔加斯·略萨：《绿房子》，孙家孟译，上海：上海文艺出版社，2014 年，第 6 页。

后现代的语境中充满了不确定性。后现代主义者则认为不确定性渗透到了人们生活的方方面面，不论是思想还是行动。因此，人在行动时充满了偶然性，任何事情都是变化中的，因此，人处在不断变化的世界中，一切也就变得不可控和不确定。美国后现代主义文论家伊哈布·哈桑认为："后现代主义具有某种语义的不确定性。学者们对它的内涵尚无明确而一致的看法。——这种普遍的异议由两个因素造成：其一，后现代主义这个术语相对而言较晚出现，确乎正值莽撞的青年期；第二，其内涵与当今许多术语有某种亲缘关系，而这些术语本身的内涵就是不确定的。"[1]

在小说中，人物的人生并没有用正常的叙述方式按照时间顺序叙述出来，而是以切割的方式，碎片化地呈现给读者。比如，鲍尼法西亚在几个片段中都有大篇幅的出现——被列阿德基绑架、被送往修道院、嫁给利杜马、被何塞费诺勾引，最终被送到绿房子当妓女。她的人生似乎是由一连串的偶然性事件碰撞在一起构成的。作为一个丛林中出来的女子，这种生命的混乱感和随波逐流表现得尤为强烈。流亡作家奈保尔在《河湾》中也有着精彩的描述：

> 如果你看到一队蚂蚁在行军，你会发现有一些蚂蚁掉队或者迷路。蚂蚁大军没有时间等他们，会继续前进。有时候，掉队的蚂蚁会死掉；但即使如此，也不会对行进的队伍产生什么影响。[2]

鲍尼法西亚的命运如此，其他人物也是一样。利杜马因为在酒吧玩俄罗斯"幸运转盘"锒铛入狱；伏屋染上了麻风病；托尼达被扔在沙漠中，却因为沙漠里的蜥蜴神奇地活了下来。

二、生态关怀

在《绿房子》中，有两个广阔的地域生态背景：一个是 20 世纪初广阔的亚马逊地理区域，另一个是秘鲁背部沿海干旱荒芜的半沙漠地区以及皮拉乌城。略萨不仅在文本的内容设置上打破了自然与人类的界限，尽管环境恶劣，自然不再是充满敌意和威胁的自然，而是充满了神秘。

---

[1]　王潮编：《后现代主义的突破》，兰州：敦煌文艺出版社，1996 年，第 22 页。

[2]　V. S. 奈保尔：《河湾》，方柏林译，南京：译林出版社，2002 年。

（一）生态审美

在《绿房子》中，略萨模糊了城市与自然的界限，将自然和城市混为一体。当中很多对于自然环境的描写，体现出生态审美的自然性和交融性原则。生态的自然性审美主要是对原生态自然物的审美，是原始的、未被人工雕饰的美。自然并非为人类而存在的，而是早在人类出现之前的存在，是为所有生物和非生物的存在。人类认识自然，试着了解自然规律，遵循自然规律，从而与自然和谐相处。即使是看似不适合人居住的环境，人类也能够在自然中找到自己的位置。在生态审美中能够感受到自己首先是自然的一部分，对于自然，即使是恶劣的自然环境，也能够找出方式接受和处理。卢梭在《一个孤独的漫步者的遐想》中说道：观察者的心灵越是敏感，在与自然的壮丽伟大和谐交融时，就会有越强烈的狂喜油然而生。在这样的时刻，他的感知就会被一种深深的和快乐的出神所笼罩，在一种快乐的自我消解状态里失去自我，沉溺于美的秩序的广阔空间里，并在其中感受到他与自然美浑然一体了。[1]

皮乌拉城与其他城市的不同在于它的孤立状态，城市周围广袤的荒漠使之与全国其他各地隔绝。城市失去了繁华，而保留了原始的状态：

> 风从安第斯山上下来，穿过海滨的沙丘地带就变得炽热而强烈。这风卷着沙土沿河吹来，到了城里，远远望去就像天地之间有副耀眼的盔甲。就在城里，风卸下了全部沙土。一年之中，每天的黄昏时刻，一种仿佛木屑般又干又细的沙尘像下雨般落下，只是到了黎明时分才停止。[2]

在这样的环境中，人们在黄昏时分把自己关在家里，免受尘沙的袭击。然后，这一切看似荒凉的、阴郁的自然环境并没有影响城市人们的正常生活：

> 在卡斯提亚地区的小木屋里，在曼加切利亚地区的竹棚泥屋里，在加衣纳塞腊区的辣味饭馆和小酒店里，在堤岸区和阿玛斯广场的富豪宅第里，

---

[1] Rousseau：*Reveries of the Solitary Walker*，trans. by Peter France, Harmondsworth: Penguin, 1979, p. 108.

[2] 马里奥·巴尔加斯·略萨：《绿房子》，孙家孟译，上海：上海文艺出版社，2014年，第47页。

人们同任何其他地方的人一样在消遣作乐：饮酒、音乐、闲聊。[1]

而在另一处场景——亚马逊丛林中，人类的生活场所更是和自然融为一体：

茅屋高大结实，但是也一半被草木吞没，其中一间的屋顶没有了，门前黑乎乎的有一个大洞，像是一个滚圆的疤痕。另一间茅屋中却长出一棵树来，有力地把自己多毛的臂膀从窗子伸出来。两间茅屋的板壁都被常春藤淹没了，周围长满了高高的杂草。台阶倒塌了，也做了野藤的俘虏，上面爬满了根茎；鸟儿在台阶和木桩上筑了巢，蚂蚁挖了窝。[2]

在《绿房子》中，作者在多处描写了大自然对于人类的报复，或是"反人类中心主义"。人类貌似强大，自视为大自然的主宰，但从生物性上来说，实际上只是生物链中的一环，经历出生—生存—死亡的过程，与其他生物并无本质不同。

黄毛：要是个人，早就被虫子吃光，只剩骨头了，中尉。

中尉：可现在已经开始吃了，从脚上开始吃的。几只大蚂蚁从他发黑的脚掌上往上爬，另外几只在窥视着他的脚背、脚趾和脚踝，用细细的触角去碰他的皮肤，碰到之处留下一串串紫红的斑点。[3]

在《绿房子》设置的场景中，人们脱离了传统意义上的主宰领域城市，即使在皮乌拉城，也是被沙漠环绕的小城镇。人们看不到钢筋水泥，而所见的所面对的是纯粹的原始粗犷的自然环境。到处可见人与动物共同生存的场景。人可以捕食动物，动物也可以蚕食人类。这种人与动物共同生存的细节还有多处：如加西亚神父一边说话一边赶苍蝇[4]；船上的琼丘人咕哝着讲起话来，鸡咯咯地叫着，使劲地扇动翅膀，

---

[1]　马里奥·巴尔加斯·略萨：《绿房子》，孙家孟译，上海：上海文艺出版社，2014年，第 26 页。

[2]　马里奥·巴尔加斯·略萨：《绿房子》，孙家孟译，上海：上海文艺出版社，2014年，第 245 页。

[3]　马里奥·巴尔加斯·略萨：《绿房子》，孙家孟译，上海：上海文艺出版社，2014年，第 237 页。

[4]　马里奥·巴尔加斯·略萨：《绿房子》，孙家孟译，上海：上海文艺出版社，2014年，第 369 页

狗也竖耳摆尾地乱跳乱叫[1]；两个女孩互相捉着虱子，她们捉下虱子就用牙咬死[2]。

（二）生态视角——将自然与人类放在同等地位

生态主义反对把人类放在首位，主张把自然与人类放在同等地位。德国科学家恩斯特·赫克尔第一次提出"生态学"的概念，并明确指出，人类是自然整体的一部分，既不是宇宙的局外人，也不是超自然的漂泊者。[3] 人类不是大自然的主宰，并且永远也不可能征服自然。略萨在描写人物形象时，也有意识地将人的地位劣势化，制造出一种人与动物、人与自然平等的语言效果。

> 这外地人睡着了。驴子也在他身边倒了下来，满眼绿沫，双眼翻白……他张着嘴在酣睡，发出轻微的鼾声。干裂的双唇间露出猛犬般的牙齿，又黄又大又尖利。他那肮脏的长裤、靴子和退了色的斗篷都撕成了条条。[4]

这里，外乡人安塞尔莫第一次露面，安塞尔莫与这头驴一起出现，略萨给予了同等视野的关注，并且在刻画安塞尔莫时，刻意用了"猛犬般的牙齿"，使人联想到犬儒学派的创始人狄奥根尼，他们宁愿像狗一样自由自在地生活，亲近自然，与动物平起平坐。讽刺的是这位有着"猛犬般牙齿"、能就地而卧、在街上与驴一起酣睡的安塞尔莫，却成为了肆意破坏亚马逊河生态环境的始作俑者。

人在大自然中，和非生物的地位也是平等的，略萨在文中也是将人物与非生物一起并置：

> 汪毕萨人仿佛都变成了树木，一动不动，目光在枝丫间闪烁，就这样一直等到天黑，蟋蟀唱了起来，青蛙咯咯地叫了起来，一只肥大的蜘蛛爬到拉丽达的脚上。[5]

---

[1]　马里奥·巴尔加斯·略萨：《绿房子》，孙家孟译，上海：上海文艺出版社，2014年，第389页。

[2]　马里奥·巴尔加斯·略萨：《绿房子》，孙家孟译，上海：上海文艺出版社，2014年，第77页。

[3]　Peter Coates: *Nature: Western Attitudes since Ancient Times*, California: University of California Press, 1998, p. 142.

[4]　马里奥·巴尔加斯·略萨：《绿房子》，孙家孟译，上海：上海文艺出版社，2014年，第52页。

[5]　马里奥·巴尔加斯·略萨：《绿房子》，孙家孟译，上海：上海文艺出版社，2014年，第218页。

在多处场景的处理上，我们还可以看出动物与人共同出现：

> 街上渐渐黑暗下来，随着出现了狗、鸡、猪，都是神情阴郁，咕咕嘟嘟地在地上滚来滚去……三个二流子不慌不忙地在曼加切利亚地区仿佛丛林中弯曲小道似的街上走着。[1]

这里的描写非常有趣，在似乎本该人类管辖的城市区域，出现了三种动物，并且作者用拟人的手法，与下文出现的利杜马、猴子、何塞费诺三个二流子形成了有趣的呼应。

在小说中，略萨还运用了他擅长的电影镜头式的叙事方式，运用闪回的镜头感，采取了生态中心视角。这与传统地以人类作为中心视角截然相反。

> 老人一面低声讲话，一面向后退去，到了小路上。两旁高地上种着庄稼，空气中充满了强烈的植物气息，是树汁、橡胶和植物发芽的气息，一片温暖而稀薄的蒸汽袅袅升起。老人继续向后退去，从远处，他还能看见那堆血红的活肉待在那里，一动不动，最后消失在羊齿草的后面。阿基里诺一转身向茅屋的方向跑去，一面低声说道：伏屋，我明年一定来，你别伤心。这时，大雨瓢泼而下。[2]

这一节的描述中，伏屋的身体被描述为"那堆血红的活肉"，而老人首先关注的是环境中的植物，以及植物被拟人化之后散发出来的气息。伏屋的身体显然融入环境，成为了自然环境的组成部分。在大自然的环境中，人奄奄一息的病体与动物的身体并无二样，与大雨滂沱的自然比起来是那样渺小。这种并置，给读者营造出一种民主化效果。

在《绿房子》中描述的两个场景，人物的生存方式其实是受自然环境的影响的。两种自然环境沙漠和丛林是对立的。在沙漠环境中，自然的资源被像列阿德基这样的人一直掠夺，而自然也无情地报复人类。在很多细节化的描写中，我们都可以看到自然界的生物与人类的互相博弈。

---

[1]　马里奥·巴尔加斯·略萨：《绿房子》，孙家孟译，上海：上海文艺出版社，2014年，第50页。

[2]　马里奥·巴尔加斯·略萨：《绿房子》，孙家孟译，上海：上海文艺出版社，2014年，第361页。

翻转在地上的河龟；他们兴高采烈地叽叽喳喳讲个不停。翻转在地上的河龟把头缩回壳里，四脚乱蹬。伏屋：数数看。拉丽达：八只。汪毕萨人在龟壳上钻了孔，用藤串起来。潘达恰：我们先吃一只吧，老板，我等得都饿了。大家在当地睡了一觉，第二天接着航行，晚上又到了一个河滩，捉了五只河龟，也串成一串，睡了一觉又起航前进。伏屋：还不错，正好赶上产卵季节。潘达恰：我们这样干是违禁的吧，老板？伏屋：要想生活就得干违禁的事，乔洛。归途走得很慢，独木舟拖着一串串的河龟破浪缓行。河龟不愿走，拖住了独木舟……在河汊中，河龟缠住了河底的草根，一步一停，汪毕萨人跳进水里，河龟就咬他们，他们抓住船舷大喊大叫。[1]

略萨显然非常反感这种捕捉乌龟的行为，在这部带有生态视野的作品中，在亚马逊这样的河流环境中，人类完全失去了人情味，对于自然生物没有丝毫敬畏之心，即使在龟鱼类产卵禁渔期，也残忍地捕捉河龟，对于自然完全是纯粹功利性地利用。利奥波德，20世纪前期伟大的生态文学家，曾经指出经济成为人类行为的一切意义，而要想达到生态的和谐，必须将人类在共同体中以征服者的面目出现的角色，变成这个共同体中的平等的一员和公民。人类应该尊重其他的生物在地球上生存的权利，而不是以经济的角度去判断。[2] 在这一段描写中，河龟也做出了自己的回应，对于人类的捕杀做出来"缠住草根""咬人"的本能回应。讽刺的是，这时伏屋的妻子拉丽达也怀孕了，而伏屋也并不在乎，回应说：你总是喜欢乱想。

在略萨笔下，人类是贪婪的，拼命地想改造自然，自然也报以各种回击：如丛林中蚂蚁等昆虫咬啮带来的病毒感染，洪水的威胁，沙漠的干燥气候，亚马逊河里的食人鱼和河龟。然而，在现实中，人类与自然更多的是和谐的相处模式。略萨也不遗余力地对大自然进行了赞美：

领水员在火堆里添上树枝。天黑下来了，远处的太阳在树丛中像红羽鸟扇动翅膀似的在挣扎。河水像一块铁板，一动不动，岸边灌木丛中青蛙在咯咯地鼓噪，空中升起一团团潮湿的蒸汽，充满了电流。有时一只小飞

[1]　马里奥·巴尔加斯·略萨：《绿房子》，孙家孟译，上海：上海文艺出版社，2014年，第219页。

[2]　利奥波德：《沙乡年鉴》，侯文蕙译，长春：吉林人民出版社，1997年，第156页。

虫落在火堆里，噼噼啪啪地被火焰吞掉。黑暗中，树林把植物在夜间生长的气味和蟋蟀的鸣叫送进了帐篷。[1]

略萨对于夜间的丛林进行了好几处类似于此的细节性描写，夜间的丛林宁静而美丽。而皮拉乌的沙漠也自有神奇的力量。小说中在描写安东尼娅的获救时做出了详细描述。基洛加夫妇被匪徒毒打致死，但骑兵们发现了他们的女儿还活着。正是因为阳光和沙尘使伤口结了痂，止了血，而蜥蜴一直在舔她，正好治疗了溃烂的伤口。

三、后现代主义女性边缘化

女权主义思想与后现代主义有很多共同之处。在后现代状态下，界限分明的阶级政治让位于更加散播、多元化的身份政治，而身份政治通常有意识地彰显边缘化身份，对抗占统治地位的话语。[2] 女性主义认为在父权制秩序的社会体制中，女性被社会边缘化，属于他者的一方，排斥在占统治地位的男性话语之外。在略萨的诸多小说中，都体现了女性不管在身体上还是精神上，都受着男性的统治和压迫。

奥伯尼在《女性主义或死亡》中首先提出生态女性主义（ecofeminism），并认为"对妇女的压迫与对自然的压迫有着直接的联系"[3]。生态女性主义既是一种女性主义理论，又是一种生态理论，同时也是一种多元的文化视角。生态女性主义既反对人类中心论，认为人不应该是大自然的统治者，又反对男性中心论，认为女性如要获得解放，必须根除男性统治。

在《绿房子》中，略萨塑造了各色女性人物：土著印第安少女鲍尼法西亚、白种女人拉丽达、安赫里卡嬷嬷、男性化的琼加等。她们尽管出身不同，遭遇不同，但无一不受到来自以男性为中心的父权社会的压迫。男性生物在侵占自然、改造自然的同时，也改变着妇女的命运。她们和自然生物一样，失去了话语权，承载着任人宰割的悲惨命运，沦为男权社会发展的牺牲品。[4]

---

[1]　马里奥·巴尔加斯·略萨：《绿房子》，孙家孟译，上海：上海文艺出版社，2014 年，第 111 页。

[2]　巴特勒：《解读后现代主义》，朱刚、秦海花译，北京：外语教学与研究出版社，2013 年，第 207 页。

[3]　罗斯玛丽·帕特南·童：《女性主义思潮导论》，武汉：华中师范大学出版社，第 256 页。

[4]　肖巍：《女性主义伦理学》，成都：四川人民出版社，2000 年，第 60 页。

（一）精神改造

在修道院嬷嬷们看来，土著印第安少女是野蛮人。他们认为可以利用基督教宗教来驯化印第安少女，把她们从"野蛮人"变成"基督教徒"。事实上，他们所谓的收养的孤儿是利用武装力量去丛林中抢过来的，驯化她们成为奴婢。"我们创立宗教是为了剔除罪恶，而现在却在遮盖罪恶，培养罪恶和鼓动罪恶。"[1] 对于土著少女来说，她们是社会的最底层，承受着来自他族文化的异化、神权的控制和男权的三重压迫。福柯认为，纪律需要封闭的空间，规定出一个与众不同的、自我封闭的场所。这是贯彻纪律的保护区。[2] 而修道院和监狱、学校一样，是典型的禁闭模式的空间场所。在修道院中，既有庭院、教堂、劳作室，也有密室、仓库这样的实施惩罚的空间。并且嬷嬷们制定了严格按照时间规定的日程，既显示了对于肉体的高度严格控制，同时也是对于精神智力的一个渗透的改造过程。

嬷嬷们改造的方法包括：把她们的头发剃光，是为了把"头脑中的魔鬼"赶走。然后进行劳动改造：年龄小的打扫庭院、嬷嬷宿舍和膳堂，年龄大的打扫小教堂、劳作室。在劳作室学习西班牙语。而鲍尼法西亚自己偷偷学会的奇凯斯村的土语，则被形容为动物发怒的叫声：这动物突然发起怒来，在黑暗中又哼又叫，叽叽呀呀，时而高昂，时而叽叽喳喳。[3] 土话作为异族文化的一部分，被描述成原始的、非正统的。说着土话的鲍尼法西亚处于"失语"状态，再一次变成"小兽"一样的自然人，并被斥责为"魔鬼、强盗"。修女们残忍地攻击着她天然的自尊心和原始力。鲍尼法西亚天生的同情和怜悯心，使她放走了被捉来的两个土著女孩，然而这一切却被修女们认为鲍尼法西亚再次被魔鬼附身。在略萨的作品中，暴力往往是宗教或政治狂热的结果。在《城市与狗》中，略萨就辛辣地讽刺了军校中的神父虚伪的嘴脸，认为神权与军权的结合，是军校腐朽不堪的根源。我们可以看到书中，教士在晨会中常强调纪律和秩序的重要性；军队的管理者与教士共同维护着权力机器，控制学

---

[1] 蒙田：《我知道什么》，《雷蒙·塞邦赞》，马振骋译，北京：中华书局，2014年，第6页。

[2] 福柯：《规训与惩罚》，刘北成、杨远婴译，北京：生活·读书·新知三联书店，2012年，第160页。

[3] 马里奥·巴尔加斯·略萨：《绿房子》，孙家孟译，上海：上海文艺出版社，2014年，第64页。

生的思想行为。而在《绿房子》中，修女们则是地方军队武装势力的好帮手。书的开场，就描写了嬷嬷们和当地的警察们一起坐汽艇去追捕逃跑的琼丘少女。

（二）性

朱丽叶·米切尔（Jeuliet Mitchell）则认为妇女的地位与作用，是女人在生产、生育和性关系中扮演的多个角色决定的，而不是马克思主义所认为的单纯的经济因素。女性受压迫的根源植根于精神深处，需要推翻父权制度和资本主义制度。

女人由于成为男人发泄性欲的工具，无法摆脱沦为男人生育工具的命运。一方面，生理上性器官的差异，男性在性关系上一直担任主动者和入侵者的角色；另一方面，在父权文化背景下，要求男性在性能力方面表现出强者之风，为他们在对女性的性侵犯与伤害提供了借口。

而在远离城市文明的亚马逊丛林，女性更是成为"他者的他者"。她们自己的父亲或哥哥丝毫没有伦理观念，把她们当作性工具，"琼丘人喝醉了，就当众奸污她们，不管年龄多大，不管是自己的女儿还是姐妹，看见就干"[1]。而看似"重感情"以拯救者身份出现的皮乌拉人，其实和琼丘人没有差别，在去抓捕琼丘少女的途中，一群男人纷纷肆无忌惮地讨论女孩们，"黄毛"主张应该给她们"吃顿鞭子"，"讨厌鬼"则说要对她们更亲热，因为"这里的女孩子发育得快，十一岁就成熟了，什么事都可以干"[2]。性能力是永恒的男性话题，对于他们来说，性和女人都是可以公开讨论的，并且是能力的一种象征和资本。同样，失去了性能力的伏屋遭到了拉丽达的鄙视。让他感到耻辱的不是背叛妻子拉丽达，跟其他女人公开亲热，而是只能"抱抱她们，吻吻她们，但干真的就不行了"[3]。

而对于拉丽达而言，因为丈夫性能力的丧失，她似乎成了两性关系中强势的那一个。她对于丈夫伏屋的背叛也毫不在乎，即使他把其他女人带回来。"只有我才

---

[1]　马里奥·巴尔加斯·略萨：《绿房子》，孙家孟译，上海：上海文艺出版社，2014年，第113页。

[2]　马里奥·巴尔加斯·略萨：《绿房子》，孙家孟译，上海：上海文艺出版社，2014年，第116页。

[3]　马里奥·巴尔加斯·略萨：《绿房子》，孙家孟译，上海：上海文艺出版社，2014年，第209页。

是他的老婆，别人都是奴仆。"[1] 而她报复的方式也是当着伏屋的面和领水员聂威斯调情，之后又和他私奔。纵观全书，我们看不到多少对于拉丽达或鲍尼法西亚外貌的描写，而对于拉丽达的身材的描述却被多处提及，相当具体：我看见过她洗澡，她那双大腿可漂亮了。[2] 这种男性视角的关注点揭示了女性的物化，女性只是作为性行为发泄的对象。

"绿房子"的出现，更是一个重要的隐喻。这个进行性活动的场所，和书中出现的每个女性角色都有着或多或少的联系。悲惨如鲍尼法西亚，丈夫利杜马入狱后，被二流子何塞费诺骗到"绿房子"当妓女，靠出卖身体来养活何塞费诺。重建后"绿房子"的新主人琼加和小说中的其他女性截然不同。这个强悍的、不受男人欺负的女性角色从外表到内心都与男子无异。外表上，她缺少一切女性的特征，"毫无曲线，黝黑的皮肤"，穿"平底鞋，短袜，男式衬衣"，不涂脂抹粉，从来不用口红。而在性格方面，她更是符合一切男性刚强的特质：很能自我克制，理性而镇定，亲自动手粉刷墙壁，粗性子，硬心肠。在男性世界中，琼加的异化成为了安身立命的武器。只有如此，她才可以生存下去。作为一个女人，琼加做到了表面上和男人们平起平坐，甚至取得了经济独立权，讽刺的是，这样的经济和权利地位恰恰是把其他女性践踏在脚下，通过控制和奴役其他女性来实现的。在生理上，她是自己的主人；但在精神上，她主动舍弃了自己的女性特质，生活在无形的"绿房子"中。对她来说，"绿房子"是她的事业，也是她一生的归宿，更像禁锢她的精神枷锁。因为她的男子气质背离了她的女性性别，是不被父权社会的文化所接受的。所以最后貌似是对男性权威的挑战，其实是对男性权威的服从。她既是男人们的帮凶，也是父权社会的受害者。

（三）男性暴力

在《一间自己的房间》中，伍尔夫提道："殴打妻子是男人公认的权利，无论是上等人，还是普通百姓，都不以行使这一权利为耻……女儿如果拒绝父母为她选

---

[1] 马里奥·巴尔加斯·略萨：《绿房子》，孙家孟译，上海：上海文艺出版社，2014年，第 140 页。

[2] 马里奥·巴尔加斯·略萨：《绿房子》，孙家孟译，上海：上海文艺出版社，2014年，第 209 页。

择的丈夫，很可能会被关在屋里，遭受拳打脚踢，公众对此也不吃惊。"[1]

由于妇女的从属地位，她们一直是暴力的承受者。利杜马出狱之后，发现鲍尼法西亚和何塞费诺到了绿房子。讽刺的是，在塞尔瓦蒂卡等人的怂恿下，利杜马并没有去狠揍始作俑者何塞费诺，而是转向了鲍尼法西亚，对于鲍尼法西亚又骂又打：把她推到在沙地上狠踢起来：婊子，堕落的女人，烂货。他一直骂得声嘶力竭，筋疲力尽，最后一下子坐在沙地上。[2]

民族主义也是男性暴力产生的根源。男性惯用暴力来征服其他民族，以自己的文明为中心和准绳来教化其他民族，视"自我"以外的异族文化均为"他者"。

（四）生态女性主义

父权文化赋予男性的"男性气质"模式是刚强的，因为对这种"强者"意识的强调，一个成功男性的形象往往要在描写土著印第安少女时，突出她们的自然性和原始性。她们如同自然界的小动物一样，有着自己旺盛的生命力和求生欲。比如被抓到修道院的两个印第安女孩在互相捉虱子并用牙齿咬死，在咬之前还给对方看，这是在互相玩耍，表示亲热。鲍尼法西亚的眼睛和本人也多次被比作"小兽"。"你简直是头小兽，"安赫里卡嬷嬷说道，"传教所里的人跟在你的后面追赶你，你还咬了我一口呢，小鬼。"[3]这些印第安少女更像是从自然中异化出来的。她们和自然是浑然一体的，她们的反抗也都是那么被动和无力。而以嬷嬷们为代表的西方文化和以圣玛丽亚镇长为代表的资本势力，是以改造印第安土著文化和攫取经济资源为目的的。他们在摧毁自然生态的同时，也摧残着热带雨林中这些少女的自然性，用所谓的"文明"来改造她们，让她们服从于宗教文化和男性文化以更好地奴役她们。

四、黑色幽默

略萨尤其擅长于对于看似神圣不可侵犯的宗教进行调侃。狂热的宗教态度往往能够产生令人忍俊不禁的效果。如略萨的《潘达雷昂上尉与劳军女郎》。

---

[1]　弗吉尼亚·伍尔夫：《一间自己的房间》，贾辉丰译，北京：人民文学出版社，2003 年。

[2]　马里奥·巴尔加斯·略萨：《绿房子》，孙家孟译，上海：上海文艺出版社，2014 年，第 171 页。

[3]　马里奥·巴尔加斯·略萨：《绿房子》，孙家孟译，上海：上海文艺出版社，2014 年，第 79 页。

《绿房子》中的加西亚神父，就是一个脸谱化的维护神权的神父形象。他语言犀利极端，略带神经质。对于"绿房子"深恶痛绝。

> 加西亚神父带着难看的脸色走出来朝着不速之客迎上去，居民们就得牢牢抓住他，阻止他去殴打妓女。[1]

然而当绿房子的原主人安塞尔莫死了，他们要请多梅尼哥神父来的时候，加西亚神父立刻放下了之前的傲慢与矜持，表示要来帮安塞尔莫做弥撒。"会踢足球，可不会讲西班牙语。"围巾里面又嘶哑地咕哝起来，"多梅尼哥神父，哼，简直是胡闹。"抨击完另一个意大利籍神父之后，他又表示："我来。那个假小子不是要我来吗？那还有什么可说的。"[2]

五、多重视角的使用

在《绿房子》中，略萨还是沿用了《城市与狗》中的叙事方式，对于"无所不知的叙事者"加以限制。在隐藏全能叙事者的同时，略萨创造出复杂的人物关系网，从而造成多棱镜的效果，通过他们对细节的不同的描述，读者从中寻找事情的真相。这是后现代文本碎片化的又一显著特点。

如安塞尔莫这个人物一直是文中的一个神秘的传奇人物。略萨在语言处理上，一直没有给予这个人物正面描写，对于读者来说，与书中其他人物分享同一视角。安塞尔莫作为一个外乡人，一出场就引起皮乌拉人足够的猜测：

> 安塞尔莫对这种骚动漠然置之，每天照旧去北方星旅馆喝酒，开玩笑，遇到人就干杯，遇到广场的女人就调戏几句……不久，安塞尔莫先生骑着刚买来的黑马走掉了。他离开这个城市同来的时候一样，也是在清晨时分，也是无人看见，不知去向。[3]

安塞尔莫的绿房子建立之后，全皮乌拉的男人都兴奋起来，"绿房子"充满了诱惑，而安塞尔莫仍然保持了他的神秘感，他主宰最高一层，那个狭窄的顶楼里。任何人，

---

[1]　马里奥·巴尔加斯·略萨：《绿房子》，孙家孟译，上海：上海文艺出版社，2014年，第86页。

[2]　马里奥·巴尔加斯·略萨：《绿房子》，孙家孟译，上海：上海文艺出版社，2014年，第399页。

[3]　马里奥·巴尔加斯·略萨：《绿房子》，孙家孟译，上海：上海文艺出版社，2014年，第86页。

就连他那些最要好的嫖客 —— 恰皮罗·塞米纳里奥警察局长、堂欧塞比奥·罗梅罗和彼德罗·塞瓦约斯医生 —— 都不能进入这个地方。[1]

而有关于安塞尔莫的神话也从来没有停止过。皮乌拉的人对他身份的猜测也越来越多，有人说他是逃犯，有人说他是老骑兵，有人说他是落魄的政客。

到第二部安塞尔莫出场时，已经成为了绿房子的琴师。安塞尔莫先生坐在一只小矮板凳上，背靠着墙，把三角琴夹在两腿之间。他带着眼镜，头发覆盖着前额，衬衣扣子上、脖子上、耳朵上都挂着几挂灰发。[2]

六、玩弄语言游戏

对于略萨来说，后现代主义和政治均是极其重要的话题。让·弗朗索瓦·利奥塔（Jean-Francois Lyotard）认为："在后现代文化中，无论使用怎样的统一模式，思辨性叙事或者解放性叙事、宏大叙事都已经失去了可信性。"[3] 后现代主义的关键概念是矛盾、是对立、是反完全化运动，略萨的小说就是可以视为反完全化范畴。

在《绿房子》中，略萨运用语言游戏，在各个人物的名字中大做文章，混淆了现实和虚构的界限。在创作《绿房子》之前，略萨重游了亚马逊丛林。在深入腹地之后，略萨考察了当地人民的生活状态。一方面，在经济上，当地的橡胶资源被肆意剥削；另一方面，在精神上，当地武装力量抓捕土著，通过宣传基督教教义，来驱逐他们心中的"魔鬼"。在丛林中，略萨遇到一位阿瓜拉纳印第安人的首领胡姆（Jum），而在书中，略萨也采用了相同的名字。而另一位重要人物伏屋（Fushia）在现实中也确有其人。有趣的是这个人物原型叫土屋（Tushia），也是一个日本人。因为日文的发音，被当地人误叫为伏屋。而在小说中，略萨沿用了这一错误，也详细解释了这一错误的产生过程：

> "不过早晚会落网的，"德尔加多中士说道，"这傻瓜脸姓名都没改。""我感兴趣的倒是那另外一个人，"中尉说道，"那是条大鱼，他到底叫什么，

---

[1]　马里奥·巴尔加斯·略萨：《绿房子》，孙家孟译，上海：上海文艺出版社，2014年，第90页。

[2]　马里奥·巴尔加斯·略萨：《绿房子》，孙家孟译，上海：上海文艺出版社，2014年，第128页。

[3]　让·弗朗索瓦·利奥塔：《后现代状况：关于知识的报告》，南京：南京大学出版社，2011年，第39页。

土屋？伏屋？”[1]

而利杜马（Lituma）这个角色也多次在略萨的小说中出现，利杜马这个人物的命运总是倒霉的。在《绿房子》中的利杜马鼓动好友去玩俄罗斯罗盘，好友因此丧生，利杜马也因此入狱，出狱之后，发现妻子鲍尼法西亚已经和另一个好友私奔并怀孕。而在《谁是杀人犯》中的利杜马，则负责调查一位士兵帕洛米诺·莫莱罗（Palomino Molero）的死因。而在《利杜马在安第斯山》中，利杜马同样和其他两名战友一起，负责调查三个人的死因。这样的一个名字的延续使用，使得各个文本间产生了奇妙的化学反应。读者在阅读第二部作品中，就会有代入感，打破了文本之间的界限，而建立起了某种联系。就像元小说一样，它有意识、系统地使大家关注小说本身人工制品的地位，以此提出有关小说和现实之间关系的问题。通过对自身结构方法的批评，他们不但检视叙述作品本身的基本结构，而且还探索文学文本外部世界的可能的虚构性。[2]

略萨认为，历史始终是真实和谎言的混合体。如略萨的《狂人玛伊塔》中既存在于一个虚构的存在（小说中的小说家叙事者），也存在于其他两个与之对应的作者（隐含的作者及其真正的作者——巴尔加斯·略萨）。而略萨在另一部作品《胡利娅姨妈与作家》中，也创造出读者与作者的复杂互动，并且戏仿了肥皂剧情节，创造出肥皂剧“作家”这样的人物形象。可以说，在“社会文本”与“文学文本”之间充满空白的意识权力的区域，使两者联系起来，使它们一方对另外一方加以开放，形成互相补充的“互文性”关系。[3]最后，鲍尼法西亚这个名字最开始出现在小说中，而在第二部中，利杜马在“绿房子”中遇到塞尔瓦蒂卡，通过略萨给出的语言提示，读者才能解开这谜面，原来塞尔瓦蒂卡就是鲍尼法西亚。

“简直不敢相信，你到现在还不习惯穿高跟鞋。”何塞费诺说道，“要

---

[1]　马里奥·巴尔加斯·略萨：《绿房子》，孙家孟译，上海：上海文艺出版社，2014 年，第 255 页。

[2]　Patricia Waugh: *Metafiction: The theory and Practice of Self-Conscious Fiction*, London and New York: Methuen, 1984, p. 2.

[3]　王岳川：《后殖民主义与新历史主义文论》，济南：山东教育出版社，1999 年，第 196 页。

不，你就是太激动了，对吧，塞尔瓦蒂卡？"[1]

　　"今晚是故人相逢，亲爱的老头。"利杜马说道，"您瞧我表现得不坏吧。琼加，小琼加，把杯子斟满，你自己也倒一杯。"[2]

　　略萨运用名字这一符号游戏，使读者意识到文本只是符号意义构造出来的意识世界，而即使符号发生变化，读者还是能通过前后文互相呼应。来自丛林的鲍尼法西亚并不习惯穿高跟鞋，并且因为这些被视为"野蛮人"的生活习惯，遭受过利杜马的暴力，同时通过"小兽般的大眼睛"这一特征，读者也可猜出鲍尼法西亚既是绿房子里的塞尔瓦蒂卡。

---

[1]　马里奥·巴尔加斯·略萨：《绿房子》，孙家孟译，上海：上海文艺出版社，2014年，第150页。

[2]　马里奥·巴尔加斯·略萨：《绿房子》，孙家孟译，上海：上海文艺出版社，2014年，第152页。

第三节　略萨的后现代书写

　　本章主要以《城市与狗》和《绿房子》为例，阐述了略萨所做出的后现代尝试。在小说的内容和主题上，略萨善于将历史文学化和文学政治化，采用历史人物或真实人物为虚构世界的主角；略萨笔下的人物大多是小人物的群像描写，缺少一个典型的主人公，人物的命运多舛，充满了偶然性和不确定性；荒谬的社会现实往往让人哭笑不得，越是努力向上的人物在整个荒谬的世界里越是格格不入，略萨对于当时的拉美现实给予了辛辣的讽刺和无情的鞭挞。同时，在小说的创造技巧方面，略萨娴熟地运用了非线性的叙事结构，如螺旋上升形的多重情节的展开，或是碎片的拼图式叙事，散乱的结构打破了传统小说的叙事格式。略萨的小说充满了动作小说的特点，场景往往以蒙太奇的形式展现出来，充满了电影的镜头感；略萨尤其喜欢运用戏剧化的对话形式，造出时间与空间上的错位感。在语言上，略萨显得客观、镇定，运用了语言符号的游戏，加大了读者的参与感。有时运用新闻稿或纪实的语言，丰富了小说的内涵。在 20 世纪 70 年代之后，后现代主义小说开始盛行，略萨的其他一些作品如《胡利娅姨妈与作家》《狂人玛伊塔》《继母颂》《情爱笔记》《天堂在另外的街角》也都体现了后现代政治元小说或后现代流行小说的特征。

第五章

科塔萨尔小说魔幻迷宫世界中
的现实与幻想

阿根廷作家胡利奥·科塔萨尔（Julio Cortazar，1914—1984）堪称"新世界"的文学巨人，是 20 世纪拉丁美洲最杰出最著名的作家之一，他与哥伦比亚的加西亚·马尔克斯、秘鲁的巴尔加斯·略萨和墨西哥的富恩特斯齐名，被誉为 20 世纪 60 年代拉美小说"爆炸"的四大主帅，并被誉为"拉美文学爆炸之父""美洲的乔伊斯"。

科塔萨尔以其独特创新的小说结构、深刻的主题思想、非凡的文学艺术魅力、灵动的写作技巧及富有特色的语言魅力享誉世界文坛，他的文学创作为促进当代拉丁美洲文学的繁荣和发展做出了突出贡献。但是他是一个大器晚成的多产作家，其著作除了四部长篇小说和八部短篇小说外，还著有诗集、散文集、诗剧、故事、随笔和文章数篇。他从小就写作了一些十四行诗，并发表了诗集，但是真正值得发表的作品是从 1949 年 35 岁时发表的诗剧《诸王》开始，移居法国后又陆续发表短篇小说集《兽笼》（1951）、《游戏的终结》（1956）、《秘密武器》（1959）、《克罗诺比奥人和法马人的故事》（1962）、《万火归一》（1966）、《八面体》（1974）等，以及长篇小说《中奖彩票》（1960）、《跳房子》（1963）、《武器 62 型》（1968）和《曼努埃尔记》（1973）。科塔萨尔的作品具有令现实眩晕的文学活力，其中的叙事策略、作品结构、写作风格、语言技巧等都带有浓厚的后现代主义色彩，因而他也是拉丁美洲后现代小说家之一。他的作品影响着整整一代欧洲读者，使得那块被"遗忘的大陆"重新被世界所认识。

胡利奥·科塔萨尔深受后现代主义的影响，在创作小说作品中，他勇于尝试新的写作手法，他的小说冲破传统的束缚，注重心理真实，改变小说的线性结构，创作出一种别开生面的独特表现形式，因而受到整个拉美文坛乃至世界的关注。此外，他的大部分小说都带有强烈的后现代主义小说的某些鲜明特征。其中最受世界关注的当属被称为"潘多拉魔盒"的长篇小说《跳房子》，这部长篇小说可谓是拉美文坛的一枚"重磅炸弹"，撼动了世界文学界，使整个文学界感受到了一次"强烈地震"。它曾被誉为"二战后关于感情和观点的最为强劲的百科全书"。该书主要通过对一位侨居巴黎的阿根廷青年知识分子不幸遭遇的描写，批判了"令人向往"的欧洲资产阶级文明，充分表达了主人公奥利维拉对自由的探索和追寻的主题，表达了作者对欧、美两种不同文明深沉的思考和积极的求索，剖析了拉丁美洲现代社会和社会中的人对当时世界提出的质疑和挑战，它一出版就引起世界文坛瞩目。这部小说在塑造人物形象、文本的结构、故事情节的叙述技巧、语言的运用等方面都运用了后现代主义的叙事特征和写作技巧，带有伊哈布•哈桑所说的强烈的后现代主义小说的艺术特征，是一部具有典型后现代性的巨作。

《动物寓言集》是胡利奥•科塔萨尔的第一部短篇小说集，这部熠熠生辉的经典之作是科塔萨尔在巴黎某家咖啡馆创作而成的。该部小说集体现了他独特的创作风格、丰富的叙事方式、细腻的描绘和惊人的想象力以及科塔萨尔天才的魔幻现实主义特色。科塔萨尔将每个故事中的主人公放入显微镜下，着眼于观察个体人格在时代背景下的纠结与嬗变，把个人牵动社会的宏大叙事置换为隐于语言表层之下的心灵潜流。[1]

科塔萨尔的短篇小说集《游戏的终结》是他早期的著作之一，这部小说集汇聚了18篇具有后现代艺术特征的短篇小说，科塔萨尔在小说中尽情发挥其天马行空的想象力。运用独特的叙事结构和手段，雕琢出精致的封闭结构，选取先驱性的主题并展开对存在主义及人性的探讨。正如科塔萨尔所说："我知道，这样的故事没有人用西班牙语写过，至少在我国是这样。我国有另一类故事，博尔赫斯的故事是令人赞叹的，但是我写的是另一种。"在《游戏的终结》中，这种时空的交错、时序的颠倒、身份的叙事互换、梦魇的现实与想象、现实与虚构的交杂和迷宫般的不确定叙事交织在一起，将读者带入一个生死交替、人鬼混杂、过去现在与未来混合的一个又一个魔幻的游戏世界。科塔萨尔《游戏的终结》里的善与恶、人与兽不断搏斗并苦苦追求其个体价值，最终被现实和灵魂所迷惑，而追寻真相的读者，在一番探索之后，居然忘掉自己应该提什么问题。阅读小说时，读者可能会感到满眼都是死亡和迷失，他们会看到在以特殊的后现代艺术手法来描写生命的终结过程中，隐喻在日常表象下的人性的骄傲与潜在的动机也随之浮出水面。对此，科塔萨尔曾经

---

[1]　　T Dhaen: *Text to Reader: A Communicative Approach to Fowles, Barth, Cortazar and Boon*, 1983.

得到巴尔加斯·略萨的高度评价：科塔萨尔可称为是善于利用现实层面、渐进或者突变，以及时间、空间这些变化手段的优秀作家之一。

短篇小说集《万火归一》由《南方高速》《克拉小姐》《病人的健康》《会合》《正午的岛屿》《另一片天空》《万火归一》等若干篇经典短篇小说组成。科塔萨尔在小说中大肆描写抽象的人性，并从古代罗马和当今某地的两起毫不相干的火灾引申和阐述"一切火都是火""一切人都是人""一切历史都是历史"的形而上学的推断。小说通过解构人性的冷漠与人间温情、向往改变与安于现状、生存的痛苦与生活的快乐三个二元对立关系，反映了在当时荒诞不经、到处充斥着冷漠及痛苦的社会中，人们对充满温情、充满爱的快乐生活的渴望，和对人类社会和谐发展的期待，这些恰恰是后现代人文主义价值观的体现。

第一节　《跳房子》：颠覆传统的狂欢，迷宫游戏中的跳跃

一、颠覆传统狂欢的后现代审美特征

被誉为"拉丁美洲的《尤利西斯》"的《跳房子》是胡利奥·科塔萨尔超常的、最重要的惊世鸿篇巨作，正是由于此部杰作的世界影响力，他被称为拉丁美洲的"乔伊斯"。《跳房子》讲述一位痴迷于"形而上"追求的阿根廷知识分子奥利维拉为了追求人生真谛只身来到巴黎后却发现自己与周围的人和整个社会格格不入。失望之余，他舍弃爱情与友谊，回到"人间"——布宜诺斯艾利斯，但是在那里他依然找不到"形而上"的追求，不断地探索和追求使他一次次跃入失望的深渊中，他只能像个游魂一样在想象的精神天空中流浪徘徊。小说并没有怪诞离奇的故事情节，也没有英勇无畏、众人崇拜的英雄人物，但却是一部令小说家害怕令读者拍案叫绝的魔法杰作。著名理论家阿鲁法特称这部小说为"把悲戚痛苦与幽默诙谐融合一体的令人忍俊不禁又荒诞不经的悲喜剧巨著"[1]。它包含着现代主义与后现代主义的所有写作技巧和方法。

（一）中心、整体与秩序的消解——不确定性

1. 模糊性与多元化

不确定性是后现代主义的一个本质特征，他指的是"渗透我们的行动和思想，构成我们的世界"的"影响知识与社会的各种模糊性，断裂性和移置"[2]；对于后现

---

[1]　安东·阿鲁法特：《科塔萨尔的秘密武器》，《拉丁美洲当代文学论评》，桂林：漓江出版社，1988年，第374页。

[2]　伊哈布·哈桑：《后现代的转折》，俄亥俄大学出版社，1987年，第63页。

代者来说，"被呈现对象各层次上的每件事物都是不确定的"[1]；伊哈布·哈桑认为"不确定性已经成为人们现实中面对的世界的最基本状况，并且已经与后现代社会人们的全部行为和思想融为一体，其包括：模糊性、非连续性、异端、随意性、曲解和变形等，变形包含若干的解构术语：解构、移置、去中心、中断、分解、解总体性、反讽、断裂等"[2]；不确定性永远处在一种漂浮不定的否定和怀疑中，它对一切秩序性、中心性和整体性都进行解构，从而形成一股强大的自毁力量，它"影响着政治实体、认识实体以及个体精神 —— 西方的整个话语王国"[3]。

在小说《跳房子》中的不确定性首先体现于人物、情节及题目的模糊性和多元化。英国著名小说家戴维·洛奇曾说："后现代主义小说中的人物形象通常是漂浮不定、模糊不清的"[4]；其中的人物形象"无理无本无我无根无绘无喻"的特征凸显了后现代主义文学中人物形象的碎片性、多重性和不确定性。在《跳房子》中，作者对反英雄形象的主人公奥利维拉的描述趋于淡化甚至消解，他只作为故事中的一个"角色"出现，而对其细致的形象刻画、人物出身及背景、成长经历及家庭社会关系从未有过系统全面的描写。作者对小说中的其他人物更是轻描淡写，尤其对"蛇社"成员的介绍，作者只给出了一份"蛇社档案样本"，这份样本使用了一系列不确定的词汇和句式："无国籍""其出生证可能是假的""出生地可能是大不列颠，可能是格拉斯哥""他喜欢暗示自己是捷克人""甚至对于母亲他也不能确定"……这一连串的"不确定"正是人物模糊性的表现。除此以外，小说并不像传统小说中那样围绕一个贯穿始终的中心情节展开故事叙述，它只有无数情节碎片而未提供确定的中心情节，这充分体现了后现代主义的随意性、多元化和去中心的零散性。在一定程度上，本书的题目"跳房子"也包含着模糊不确定并多元化的内涵，它可以用来确定主人公或作者本人的精神探寻，也可以用来表明它独特的跳跃式的阅读方式，这要靠读者自己去推敲和理解，这些都是后现代小说模糊性和多元化的表现。

---

[1]　Brian McHale: *Postmodernist Fiction*, London and New York: Routledge, 1987, p. 99.

[2]　伊哈布·哈桑：《后现代的转折》，俄亥俄大学出版社，1987年，第98页。

[3]　Ihab Hassan: *The Postmodern Turn:Essays in Postmaodern Theory and Culture*, Columbus: Ohio State University Press, 1987, p. 92.

[4]　戴维·洛奇：《现代主义，反现代主义和后现代主义》，载王岳川著《后现代主义文化研究》，北京：北京大学出版社，2008年，第73页。

2. 非连续性

后现代主义作家反对任何一种连续性，他们认为后现代主义必须打破现代主义所崇尚的任意连贯性，以形成一种充满错位、交叉式的"开放体"写作，即竭力打破它的连续性，使共时和历时随意颠倒，使得现实空间不断分割断裂。后现代作家认为现代主义那种叙事、人物行为动作、语言表述以及情节发展的连贯性都是"封闭体"写作，因此，后现代小说经常将一些零散的、互相独立的章节与片断机械地拼贴在一起，而这些章节或片断在排列形式上保持各自的独立性，即体现了后现代主义的解总本性。《跳房子》即是后现代主义非连续性叙述的典型体现，科塔萨尔用破碎的拼贴式的结构来取代情节、叙事以及语言有序的连续性描述，来代替时空的线性发展。小说中各章节之间甚至同一章节中经常出现跨时空的不连贯叙述，有时还会留下诸多未尽之言的"空白"，这种写作手法充分激发了读者的参与创作欲望。小说前 56 章是一部叙事小说，由第一部分"在那边"（巴黎）和第二部分"在这边"（布宜诺斯艾利斯）组成，但是作者在叙述故事过程中，打破了传统小说时间和空间的秩序，56 个章节互无联系，不同的章节叙述的故事时间、地点和情节都是无序不连贯的，甚至同一个章节的叙述中也有许多断裂、中断和跳跃，章节间及文本间的连续性被彻底解构。作者在叙述故事过程中，时而插入奥利维拉的广阔沉思冥想，时而以意识流的形式表现出来。小说的第三部分"在何处"更是一个断片文本的仓库，由众多不连贯的片断构成，包括各种报刊、文学作品、哲学作品的英文、注释、诗歌及对故事情节的补充和评论。这些非连续的碎片式叙事正是科塔萨尔创作的独特之处。这些都构成了典型的非连续性叙述。

3. 开放性

小说《跳房子》成功地颠覆了传统小说中具有完整情节、线性叙述、悲喜剧圆满结局的"封闭式"写作。首先，大部分传统小说无疑是按照章节顺序依次阅读的，但是科塔萨尔出其不意地为读者安排了两种以上的阅读方式。第一种方式是以传统方式从头读到尾，第二种方式是按照导读表的顺序"跳跃式"阅读，这种方式就是把一些评论、报刊引文、注释等补充内容拼贴到故事中，带给读者另类的阅读感受。除此以外，如果读者如法炮制，从任何一章读起，那就可以挖掘出第三、第四种乃至更多的读法，正如隐形作家莫莱里所说："我的书人们随便怎么看都可以……如果真的搞乱了，没准刚好形成一部最完美的作品呢"[1]；这种开放性阅读方法给读者带来不同的阅读体验和结局。其次，小说叙事过程中时而会出现一些省略号，表示作者的未尽之言，给读者留下了"空白"，供其自由发挥无尽的想象进行创造和补充，这也是开放性的体现。再者，小说的结局也是开放性的，需要读者自己去想象和补充。在小说的结尾，作者并未给出传统小说那种明晰而真实的结局，而是把读者置身于一个模糊、复杂的迷宫般的世界中。第一种读法在第 56 章故事结束，结尾奥利维拉站在窗台向楼下站在跳房子游戏格子里的特拉维勒和塔丽姐挥手致意并告诉他们"此时最为理想的应该是向外一倾身，让自己落下去，啪的一声，一切就都结束了"[2]，而结局奥利维拉到底有没有跳下去，作者并未做出明确回答，这一开放性的结局留给读者自由想象的空间。而按照第二种方法阅读读到结尾后就会出现反复循环，没有结局的结局。除此以外，第二种阅读方法把第三部分各个片断有机地穿插入故事中，给读者设置了一系列的疑惑和悬念，迫使读者深入到作品中重新探索和思考其人物和情节，这样，就赋予读者参与和创作的巨大自由，读者进入了小说的境界的同时也参与了小说的再创作，成为了作者创作上的"合谋者"，这就是科塔萨尔苦心孤诣、刻意成功地创造的一种"反小说"，它是灵活的、开放的，是作者和读者合作的产物，其宗旨就是建筑一座把读者和作者联系在一起的桥梁以实现对传统小说结构的颠覆，这种开放小说在拉丁美洲乃至世界文学中都是独一无二的，仅此而言，它的价值是无可比拟的。

（二）人物、内容和叙事结构的荒诞悖谬 —— 黑色幽默

黑色幽默产生于 20 世纪 60 年代的美国，它不仅是一个现代主义文学的流派，也是后现代小说中常用的一种艺术手法，第二次世界大战后在西方文坛上占有重要地位。"黑色幽默"也被称为"绞架下的幽默"，怪僻、荒诞的"反英雄"人物常常受到"黑色幽默"作家们的追捧，作家主要借"反英雄"滑稽可笑的言行嘲讽当时的社会现实，以表达作家对社会存在的问题的个人观点。在写作技巧方面，"黑色幽默"作家打破传统的线性叙事结构，把叙述的现实生活与虚构的幻想和回忆混合起来，把严肃的哲理和插科打诨混成一团，导致小说的情节缺乏秩序性和逻辑联系，

---

[1] 胡利奥·科塔萨尔：《跳房子》，昆明：云南人民出版社，1996 年，第 368 页。
[2] 胡利奥·科塔萨尔：《跳房子》，昆明：云南人民出版社，1996 年，第 465 页。

其主要为了表现世界的荒诞、理性原则破灭后的惶惑、社会对人的异化以及自我挣扎的徒劳。"黑色幽默"的小说家重点强调人物所处世界的荒诞不经和疯狂的社会对个人的野蛮压迫，他们以冷嘲热讽、玩世不恭的态度表现现实社会、生活环境和个人之间关系的互不协调，这种不协调关系必然给生活在荒诞世界的人们带来沉重和苦闷、眼泪和痛苦、忧郁和残酷，因此，在黑色幽默中读者苦涩的笑声中包含着泪水，甚至愤怒。总而言之，世界是荒谬的、人生是痛苦的观点是黑色幽默小说家在作品中突出强调的主题，所以一些病态的"反英雄"人物典型、荒诞可笑而杂乱无章的情节、阴沉而令人痛苦的幽默、麻木而残酷的世界、尖锐而深刻的嘲讽总是出现在读者面前。

1. "反英雄"的人物塑造

西方传统文学中的人物形象大多是完美的，体现小说主旨并与历史的主流意识保持一致性，他们给读者留下的往往是高大、意志顽强、信念坚定、英勇无畏的英雄形象，他们的身上往往闪耀着英雄的光辉，表现出对人生价值的积极肯定和对美好生活的追求。提及英雄人物，酷爱文学的读者自然会想到一直贯穿于歌德、拜伦、雨果和托尔斯泰等人的文学作品中那些赞美不同时代英雄的主旋律；自然想起荷马史诗中体魄健壮、意志坚强、充满英雄气概的英雄们；想起哈姆雷特的"人是宇宙精华，是万物灵长"的人类赞歌。可以说，西方传统文学作品一直热衷于对英雄人物的完美塑造与赞美。而在后现代主义作品中，英雄们崇高正义的品格和悲壮高尚的震撼力量彻底消亡了，那些行为怪僻、思想古怪猥琐、精神异常的"反英雄"成为作品的主人公，并在世界文学中拥有显著的地位。综观后现代作品，我们不难发现后现代主义世界中的反英雄们都是一些被生活扭曲得变态的人物，他们身上有的只是在现代社会中饱受创伤的心灵。他们可能是极力维护某种尊严的卑劣小人；他们滑稽可笑、一事无成却又否定、怀疑和蔑视一切传统价值；他们消极厌世、懦弱无能、孤独悲惨，有种众人皆醉我独醒的孤独感。作者塑造这些人物形象的目的是通过这些表面上看似荒诞不经、怪异滑稽的故事与人物，让人们意识到世界的荒谬和现实社会的黑暗。

《跳房子》中的主人公奥利维拉就是这样一个典型的反英雄人物，他是个无法把握自身命运的微不足道的小人物，为了追寻人生真谛来到西方文明的"天堂"——

巴黎，在那里，他渴望建立一个有意义的、井然有序的世界，实现真实的自我。然而，到了巴黎，他四处流浪，很快发现自己面对的却是一个支离破碎、混乱不堪的世界，他欲追寻的生命价值遭到了无情的嘲讽和抛弃。他被西方污浊的社会风气和虚伪的价值观念撞得头破血流，他追寻的梦想最终泯灭在西方资本主义社会的日益衰落之中，最后返回祖国开始新的探索。然而，挫败、耻笑和冷落同样存在于又一个荒诞和无意义的世界里，他不得不独自忍受孤独和失落。通过描写奥利维拉与玛伽、波拉、赫克列普顿及塔丽妲的交往，作者把奥利维拉塑造成了一个荒诞滑稽的人物，他不断地探索和追寻生活的价值，但是却无奈于与任何女人都无法保持令人满意的关系，这使他成为了既可悲又可笑的人物。他与周围世界的格格不入更使他显得荒谬可笑，他渴望与社会建立有益联系的梦想屡遭挫折后，精神近乎崩溃，直至失去理智。显然，小说中奥利维拉这个"反英雄"的人物已经截然不同于传统小说中的英雄人物形象。

2. 荒诞悖谬的叙事情节

后现代黑色幽默小说的情节常常是荒诞不经、滑稽可笑的，有时还会充满虚幻。小说家们认为后现代小说不需要按照开端、中心、高潮和结尾的线性顺序有序地发展，甚至也不需要任何连贯的情节。此外，辛辣尖酸的讽刺和绝望的幽默常常出现在黑色幽默作品中。《跳房子》中字里行间都可以找到荒诞幽默、滑稽可笑的情节。如小说中的一个充满滑稽和讽刺的故事，一个法国女钢琴家体态像个木偶，名字的发音古怪，她自己演奏的所谓先锋音乐自认为会得到众多人的赞许，其实却无人能懂也无人想懂。她的音乐会中观众逐渐减少，最后只剩下奥利维拉一人，而她却认为她的创作是"最深刻的革新"。最后，奥利维拉独自坚持听完了她的音乐会，出于好心把她送回家，却被误会不怀好意而被女钢琴家打了一记耳光。这段故事荒诞滑稽却讽刺寓意浓厚，尖锐地批判了当时资本主义社会的一些自封的"假艺术家"，他们声称自己是抵抗当代拜物社会的英雄，但是其实他们追求的不是真正的艺术和生活的价值，而是满骨子渗透着当时西方资本主义社会的虚伪和颓废，且对此浑然不知。奥利维拉开始是被其美其名曰的抗争精神所感悟和触动，最终却失望而归。有评论说这一章"因其中那些音乐表现手法对真正艺术创作的滑稽模仿而成为全书的象征。这是一张令人痛苦的漫画，而整部《跳房子》就是一幅漫画"。

3. "反小说"的叙事结构

传统的小说是按照时间和空间的线性发展顺序进行叙述的，一般来说故事的结构都会具备完整性和秩序性，故事情节一般是按照开端、发展、高潮和结局的符合逻辑的常规性发展的。然而，大多数后现代小说往往以间接、嘲讽式、故意阻断故事原本线性发展的逻辑方式，使读者在哭笑不得的状态中达到后现代主义独特的叙事效果。这一特征主要体现在后现代小说对传统文学叙事模式的解构。《跳房子》的"跳跃式阅读"方法采取了一种独一无二的故事叙事方式——美学上的有意缺憾，这种叙事方式通过有意制造矛盾的情节，让故事的叙述形成逻辑上的混乱，读者在阅读无时间顺序发展的故事中，不得不时常停下来去探索研究被作者有意阻断了的故事发展逻辑，进而使这部小说真正成为了一部典型的"可读性"后现代主义代表性作品。这就是所谓的"反小说"体裁，这种新颖独特的体裁较传统小说更具有吸引力，它对深化作品的主题也起着积极的辅助作用。在《跳房子》小说中，作者把无数的故事情节分割开来，不再按照过去、现在和将来的时间顺序，作者根据叙事的需要将彼此相关联或根本毫无联系的部分糅合在一起，使故事情节杂乱无章而又齐头并进，犹如电影中互相交错的特写镜头和片段回放。在这种独特的叙事方式中，读者感受到了情节的强烈冲突与对比，也更好地突出了现实的残酷和人物的荒谬。如，小说的第三部分储备有隐形作家莫莱里的随笔，还有一些荒诞不经的伪联合国公文和涉及哲学、文学、自然科学等各个领域的引文、趣事、歌词、诗歌及报刊新闻等，按照作者极力推介的"跳跃式阅读法"欣赏这部小说的读者就会按照导读表的指导完成阅读，他们会自然地发现第三部分的储备物资都被零散地穿插到前两部分文本中，读者再也找不到传统叙事学意义上的视点和固定焦距。从这一角度看，它近似于罗兰·巴尔特（Roland Barthes）所推崇的"可读性与可写性"之间的对立。此外，看似传统叙述的前两部分其实也是一些精彩的短篇小说的集合。

（三）多种语言符号的杂糅——语言游戏

杨文虎在《文学：从元素到观念》一书中指出："语言是文学作品最基本的构成要素"，"文学是语言的艺术"。[1] 因而，语言自然就成为追求文学创新不容忽视

---

[1]　杨文虎：《文学：从元素到观念》，上海：学林出版社，2003年，第1页。

的一角。在后现代作品中，语言革命转变成了语言游戏，作家们极尽玩弄语言技巧之能事，目的是揭示语言虚构现实的本质，将对语言的思考植入小说的创作中。结果有论者称："语言是后现代主义最应该被重视的因素，它甚至都上升到了主体的地位"，这就出现了"语言游戏说"，它是由著名的哲学家维特根斯坦提出的，他认为语言是一个自足的整体，它自身没有约定俗成的规则，本身具有不确定性和更新的潜质，它可以依据语言自身的规律而变化和组织，与物质现实毫不相干，这种"语言游戏"将语言意义和形式的确定性转变成了不确定性。后现代主义小说中一切终极、整体、权威和等级纷纷消失，整个作品创作不再以故事和情节为依托，也不再以自我意识和顿悟为结局，而只剩下不确定性和语言游戏。在这种游戏中，语言的运用类似一种话语游戏，乐趣比所谓的规则更重要。故而，后现代小说中的语言是无序的、破碎的、张狂的、膨胀的，只见能指的不尽游戏，不见终极意义的彰显。在小说《跳房子》中，语言游戏主要表现为语言的多样化、语言的创新性和拼贴三个方面。

1. 语言的多样化

现代主义作家创作中追求的是文本中语言流畅的形式、晦涩的意义和深远的内涵，而后现代主义作家在语言上则表现为传统的能指，词语意义变得浅平。小说家多把编码、图表、超文本等多样语言形式和多国语言杂糅到一起，这种多种语言的杂糅无疑为在小说中建构新的话语游戏发挥了积极的作用，除此以外，从审美角度看，这些复杂多样的语言游戏势必给读者们带来强烈的审美快感。在《跳房子》中，科塔萨尔通过小说中人物的话语，把语言称作"黑母狗""拉皮条的""坟墓"，他运用的个人语言极富活力和机变性，而在公众语言中孕育出了一种不尊重语法规则和拼写规则的另类语言，其包括各国本族语言、地域方言、素语、俚语乃至普通词汇的拆卸组装，包括奥利维拉和玛伽之间使用的"克里语"（第68章）和虚构出的"伊斯帕美利卡语"（第49章），作者让奥利维拉和玛伽用"格里格里科"——他们俩人之间的语言交流，这就凸现出他们在日常领域里深入的互渗性，这必然增强了他们分离的悲剧气氛。《跳房子》在语言运用上时常把一些"犯规"语言与正常语言、碎片性语言与完整语言、个人语言与公众语言混合在一起，凸显其语言的丰富繁杂性，从而使得作家写作时的语言变异为传统语言带来异质性，而这一异质性在作者写作的意向性的驱动下又汇聚成强烈的语义生成性，并最终形成一篇复杂、丰富与自足的成形文本。

2. 语言的创新性

在后现代主义阶段，意符或语言的意义已经被搁置一旁，语言只是纯指符本身所具有的一种新颖奇特的、自动的逻辑体系。与传统小说中的语言相比，后现代小说的作家们不再使用典丽华美的传统语言，他们一改简练含蓄的语言风格，而形成标新立异的特有风格：句法拖沓冗长、词汇和句子重复含糊，使小说内容也变得混乱和虚幻。《跳房子》就是一部富有特色和语言创新魅力的佳作。科塔萨尔在小说中对语言本身提出了新的挑战。小说中包括一些奇特的书写排列方式，表现出了其语言的创新性。如读者阅读第 34 章时一定感到十分费解，科塔萨尔把一篇小说的具体内容和奥利维拉对它的阅读并置排列，小说的单数行文字是玛伽以前阅读的一部小说选段，而双数行是奥利维拉在阅读中对玛伽的追忆和评论，二者紧密结合起来，骤然释放出了奥利维拉对玛伽的离去的隐痛和对她的无比思念。读者阅读时起初必将充满困惑，但是一旦揭开谜底便会恍然大悟，拍案叫绝。再如，第 96 章里左栏是人物，右栏却是与左栏并不对应的对话、插话声的排列方式，这种看似混乱不堪的奇特排列方式充分显示了停电后"蛇社"的混杂状况，它同时也寓示了行将到来的"蛇社"的解体。这种新颖独特的语言结构恰恰是科塔萨尔作品的创新之处。

3. 拼贴

传统的小说家为了描绘一个有序的逻辑世界，在语言、行文和叙事结构上都遵循时间、空间和因果的连贯性，提倡叙述过程的整体性。而后现代主义小说的作家则常追捧叙述的随意性、片断性和零散性。他们认为，世界是由片断、碎片构成的，而非一个具有整体性的集合体。他们常用拼贴法和独特的排版技巧来中断这种持续性，使叙事出现短路，从而呈现出一个滑稽怪诞的荒诞世界。因而，后现代作品中，作者常常将一个完整的故事剪成无数由故事情节、生活中的俗语、报刊文摘、短篇新闻等构成的碎片，然后随意拼贴成犹如马赛克一样的拼贴画，从而打破传统小说固有的传统形式结构，来解构元叙事方，来创造一个光怪陆离的、凌乱不堪的世界，以此给读者的文学艺术审美造成强烈的冲击和震撼，从而产生传统的叙述方式无法比拟的效果。小说《跳房子》中遵循第二种"跳跃式阅读"的读者必然感受到拼贴艺术手法的魅力。按照导读表的顺序阅读小说，会发现传统小说依靠线性情节和冲突的发展的创作手法已经荡然无存，整部小说只是将零散的、孤立的碎片拼贴一起构成的一个集合。整部小说共 155 章，除了无数故事情节片断外，插入拼贴了报刊、手记、科学引文、评论、趣闻、诗歌、爵士乐歌词以及报章新闻等内容，这些异质同构的零散片断糅合到一起构成了一幅丰富多彩的文字拼贴画。

二、迷宫游戏中跳跃的追寻主题

具有不同文学含义的追寻主题是一个古老却又历久不衰的文学主题。在古希腊和罗马时期，追寻个人名誉是追寻主题的主调，追寻者大多是神明般的英雄人物。从中世纪到 19 世纪，追寻真理、追寻人生真谛、追寻灵魂归宿成为追寻主题的主旨。[1]追寻者由英雄转向非英雄的人物，他们经过艰难的斗争后最终往往能获得成功。近代以来，人类的精神世界被扭曲和异化，文学中的追寻主题表现为对失落意义的追寻。这种追寻总是以失败而告终，因而大多带有浓厚的悲剧色彩。而后现代小说中的人物生活在一个意义失落的世界中，对生活意义的追寻成了人们舒展人性的生存方式。此外，后现代作品中的主人公大多是社会上受压抑的流浪汉和性格怪诞的普通人物。尽管他们的追寻总是以失败告终，但他们依然不懈努力，因为他们追寻的意义主要在于追寻的过程，而非终极寻得的结果。只有在追寻探索的过程中，他们才能感受突破后现代困境的希望。《跳房子》是一部探讨后现代社会中人们生存困境的长篇小说，它充分展现了拉丁美洲青年一代的追寻过程，体现了作者对晚期资本主义社会的批判和对后现代人类生活状态的忧虑。

（一）自由"天堂"中的追寻

后现代主义者认为所谓"意义"不过是语言符号建构的结果，任何语言之中的意义通常都是灵活多变的、不确定的。[2]尽管如此，追寻主题仍然留存于后现代作品中，但这种追寻注定是徒劳无功的。以追寻为主题的后现代作品一般是以主人公的出游、流亡或平生经历为主要线索展开的。在这个过程中，主人公必将经历身体或精神上

---

[1] 赵洁琼：《从品钦的〈V.〉看后现代小说"追寻"主题的独特性》，《赤峰学院学报》，2014 年第 1 期，第 203 页。

[2] Terry Eagleton: *Literary Theory: An Introduction*, Minneapolis: Univ.of Minnesota Pr. , 1983, p. 100.

的磨难，然而最终并不能够达成自己追寻的目标。《跳房子》中奥利维拉的巴黎"天堂"之行正体现着这一追寻主题。

奥利维拉的巴黎之行注定是一场追寻之旅。科塔萨尔在塑造这个人物形象时已经赋予了他追寻的使命，然而奥利维拉的追寻既未能做出任何宏伟光辉的事业，也没能使自己的人生有任何转变。奥利维拉心怀对祖国命运的关心，独自离开了故乡布宜诺斯艾利斯，前往巴黎追寻真理和精神的"天堂"。在巴黎，他与乌拉圭女青年玛伽邂逅后相爱并同居。玛伽是为了逃避对过去的回忆而来巴黎追寻人生价值的，她属于社会底层群体，天性自由率真，独自带着一个没有父亲且嗷嗷待哺的儿子，因此经历了无数生活磨难。她学识并不深，却有着令众人惊叹的直觉感悟力。对于奥利维拉困惑许久的问题，她总能一语道破，使其有拨云见日之感。玛伽的儿子因病而死后，她追寻人生真谛的梦想随之泯灭在了梦幻的巴黎，人也随即销声匿迹，她追寻精神"天堂"的梦想以失败而告终。在巴黎，奥利维拉还同一群职业不同、兴趣相异的朋友组织了一个俱乐部——"蛇社"，其成员包括南斯拉夫人、阿根廷人、美国人、法国人和华人。蛇社成员经常聚集在一起谈论音乐、美术、禅宗、哲学、文学等，共同探讨和追寻人生的真谛。在蛇社里，人际间的等级差别很容易被打破。人无论贫富贵贱，都会在这个流动的空间里会面和交流。只有在这里，社会底层群体才有机会呼吸一口新鲜的空气。但"蛇社"随着奥利维拉和玛伽关系的破裂而宣告解散，奥利维拉在巴黎的追寻以其同一流浪女在塞纳河畔相遇乱搞被警察逮捕而告终。

在追寻"天堂"的过程中，奥利维拉被西方污浊的社会风气和虚伪的价值观念撞得头破血流，他追寻的梦想最终泯灭在西方资本主义社会的日益衰落之中。最终，他只能回到故乡布宜诺斯艾利斯，继续他的探索追寻之梦。

（二）失落"人间"中的追寻

在后现代文学作品中，作者经常塑造众多荒诞滑稽的"反英雄"人物形象。[1] 他们所追求的目标往往高于现实生活，但他们实现理想的奋斗历程常常遭到生活的讽刺，结果这些"反英雄"人物不是在现实中扮演小丑角色，就是成为无能为力的弱

---

[1]　巴赫金：《小说理论》，白春仁、晓河译，石家庄：河北教育出版社，1998 年，第 445 页。

势群体。在矛盾杂陈的混乱中，他们在精神上产生危机就成为必然的事情。[1]

《跳房子》中，荒诞的"英雄"奥利维拉生活在一个失去终极意义的世界里，他的不懈努力注定一无所获。尽管他在"天堂"巴黎的追寻中心力憔悴，但他锲而不舍、坚持不懈，像被命运驱赶着似的，要将追寻进行到底。他在无意义的世界里寻找生活的意义和秩序，他的荒谬成为对世界的抗议。在抗议的同时，他继续寻求正义、和平、和谐，但在这荒诞的世界里，他发现自己处处受挫，最终精神濒临崩溃。

奥利维拉在"天堂"巴黎追寻的梦想破灭之后，回到"人间"布宜诺斯艾利斯同前女友赫克列普顿同居，同时与老朋友特拉维勒夫妇一起在马戏团工作，后又共同为一家疯人院工作。与特拉维勒夫妇朝夕相处中，奥利维拉渐渐认同特拉维勒，并在其妻子塔丽姐身上发现了玛伽的影子，这证明他对玛伽的追寻从未放弃。一日，奥利维拉把塔丽姐看成玛伽，在精神危机中吻了她。随后，为防止特拉维勒报复，他把自己关在房间里，坐在窗台上随时准备跳下去。他说，跳下窗台肯定会落入庭院中画的跳房子游戏的"天"格中。奥利维拉的追寻过程表明了拉丁美洲现代知识青年失望却不绝望、坚持不懈追寻的精神。

在小说叙事过程中，作者成功地把有关追寻的故事叙述模式同后现代文学的荒诞主题完美地结合起来，生动地再现了以奥利维拉为代表的现代人在孤独绝望的精神荒原中痛苦挣扎和对生活意义的无果追寻后陷入精神荒原不能自拔的历程。小说第二部分，奥利维拉回到布宜诺斯艾利斯后的追寻过程中，科塔萨尔将其塑造成一个荒谬的角色，与特拉维勒争夺塔丽姐的故事使他成为既可悲又好笑的人物。奥利维拉回到阿根廷后，与女友赫克列普顿住在特拉维勒夫妇对面的楼里。一天，奥利维拉隔街向特拉维勒要钉子和马黛茶，他在两家的窗台之间搭了一块长条木板，让塔丽姐通过木板爬到自己家里送给他钉子和马黛茶。塔丽姐通过木板徘徊于两个房间之间暗示着两个男人对她的暗中争夺。由于害怕，加之中午赤日炎炎，塔丽姐爬到木板中间就进退两难。经过一番思想斗争，她把钉子和茶包在纸里扔进奥利维拉的房间，然后慢慢退回自己的家，最终回到丈夫的怀抱，这使奥利维拉倍感挫败和失落。这个故事情节是荒谬可笑的，但从某个角度来分析，塔丽姐在木板上进退两难的困境也象征着书中人物欲进不能、欲罢不甘的求索心境。

---

[1]　陈世丹：《美国后现代小说详解》，天津：南开大学出版社，2010年，第17页。

奥利维拉经过了巴黎和布宜诺斯艾利斯的追寻失败后，最终迷失在一个错综复杂的迷宫世界中，他的追寻以悬而未决而告终，使读者如坠云里。《跳房子》中的追寻主题往往具有悲剧性的审美深度，流亡与漂泊是奥利维拉选择的探索形式。他对自我、对理想永不止步、坚持不懈的探求，反映出当时拉丁美洲人类精神世界的高贵与孤独。

（三）叙事"迷宫"中的追寻

从叙事手法上看，《跳房子》抛弃了传统小说有序并完整的线性结构，而运用了后现代主义特有的片段性、零乱性和分裂性写作手法。在叙事特征上，科塔萨尔拒绝步入宏大叙事的二元对立局面，而是选择了小型叙事视角，使小说中的主人公们得以在碎片化的自我叙述中继续追寻和探索失落的意义。在《跳房子》中，这种零散的拼贴叙事模式尤其明显地表现在第三部分。此部分的各种梦境和浮想是科塔萨尔挖掘"深刻现实"的重要手段。读者很难在小说结尾找到传统小说中那种明晰的结局，只能深感自己处于混乱和复杂的迷宫中。读者在读这部作品时不要期待得出任何一个固定的结论，因为在小说中，任何情节、语言和结局都是不确定的。此外，小说中还有很多意犹未尽的话语，这些未尽之言有待读者发挥自己的想象力去补充和创造。由此可见，在《跳房子》中，科塔萨尔细致而深入地探讨了读者在文学创作中所应担任的角色，他认为，读者应在理解文学作品的过程中，加入到作者的感受体验中去，成为其"合谋作者"。小说的第三部分中，科塔萨尔借助隐形作家莫莱里之口创造一种新趋势、新写法，把读者变成他的"合谋者"，在传统叙述背景下向读者指出一些更为隐蔽的方向。

在整部小说的创作中，科塔萨尔在语言、叙事结构以及一些具体的写作技巧运用上都时刻关注读者，他一直邀请和激发读者参与自己的文学创作，这对读者来说也是一种挑战。因此，这部小说需要读者在叙事的"迷宫"中尽情遨游，自由追寻其"出口"。每个读者在迷宫中追寻的道路不同，出口也不尽相同，这恰恰是《跳房子》的创新所在，也是后现代小说追寻主题的独特深刻体现。"跳房子"这一标题不仅生动地体现了作品独特的跳跃式叙事结构、阅读方式，还象征着主人公从"天堂"跳跃到"人间"而不断探索追寻的主题。科塔萨尔根据自己对西方文化的敏锐洞悉、对西方资本主义社会的细致观察以及对人们心理的精妙分析和思考，深刻展示了当代拉丁美洲社会中各种激烈而又难以调和的矛盾冲突，阐明了人的价值在异化的生存条件和生活环境中所面临的困境，尤其是作为精神支柱的青年知识分子产生的危机感、异化感、沉沦感，这充分体现了后现代作家对社会的责任。除此以外，科塔萨尔借助他的小说，表现了其对世界前途的深切关注、对社会现实的探索、对人类命运的忧虑、对社会道德的真诚评价、对人生的执着追求以及对人性的深入挖掘。

总之，科塔萨尔的《跳房子》创造了拉美文坛上的奇迹，在多元的后现代主义社会，它囊括了其显著的对传统的解构性、颠覆性特征，同时兼有不确定性、开放性和包容性。众多后现代主义者在创作作品时，不懈地颠覆传统、解构"中心"、蔑视权威、拒斥"逻各斯"、消解宏大叙事，其目的不是要破坏现存世界的整体性，而是要解放受压抑的个性，给个性以自由的空间。[1] 在这个多元并存共生的时代，科塔萨尔以他独特的叙事方式、巧妙的语言技巧、创新的结构设置等后现代主义艺术特征使其作品享誉整个拉丁美洲乃至世界文坛，经久不衰。

---

[1]　道格拉斯·库普兰德：《X 一代：在加重文化中失重的故事》，张颖译，北京：作家出版社，2009 年，第 136 页。

第二节　《动物寓言集》：心魔滋生的魔幻现实主义世界

　　《动物寓言集》中的 8 篇短篇小说所描写的都是畸变，是脱离常规的特例，这些小说中的奇幻轶事皆远离正常的生活环境，只会发生在百万分之一的人身上，小说中也展现了各种奇幻的野兽。这些小说突显后现代主义小说中时间空间混乱、无个性的非英雄人物、天马行空的奇异幻想、开放式的结局等显著特征。科塔萨尔用荒诞的方式叙述各种神秘、不可思议的故事过程，而结局往往戛然而止耐人寻味。因此，读《动物寓言集》时，读者需要时刻跟上作者的思维节奏，用推理能力去品鉴文学背后的深长意味与作者的意图，作者看似不经意地在小说中留下与事情根源有联系的不明显的线索都要提防，就仿佛步入了迷宫。总之，读者阅读此部小说时是在亲身体验侦探的刺激感觉，尽情发挥无限的想象力，科塔萨尔教你看他变魔术般地将玫瑰化为凶器，却又精心保护男女主角不受一丝伤害，结局既复杂又晦涩，为我们所塑造出的非常态结局出人意料，却又能让你在短暂的沉思后对其赞不绝口。正是因为《动物寓言集》的这种魔性，一经发表就受到了广大读者的关注和赞扬。

一、心魔滋生的奇幻世界

　　《动物寓言集》包含 8 篇短篇小说，每篇短篇小说的文字都漫散着一种渐趋滋生和张扬的情感。故事大多都是以平静、安宁的生活场景开头，有些故事即使是浸染着烦躁和无奈，但也都是一种恒定的状态，这种被默认的恒定状态已经成为主人公们现世生活的常态。可是，随着故事情节的推进，这种平静、安宁被催化出了不安、烦躁，无奈的常态也开始逐渐失控而后爆发出毫无缘由的歇斯底里。

　　从开始的平静安宁生活到心魔的滋生，而后难以摆脱心魔的滋生，是科塔萨尔笔下人物的共同病症。在《奸诈的女人》中，故事的主人公马里奥起初可以坦然面对一切情理之外的事情并满心欢喜地沉浸在与黛莉娅的爱情中，但是后来突然在各种议论和谣言中动摇了信念，变得神经质起来，对生活中任何细枝末节的举止都格外警觉，对自己曾经坚守的爱情也变得左右摇摆，整个人被心魔驱使。结果到故事的结尾处，马里奥从黛莉娅亲手为他做的夹心糖中吃出了恶心的蟑螂，而这只蟑螂是真正存在的一只蟑螂还是马里奥在心魔的驱使下幻想出来的一只蟑螂，充满了不确定性和开放性，完全由读者来判定。

"……她把夹心糖递给他，有点求他的意思，马里奥明白她声音里带着怎样的渴望。如今，他将一切看得清清楚楚，不是月亮的功劳，也不是黛莉娅的功劳。他把水放在钢琴上（他没在厨房喝），两个指头夹起糖。黛莉娅在一旁等待裁决，呼吸急促，似乎成败在此一举。她没开口，只是用眼神催促他，眼睛睁得大大的——也许是因为客厅黑——，喘着气。眼看就要张嘴咬了，他又把手拿开放下。黛莉娅呻吟着，似乎在无尽的快感中突然跌入深谷。马里奥用另一只手轻轻捏住糖的两端，眼睛没看着糖，看的是黛莉娅和她石膏般苍白的脸，黑暗中的丑恶嘴脸。糖碎了，手指分开。月光直射在蟑螂发白的身体上，去掉了皮，只剩下肉。在它周围，一小段一小段的蟑螂腿和蟑螂翅膀，还有蟑螂壳碎后的粉末混在薄荷和杏仁糖里……"

《远方的女人》表现出的是一种主人公带有自发性质的精神渐变，而非精神的骤变。小说主要讲述主人公阿丽娜的精神不断走向分裂的过程。结尾，小说将读者带入了一个魔幻现实主义的奇幻世界：阿丽娜的肉体与一个她所遐想出来的远方的自己互相拥抱后发生互换，尔后，阿丽娜则因灵魂装入了乞丐的肉体而导致了生活的裂变，夫妻关系的破碎，整个生活完全陷入了混乱状态。

"……她们拥抱时，皮包的开关卡进她的胸口，一阵剧痛，很甜蜜，久久不能散去。她紧紧搂住骨瘦如柴的女人，感到她完全置身于自己的怀抱中，幸福感像奏响赞美诗、放飞鸽子、河流欢唱那样越来越强。当两者完全融于一体时，她闭上双眼，避开外界感受和黄昏的光。突然，她疲倦极了。可她确定自己获得了胜利，胜利是自己的，不需要庆祝，终于胜利了。

她发觉其中一个幸福地哭了。应该是她自己，脸颊上湿湿的，颚骨很痛，似乎被人打了一拳，脖子也是。突然，肩膀在无尽的疲惫中，也痛了起来。再睁开眼（也许，她已经在叫了），她看见两人已经分开。现在她确实叫出了声。因为冷，因为鞋破了，雪往里渗，因为阿丽娜雷耶斯离开桥走向了广场，穿着她的灰衣服，头发被风吹得有些凌乱，美不可言。她走了，头也不回地走了……"

《远方的女人》和《奸诈的女人》都表现出了主人公原本安宁和睦美满的生活状态在心魔的滋生和驱使下被打破的过程。结尾都体现了魔幻现实主义的奇幻世界。

《剧烈头疼》中，科塔萨尔生造了一种本不存在的名为"芒库斯庇阿"的动物，并在故事中通篇阐述饲养这种动物而产生的巨大精神折磨。作者似乎为了证实人类的精神折磨是来源于对自我内心的难以驾驭而非人类所臆想的外界事物所施加的。

"……马钱子症：因为弯腰时间过长，突然感觉脑子在转，不是周围东西转——那是眩晕——是视线在转。意识在脑子里像陀螺仪一般呈环状旋转，外面的世界纹丝不动，只是一味地逃逸，捕捉不住……"

"……缺磷症：一来怕花香，二来体型上也和缺磷症完全吻合：人又高又瘦，老想要冰饮料、冰激凌和盐。"

"……溴樟脑症：以为在朝一个方向走，实际上南辕北辙。太可怕了，明明确信无疑地往卫生间去，突然，脸贴上了光滑的大镜子……"

"……氯化钠症：典型的氯化钠会哭，可没人注意得到。它悲壮，却内敛，它喜欢盐……"

"……紫草症，还好……"

"……缺硅症越来越显著，它从控制我们的睡眠入手，发动内部攻击，打破稳定性，眩晕的感觉沿着脊椎爬入脑中，好比小芒库斯庇阿沿着畜栏的杆子往上爬……闭上眼睛情况更糟。睡意就这样离我们而去，谁也不能睁着眼睛睡觉。我们累得要死，可稍微一迷糊，眩晕的感觉又开始爬，脑子里晃荡来晃荡去，似乎装的全是火舞，围着脑袋打转。好像芒库斯庇阿……"

"……白头翁症：反复无常，好掉眼泪，苛刻暴躁，晚上发病……"

"……原油症：一切——物品、声音、回忆——都游离于他之上，浑身僵硬麻木。两种病痛毫无冲突，平行发展，可以忍受。之后，也许，睡意就降临了……"

"……仙客来症：眩晕。早晨起床，直视前方，任何物体——举个例子，比如衣柜——都在做变速旋转，时不时地偏向一边；与此同时，旋转中，同一个衣柜却又好好地停在那儿，静止不动……"

"……我们刚赶到畜栏门口，就被太阳晃得睁不开眼，如白化病患者在白色火焰中摇晃不定。我们想接着干活，可惜为时已晚。颠茄症袭来，我们赶紧疲惫不堪地躲进工棚最里面背阴处。面部充血，发红发烫，瞳孔放大。大脑和颈动脉怦怦直跳。矛戳锥刺般的剧痛。头晃痛得厉害。走一步，坠一下，后脑像系着一块秤砣。刀戳锥刺般的痛。爆裂般的痛，似乎要把脑子寄出去。弯下身子更糟，脑子似乎要往外掉，人似乎被往前推，眼睛似乎要蹦出来。声音、晃动、移动、光线，都会加重病情……"

"过去了，阳光晒走了其他症状，头痛在暗处会发作得更厉害些……"

"……我们患上了乌头症，思维混乱，对错不分。的确，头痛来势凶猛，几乎无法形容。脑袋里，汗毛丛生的皮肤上，有撕裂感，灼烧感，还有恐惧，高烧，苦闷。额头又胀又沉，似乎有股力量在向外拉扯，将一切掏空。乌头症会突然爆发，疼痛难忍，遇冷风则病情加剧，伴有不安、苦闷和恐惧……"

"……原料药症，像蜜蜂蛰过那样痛。我们脑袋后仰，要不，埋进枕头（我们不知道什么时候已经爬上了床）。不口渴，出汗，小便少，叫声刺耳身体似乎被压伤，一碰就痛，握过一次手，痛得钻心，渐渐地不痛了……"

"……剧烈头痛，极度兴奋，入睡时病发。脑壳像钢盔一样挤压大脑——说得一点没错。某种生物在脑袋里绕圈游走（这么说，房子就是我们的脑袋，我们感觉到有人在绕这它走，每扇窗户都是抵御屋外芒库斯庞阿嗥叫的一只耳朵），脑袋和胸部被铁甲挤压，烧红的烙铁没入头顶，我们无法肯定是否是头顶……右侧太阳穴刺般的痛，这种可怕的蛇，其毒素会以惊人的速度蔓延（这段已经读过了，单靠一支蜡烛，很难把书照亮），某种生物在脑袋里绕圈游走，这段也读过了……"

《被占的宅子》展现了一对关系畸形却生活稳定的伊雷内兄妹共同平静地生活在一个如同牢笼的祖辈古老阴森的宅子中，他们的内心被长久拘押着，但是两人都心安理得地默许着当下的状态。可是，突然有一天，心魔开始在二人心中滋生，他们同时产生了宅子正在被人一步步地侵占的错觉，他们努力尝试坦然面对这种状况，可是心魔在他们体内张扬跋扈，愈演愈烈，最后在心魔的驱使下，两兄妹不得不逃出这个隐形的"牢笼"，另觅生路，将读者也随之带入了心魔滋生的奇幻世界。

"……我沿着走廊，走到半掩的栎树门前，朝厨房方向拐去，听见饭厅或图书室里有动静。声音很轻，听不太清，好像椅子倒在地毯上，或是有人窃窃私语。与此同时，或一秒钟后，我听见走廊尽头也有声音，走廊串联那些房间，延伸至栎树门。我赶紧向门冲去，用身体把它撞上……我锁上了走廊门。后面被占了……听到厨房里有动静。也许是厨房，也许是卫生间，隔着个走廊拐角，听不清楚……我们竖起耳朵，很明显，声音来自栎树门这半边，就在厨房和卫生间，也许就在离我们不远的走廊拐角……我抓着伊雷内的手臂，头也不回地拖着她跑到玻璃门边。声音从背后传来，高了些，好在一直不算响亮，我一把关上玻璃门。玄关里，什么也听不见。这半边也被占了……"

《公共汽车》则是一部展示应对心魔过程的"恐怖"小说。主人公克拉拉身处公共汽车上这一封闭的空间内，成为其他手握鲜花前往公墓祭扫人群的"异类"，她从惊讶疑惑到坐立不安到恐惧失态的情感变化和感觉升腾，她在其他乘客异样眼光的注目下，一次次试图通过自我解嘲或与另一位"异类"小伙子抱团取暖来共同遏制心魔的滋生。然而，即使两人已经到站下车，精神上的高度恐惧都未能化解，结尾两人各拿自己的花，各走自己的路，即使外界威胁已经不复存在，但真正的心灵释然却必须借助于畸形的趋同，通过纵容心魔的方式达到所谓的抵御心魔的目的。

"……那家伙都没把眼睛从她身上挪开，好像对什么感到奇怪……司机转过头来，也看了她一眼……两人看一眼克拉拉，又互相看了一眼……那位女士也转过头，从花上探出头来看她，如母牛探出栅栏，目光温柔……她觉得脖子后面有些异样，怀疑有人非礼，气急败坏地迅速转过头去。离脸二厘米处，赫然是一双老人的眼……最后一排的绿色长椅上，所有乘客都望着克拉拉，似乎在谴责什么……不可一世地盯着克拉拉看。死没规矩的黄毛丫头……四只瞳孔直盯盯地望着她，还有售票员、康乃馨先生、后面所有人喷在后颈上的热气、紧挨着的直脖子老人、后座上的年轻人……他们盯了她好长时间，又去盯新来的乘客……有一阵，所有乘客都盯着男子看，也盯着她看，只不过他们对新上来的人更感兴趣……将两人视为同一个观察目标……手捧红色康乃馨的先生转过头来面无表情地看着克拉拉，眼神中带着泡沫岩般晦暗漂浮的软弱。克拉拉也执着地看着他，感觉自己被掏空了……她注意到小伙子也不安起来，左看看，右看看，又往后看看，诧异地看到后座上的四位乘客和手捧雏菊、直着脖子的老人……深邃的眼神凝视着他们。他们也回视过去，直到汽车拐入多莱戈街。之后，克拉拉感觉小伙子趁前方视线被部分遮挡，慢慢地把手放在她手上……克拉拉发现司机和售票员盯着小伙子，小伙子浑身绷紧，似乎在积聚全部的力量。她腿发抖，和他肩靠着肩。这时，火车头呼啸而过，黑烟蔽日。司机正在说些什么，被火车的轰鸣声完全淹没。他在距离他们两个座位前停下来，弯下身，像是要跳起来。售票员按住他一只肩膀，拦住他，急不可耐地指给他看：最后一节车厢叮叮当当地撞着铁轨开过去了，挡道栏杆正在升起。司机双唇紧闭，转身跑回驾驶座……"

《给巴黎一位小姐的信》讲述的是寄居巴黎朋友公寓的主人公在独处的时候，几乎每次乘电梯到一二层之间时嘴里都会突出一只活生生的兔子。他白天把它们藏在衣柜，晚上趁着佣人睡觉时把它们放出来喂食。结果兔子渐渐长大后四处破坏公寓，而第十一只兔子的诞生变成了压垮他的最后一根稻草，令他甚至想选择和它们同归于尽。此小说中，科塔萨尔利用丰富的想象力，生造出口中吐兔子的奇幻情景，将读者自然而然地带入一个神秘的奇幻世界。

"……每当我感觉要吐出一只兔子时，我就把两指张开，呈夹子状，放入嘴中，期待暖暖的茸毛如水果味助消化泡腾片一般从喉咙里冒出来，卫生、迅捷、一蹴而就。我拿出手指，指上夹着小白兔的一双耳朵。小兔看上去很高兴，正常得很，没有缺胳膊少腿，只是个头小，非常小，兔形巧克力大小，不过是白的，一直完整无缺的小白兔。我把它放在掌心，手指轻轻抚起它的茸毛。小兔似乎对降临人间十分满意，动个不停。嘴巴贴着我，静静的，痒痒的，在掌心里蹭来蹭去。它在找吃的。于是，我——当时我还住在郊外，说的是那时的情况——带它来到阳台，把它放进特意种植的三叶草大花盆。小兔竖直耳朵，以迅雷不及掩耳之势一头扑进柔嫩的三叶草丛……"

"……不慌不忙地等着早上毛茸茸痒酥酥的小家伙顺着嗓子眼往外冒，新来的小兔重复以前那只小兔的生活和习惯……一旦进入固定不变的循环周期，一切条理化，吐出兔子就没那么可怕……"

总之，这部创作于咖啡馆的短篇小说集，对于心魔的展现和诠释，是对我们凡俗生活的反射，读者阅读过程中必定会不断察觉到折射在书中的影子以及当时的社会生活状态。

二、真实与虚幻交汇的奇幻世界

科塔萨尔在《动物寓言集》中，将智力体验与幻想体验融合在一起，幻想世界中有现实的根基，小说在内容上游离于真实与化身、相关与相离之间，形式上竭尽自由之能事。小说中真实人物的怪诞行为与虚幻的魑魅魍魉灵魂交汇，真实分裂的人格与虚幻的生造动物相结合，使读者充分体验到文本的虚幻与真实的完美相融合的奇幻世界。

《奸诈的女人》中，真实世界中的人物马里奥起初与黛莉娅沉浸在甜美的爱情中，却突然由于虚幻出的"心魔"而变得精神分裂，结尾虚幻出了夹心糖中吃出恶心的蟑螂这一荒诞滑稽的情景。而这种真实与虚构巧妙的融合使读者难以分辨这蟑螂到底是真实存在的还是虚幻的事物，这种交汇的世界把读者带进了一个真虚难辨的迷宫中，让读者很难找到出口。《远方的女人》中主人公阿丽娜精神分裂后，肉体与"远方的自己"发生互换后导致生活开始跌入低谷，整个结尾是充满虚幻的典型魔幻现实主义的体现。《被占的宅子》中伊雷内兄妹二人真实地共同生活在祖辈留下来的古宅中，最终却被自己虚构出来的幻觉逼出自己的家。小说中的这种虚幻心魔看似将兄妹两人从他们的生存之地驱逐出来，实则是以毒攻毒，打破了宅子所象征的、隐藏于他们内心的咒语，将他们从死气沉沉、毫无希望的生活状态中，推向了另一片新的天地。《剧烈头痛》中，作者虚构出的动物"芒库斯庇阿"给现实中的人物带来了巨大的精神折磨，而虚幻出的动物对人类自身产生的巨大影响其实主要产生于自己的内心，并非虚幻出的事物所施加其身上的。《给巴黎一位小姐的信》中作者是真实存在的人类主人公，但竟然能吐出十几只兔子，这种真实与虚幻的结合也必然将读者围困在迷宫中无法自拔。

综上所述，科塔萨尔在《动物寓言集》中运用了东西方的创作手法和写作技巧，将虚幻与现实两种看似矛盾的元素主义恰到好处地融入到小说中，并通过二者在文学作品中的统一，相辅相成地对当时拉丁美洲的社会、人们的生活状态、心理精神问题等进行了深刻的揭露和隐喻，为读者创造了一个"真实"和"虚幻"密切融合的奇幻世界。

三、无处不在的不确定迷宫世界

胡全生认为，"不确定性原则是后现代主义文学的突出特征"[1]。刘象愚将后现代主义文学的基本特征概括为"不确定性的创作原则、创作手段的多元性、语言实验和话语游戏"[2]。总之，后现代主义文学"放逐了一切具有深度的确定性，走向了不确定的平面"[3]。《动物寓言集》中无论在语言、情节、人物还是现实方面都体现了后现代主义小说中无处不在的不确定性，使读者在阅读中晕头转向，仿佛进入了一个没有出口的迷宫。

（一）不确定的语言迷宫

后现代主义小说家写作时常常玩弄语言游戏，营造语言迷宫，使语言不断漂移，无法确定。除此以外，他们还从语言内部使其毫无意义地重复，以此表示强调和确定，而表示确定的根本原因其实是缘于不确定。《动物寓言集》中，科塔萨尔多处运用语言的重复来表达其不确定的语言，如，《远方的女人》中，不厌其烦地提到一句"鞋

[1]　Hu Quansheng: *Selected Readings in 20ʰ-century British and American Literature —*
Postmodernism, Shanghai: Shanghai Jiaotong University Press, 2003, p. 14.
[2]　刘象愚：《从现代主义到后现代主义》，北京：高等教育出版社，2002 年，第 15 页。
[3]　陈世丹：《论后现代主义小说之存在》，《外国文学》，2005 年 4 月，第 26—32 页。

破了，雪往里面渗"，作为对心魔一步步侵入，导致肉体渐变的隐喻，展示了主人公精神不断分裂的过程。《给巴黎一位小姐的信》中多次重复"时不时地从嘴里吐出一只兔子"，展示了主人公对自己这个怪异行为的焦虑与不安，也体现了作者对这一现象的不确定性和疑惑性。

（二）迷宫式的不确定情节

传统的小说要素为"情节、人物、环境、主题、叙述、视角"，其中情节居于最醒目最重要的地位，历来是不容忽视的要素。称情节为"小说最基本的构成要素"并非夸大其词。[1] 而后现代主义作家对传统小说情节的逻辑性、连贯性、封闭性极其反感，他们视情节的不确定性为小说创作的基本要义之一。他们离经叛道，对传统的小说情节铺排方式一反到底。在他们的作品中，叙事因果关系荡然无存，时间逻辑混乱不堪，并且大反其道而行之，精心构建一种错综复杂、混乱不堪、迷宫式的情节。克莱尔汉森在《短篇故事与短篇小说：1880—1980》一书中曾指出："后现代主义小说中的情节常常要么少得可怜，要么多得疯狂。"[2] 过多的情节或过少的情节都是对叙事确定性的否定，因为后现代主义小说家只相信相对主义和不确定性。[3] 只张扬故事开端的多头式、结尾的开放式、中间的叉丫式。论及后现代小说迷宫式的不确定情节，《动物寓言集》中的《奸诈的女人》，可以坦然面对一切情理之外的事情，并满心欢喜地沉浸在与黛莉娅爱情之中的马里奥，却突然在各种舆论和谣言中动摇了信念，对任何细枝末节的举止警觉起来，对眼前的爱情也变得摸不到底。于是，故事的结尾处，马里奥突然从夹心糖中吃出了恶心的蟑螂。科塔萨尔在此设置了一个开放式的结局，他并没有把所谓的"标准答案"抛给读者——夹心糖中的蟑螂究竟马里奥之前就一直吃着，但这次出于警觉才发现的；还是根本就是主人公在心魔的驱使下所引发的幻觉——科塔萨尔肩头一耸，两手一摊，给读者留下了一头雾水，任凭别人对他的迷宫结局浮想联翩。

---

[1] 杨文虎：《文学：从元素到观念》，上海：学林出版社，2003年，第143页。

[2] Hasson Clare: *Short story and Short fiction 1880-1980*, London Macmillan, 1985.

[3] 胡全生：《英美后现代主义小说叙述结构研究》，上海：复旦大学出版社，2002年。

（三）不确定的现实

现实主义小说家认为文学必须模仿现实、再现现实，世界不仅可以表现而且可以认识。现代主义小说家苦心孤诣地构造另一种现实，即心理现实。他们小说中力图呈现人物内心深处的现实。而在后现代主义作家看来，小说是虚构的产物，作品中只包含不确定的现实。在《固执己见》中，纳博科夫说："人们离现实永远都不够近，因为现实是认识步骤、水平的无限延续，是抽屉的假底板，永不可得"，虚构并且乐此不疲。他们不仅以荒诞的、幻想的、闹剧的、滑稽模仿的创作形式来展示现实的虚构性，而且还往往郑重声明甚或讨论它的虚构性。[1]这是导致后现代主义小说现实不确定性的一个原因：作者对现实的否定。

《动物寓言集》中《给巴黎一位小姐的信》的主要情节就是作者虚构出来的"嘴中吐兔"。"小兔子们"是科塔萨尔以一种奇迹般的、无法解释的方式虚构出的作品，是他的"创作"，是他从胸腹之中孕育出来，从口中诞生的异质物，是他在本土文化和法国文化的糅合与冲撞中，在现实世界的躁郁与自我世界的孤独相矛盾的两难中虚构出的作品。故事中，在以前的房子里，主人公时不时地会突然吐出一只兔子，"搬家前，短短两天前，我刚刚吐出过一只兔子，意为一个月、五周，运气好也许六周内会平安无事"。可是搬家当天他就吐出了一只兔子，"就在那天晚上，我吐出了一只小黑兔。两天后，一只小白兔。第四天晚上，一只灰兔"。各种原因，是"封闭的秩序"让他倍感压抑，萨拉对秩序的维护与捍卫，让他防不胜防。随着兔子们越来越多，渐渐长大，对主人公而言，"从十只到十一只是一道不可逾越的坎。您瞧：原本十只挺好，有衣柜，有三叶草，有希望，多少事儿都能做成。可是十一只不行，因为有十一只就有十二只，有十二只就有十三只"。主人公最终崩溃，准备将小兔子扼杀。读者在阅读小说时都清楚，现实中的人是不可能从口中吐出兔子的，这无疑是对现实的否定，即对现实的不确定性体现。《剧烈头痛》中，科塔萨尔虚构出了一个根本就不存在的动物"芒库斯庇阿"，以及各种各样奇怪病症的名称，如，"乌头症""马钱子症""缺磷症""溴樟脑症""氯化钠症""紫草症""缺硅症""白

---

[1]　胡全生：《英美后现代主义小说叙述结构研究》，上海：复旦大学出版社，2002 年。

英症""白头翁症""原油症""印度大麻症""仙客来症""颠茄症""原料药症"等，这些大量虚构的奇怪动物和疾病名称词语形象地阐释了主人公因巨大精神折磨而引起的头痛，充分体现了作者科塔萨尔对小说现实性的否定，并进一步披露了小说的虚构性，即对现实的不确定性。

（四）模糊不确定的人物形象

传统小说的要素中，人物是小说不可缺少的内容，无人物不成小说，至多只是"散文"。因此，"人物形象是小说叙事的核心"。亚里士多德论述悲剧理论时，把人物置于仅次于情节的重要地位。在《小说面面观》中，福斯特根据人物形象塑造的鲜活程度，将他们划分为"扁型人物"和"圆型人物"。而现实主义、现代主义、后现代主义对小说人物的态度和处理方式截然不同。在现实主义小说中，人物即人；在现代主义小说中，人物即人格；在后现代主义小说中，人物即人影。[1] 罗钢认为："无论是与现实主义作家笔下具有鲜明性格特征的人物相比，还是与现代主义作家具有深厚心理内涵的人物相比，后现代主义小说中的人物都具有更多的虚幻性、变化性、破碎性和不确定性。"[2] 英国著名小说家戴维·洛奇也说："后现代主义小说中的人物通常模棱两可、模糊不清。"在科塔萨尔的小说中，人物不但不是第一位，而且常常性格模糊，甚至因为气氛的需要而被肢解，这是因为他所表达的环境和氛围本来就不允许人物有什么性格。《动物寓言集》中的不确定人物特征首先主要体现在小说中模糊人物的存在，甚至有些小说根本就没有主要人物存在，建造了一个没有人物的迷宫。如，《被占的宅子》中，整个小说只有两个人物"我和伊雷内"，小说通篇以第一人称叙述，而"我"到底是谁？叫什么名字？读者一无所知。故事叙述有人一步步侵占伊雷内兄妹的老宅，最终二人不得不逃出"牢笼"，另觅生路。而到底是什么人侵占的宅子，读者最终也不知晓。整部小说的人物形象简单而又模糊不清，一反传统小说中人物丰富复杂的关系。《剧烈头痛》中的主要人物只有"我们"和一个虚构的动物"芒库斯庇阿"，而小说中的"我们"是谁？是男是女？一共有多少人？都不为人知，读者知道的只是"我们"是照顾"芒库斯庇阿"的人，而其他人物信息都模糊得无法确定。

---

[1]　Nabokov: *Vladimir Strong Opinions*, New York: MoGraw-Hill, 1973.

[2]　罗钢：《后现代主义文学作品选》，北京：高等教育出版社，2002 年，第 14 页。

综上所述，后现代小说家们高呼"篇篇怪"的口号来取代现代派的"日日新"，醉心于极端的文学创作实验，为使小说成为"一切都行"的艺术，不确定性创作原则自然成为他们的首选。因此，可以说《动物寓言集》彰显了后现代主义的不确定性。

总之，《动物寓言集》这部典型的魔幻现实主义作品通过后现代主义的各种艺术写作手法，将真实、虚幻与想象相融合，向读者展示了一幕幕生动的后现代幻想，折射出了人类社会的矛盾、焦虑与不安。这部后现代作品具有颠覆传统性，对现实生活进行了"特殊表现"和"神奇现实"，它是一种有意识的、有选择性的西方文学表达方式。科塔萨尔在这部魔幻的神话世界中构筑了一个又一个永恒循环的神话迷宫。它从形而上的层次上表现了拉美大陆上的现实矛盾，传达了 20 世纪文明之一的人类精神本质，揭示了新旧文明撞击后引起的心理巨痛，也体现了拉美人对民族、对人类命运的理性思考，对未来世界的疑惧和憧憬。作为欧美文明宴席上的迟到者，他们既痛苦地反思自我民族的愚昧、落后，又深切关注着欧美文明的集体悲剧，他们驻足于一个使人窒息的大陆，向往着遥远的、超越了自我又超越了欧美文明的乌托邦。他们积极地"介入"试图干预民族的现状，寻求着一条走出循环、通向幸福的新路。墨西哥作家富恩特斯曾这样说过："落伍的黑衣天使在拉美文化的上空盘旋，阴影之下，是令人兴奋而又扭曲变形的发展过程，是试图超越欧美、缓缓走过阶段的急切步伐，是忧伤与希望间的联姻。"

第三节　《游戏的终结》：迷宫般的魔幻游戏世界

　　科塔萨尔是擅长制造小说结构的大师，在《游戏的终结》中，他利用丰富的想象力和魔幻现实主义手法构造了一个不可置疑的迷宫游戏世界。超现实主义者称之毫无矫揉造作之处，称其是一部流畅、简洁、神奇的散文，有一种更大的创造勇气与一个复杂的问题将它表面上的朴实和口语化掩盖着。小说中，他用柔软、纤密、细腻、弹质、迂回的书写样态在召唤着缪斯的仆人们；用新颖、独特的零散化结构模式、"短路"游戏、怪异等自由、全新、不确定的多元文本系统将明显对立的模式融合在一起，将虚拟与事实、创新手法与传统做法并置，在诸多短篇小说中，科塔萨尔用神秘而隐喻的手法和方式叙述不可思议的过程，结局却戛然而止，耐人寻味。

　　"传统的短篇小说就是简短的、虚构的叙事小说，此类小说往往情节单一、环境单一、人物数量有限，通过对故事的艺术加工，产生单一的印象。"[1] 因此，传统结构的短篇小说受到此类诸多封闭单一情节和结构的限制，在表现生活内容的深度和广度上受到了很大程度的限制，这就导致了很多短篇小说阅读起来令人感到枯燥无趣，缺乏深刻的现实寓意，令读者"食之乏味"。后现代短篇小说家在创作时逐渐打破了这种单一的叙事结构，使小说的结构形式趋于灵活多样化。科塔萨尔的《游戏的终结》运用了不确定的迷宫般艺术特征，形式上打破了散文与短篇小说的界限，客观时间被取消，现实时空被打乱，幽默与荒谬相结合，写真与魔幻相统一，现实、想象与虚构相混杂，共同交织了一个迷宫般的魔幻游戏世界。

　　人类的创造力肇始于无边的想象力。人的物质世界与精神世界尽在纵横驰骋的想象中无限地拓展与放大。后现代小说对传统小说结构形式、艺术特征、时空秩序的解构以及对叙事压力的缓释，在很大程度上都体现在其天马行空的无疆想象力和

---

[1]　*El cuento hispano-americano*, Buenos Aires, Ed. De A. L, 1967, p. 9.

虚构的能力上。著名的理论家伊瑟尔认为"文学作品往往都产生于现实、虚构与想象融合于一体的文本中"[1]。"它不仅是现实与虚构的混合，而且有混合的同时两者相互作用。"因此，后现代主义小说在一定程度上是虚拟现实与想象相结合的产物，后现代大师们将现实主义的刻意真实、现代主义的混沌转型到后现代主义的虚构、荒诞与魔幻之中。《游戏的终结》正是这种虚构、想象与现实相结合的产物。科塔萨尔不遗余力地将读者带入了一个迷宫般的多彩魔幻游戏世界中，引领读者遨游在充满无尽想象力的虚幻世界中。

一、真实的现实与虚幻的梦魇相融合的迷宫游戏世界

《游戏的终结》中科塔萨尔用虚构的世界侵蚀现实世界，抹除虚构和现实之间的界限，创造了一个现实与虚构水乳相融的迷宫游戏世界。科塔萨尔在《游戏的终结》的多篇小说中致力于勾画人物心理世界的复杂性，把人物对现实生活中眼前事物的感受与回忆、联想、幻想与梦魇融为一体，竭力向读者展示人物深层的心理活动和潜意识跳荡的灵魂。小说中，现实情景与幻想、梦境交织构成了一个扑朔迷离的境界，这个境界背后又反映出了一个有迹可寻的现实人生世界。梦境虽然不是现实生活的真实存在，但是却是现实情境在人内心深处的投射，它能真实反映出现实生活中的事物以及人的情感态度、期望、欲望等，时常把人内心深处的隐秘呈现在梦幻之中，因此，虚构的梦魇可以真实表现人的内心世界。

短篇小说《河》描写的场景似梦非梦，完全打破了现实与梦境的界限。在现实的真实场景中时时插入虚构出的梦魇的描述，在叙述梦魇中又突然回到现实生活中，读者阅读小说时，可谓尽情地在现实与梦魇的迷宫中遨游，根本分辨不出现实与梦魇的界限。故事开头，作者用不确定的叙述呈现出自己似梦非梦中多次听到妻子说预示跳河的话语，"说你要去跳塞纳河""要淹死在塞纳河中"的此类夜半时的呓语。"我已不怎么听了"，这些话从"我"紧闭的双眼之外而来，从"我"转头再次沉入的梦乡中而来，而回到现实中却发现"你就睡在这里，气息不稳地呼吸着"。作者经常被妻子恶言恶语、喋喋不休的抱怨弄得昏昏欲睡，半梦半醒中"将梦中初现

---

[1] Iser Wolfgang: *The Fictive and Imaginary: Chanting Literary Anthropology,* London: The John Hopkins University Press, 1993. p. 191.

的闪光与灯光下穿着可笑睡衣的你表情混淆起来",最后将"你气得发白的双唇咧开时的砸吧声带入梦乡"。"梦境仿佛让你再次回到了我身边,我们可能燃起欲望,甚至可能和好如初,再有未来"。作者在滑入虚无梦乡的瞬间感觉有人甩门而去,梦见妻子走了。而现实中又看到熟睡的妻子睡在自己的身边。随后作者在梦中与妻子甜蜜做爱,而在做爱临近高潮时突然发现现实中的妻子最终自杀身亡,"刚刚被人从水中捞出,浑身赤裸,躺在码头的石块上面,仰面朝天,头发湿湿的,双眼圆睁"。整篇小说作者都是通过后现代小说的不确定性写作特征及意识流手法将一幕幕虚构的梦魇与真实的现实画面相互切换,将现实与梦境界限趋于模糊,读者也随之进入了一个现实与虚幻相融合的迷宫中。

在《水底故事》中,作者将自己与卢西奥、毛利西奥的童年回忆与其梦境以意识流的方式交替呈现,真实的现实情景、童年的回忆与虚构的梦魇相融合,带领读者在现实、回忆与梦境中无限畅游。作者时而回忆与毛利西奥和卢西奥童年一起划船聊天的情景,时而又谈起作者孤独无依在孤岛上的噩梦、在河边看到尸体的噩梦;时而被噩梦惊醒,时而又继续回忆过去的时光。整个故事实虚结合,现实与梦境相融,最后展示出一个令人瞠目结舌、回味无穷的结局:"漂浮于河面上的尸体的脸警示作者的脸。"《夜,仰面朝天》也是一部将现实与梦魇相结合的短篇小说。故事中未提及主人公的姓名,作者以第三人称进行故事叙述。故事描述一个不知道姓名的主人公下班后骑着摩托车回家,在一个交通灯处因为躲避一个闯红灯的女行人而发生车祸,人随车被撞得斜飞出去了。他被一群人和警察送到医院后,医生开始为他做手术,手术中,他做了个梦,梦到自己深陷沼泽地周围,闻到各种气味。最后在沼泽地昏暗的小路上,感到浓烈的惧怕气息后绝望地往前一跳。突然从梦中惊醒,回到现实中。刚做过手术的他,仰面朝天躺在病床上,医生护士为他检查,又喂他食物,他舔了一下汤的味道后又沉入了梦乡。梦中,他在黑暗的沼泽中奔跑,却找不到光明的大路。在漆黑的灌木丛中与敌人战斗,突然,他看见树枝间许多火把在移动,敌人正在靠近,战争的气息叫他难以忍受,当第一个敌人跳到他脖子上时,他将尖刃插入敌人的胸膛,众多敌人将他包围住,最后被敌人从背后绑住。梦醒了,他发现自己在发烧,但是与噩梦相比,他感觉病房中的一切那么美妙,就连喝矿泉水都津津有味。随后,他开始回忆车祸发生时的情景,可慢慢又进入梦乡,继续那场噩梦。梦中，他被粗粗的绳子紧紧绑着，他仰面朝天，被几个人抬着走过低矮的过道，似乎走到尽头就是终结的到来，因为他的护身符，生命的中心 —— 心脏已被抢走。他蓦地跳回到医院，发现病房中其他病友都睡着了，醒了一会儿又进入梦乡。梦中，他逐渐走向死亡，而此次他再也没从梦中醒来，最终"仰面朝天，双目紧闭"[1]。科塔萨尔在整个故事中，充分将真实的现实与虚构的梦魇相结合，现实与梦境不断交替，使读者难以分辨现实与梦魇的界限，陷入迷宫世界。

二、虚构、幻想、想象与现实相结合的虚实魔幻游戏世界

在众多篇幅不长但是蕴意浓缩的短篇小说中，科塔萨尔娴熟地运用虚实映照、实虚双线交融并进的写作手法，营造出一个奇异瑰丽的迷幻文字世界，表现了独到的艺术手法。小说中常存在一虚一实、一隐一显两条叙事线索，两条线极妙地配合，相得益彰。虚实两线在读者的思想空间中得以巧妙交汇、融合，最终形成强大合力，吸引读者一步步走入科塔萨尔所编造的语言迷宫，并对其深处奥秘不断探索、寻求。

短篇小说《公园的延续》既似虚实结合，难分彼此，又如一个俄罗斯套娃，一层取开来却又出现一层，引导着读者从虚拟走向现实、从幕后走向台前。故事的开端，作者对文中的小说运用了元语言来描述（"扶手椅中的那个人……让自己对小说的情节和人物慢慢感兴趣"），现实读者对其具体情节依然模糊不清，是虚拟叙述才让他对小说略知一二。虚拟叙述是伴随着读者／人物从客观环境中逐渐异化的过程而展开的：

> 霎时间，小说的魅力就将他牢牢捕获。文字行行推进，自己也从周遭的环境中一行行剥离开来，他细细品味着这种变态般的快感……一字一句，都被男女主角的可悲困境所吞噬，他被深深吸引住了，他甚至看得见书中的场景，甚至看见了变换的光影，他亲眼见证了男女主角在林中小屋的最后约会。[2]

"他见证了……"说明"他"进入了虚拟的小说世界，现实读者只能通过"他"

---

[1]　沃尔夫冈·伊瑟尔：《虚构与想象：文学人类学疆界》，陈定家等译，长春：吉林人民出版社，2003 年。

[2]　科塔萨尔：《游戏的终结》，北京：人民文学出版社，2012 年，第 1 页。

的意识管窥到世界。"他"不仅喜欢小说的情节,而且欣赏"作家"的叙事艺术。通过反映媒介对被反映世界的过滤,虚拟叙事的双重特性得以凸现。在虚实之间,"他"成为一个关键的媒介。"虚"在于一切尽在计划中:"什么都没有遗漏";"实"在于这一切充满着"无法预见的危险"。在故事最后一段,叙述回转到现实,读者/人物看不到文本的播散性,其意识完全沉浸在小说的故事情节中,当杀手将匕首刺入"他"胸膛的时候,小说世界最终与现实世界合二为一。由此,虚拟现实——不管是由文本创造还是电脑模拟——通常对于体验者都是安全的,然而《公园的延续》犹如《阿凡达》一样,给读者上了生动的一课。换言之:只有当情节本体边界消失的时候,阅读的体验才能达到它的最高境界。

《怪不得别人》讲述一个平凡的男子艰难穿蓝色套头衫的滑稽过程。科塔萨尔用其天马行空的想象力将穿衣服这一真实的事件的经过与无限虚构的想象情景相结合,将一件普通的穿衣过程描述得滑稽可笑,将读者带入一个滑稽可笑的魔幻世界。男子出门前决定穿上一件蓝色套头衫,他先将一只"皱巴巴、指甲发黑"的手指伸入一个袖口,另一只手试图伸入另一只袖子,但是这个动作很困难。他吹着口哨想三管齐下:将头套入领口,两手伸入袖口,但是由于头伸到袖口,使得额头和整张脸被蒙着,毛线紧箍着鼻子和嘴巴,令他喘不过气来。先伸出来的右手也够不到紧紧缠在肩膀上的套头衫。就这样,头和手紧紧卡在毛衣袖口中,毛衣紧紧缠在肩膀上,他带着舞步,跳着"韵律体操",转了很多圈,已经辨不清方向。此刻,他想将穿了一半的套头衫先脱下来,但是套头衫已经因为呼吸间渗透进蓝色毛线中的黏湿气息而紧贴在脸上,手往上拉时,疼得像耳朵被撕裂,睫毛被拔掉似的,同时左右手又无法协调:左手好像一只困在笼里的老鼠,另外一只老鼠想从外面帮它逃跑。[1]不停地,他全身使上了劲儿,往前一晃,再往后一摆,在房间中央转圈儿,终于手指随着袖子抓到了衣摆,再往下一扯,终于享受到了凉沁沁的套头衫外的时光,他双膝跪地,慢慢地微微睁开双眼,"看见五片漆黑的指甲正悬在空中直指他的眼睛,指甲在空中颤动,眼看就要袭向他的眼睛"。科塔萨尔最后运用无限的想象结束滑稽荒诞的故事,留给读者更多的空间去幻想。

《暗门》主要讲述主人公佩特隆出差住在一个宾馆中,隔壁住着一个单身女士,

[1] Cleanth Brooks, B.P.Warren: *Understanding Fiction*, Beijing: FLTR Press, 2004, pp. 248-249.

却在夜里隐约听到婴儿的哭声。佩特隆不经意地发现自己的房间与那个单身女士房间之间有一扇隐蔽的暗门，他紧贴着暗门，听到隔壁房间长短不一的轻轻呻吟和哽咽的轻嚼，随后又是抽泣声，声音断断续续，低声的，像一个生病的孩子在低声哭泣。佩特隆怀疑是那位单身女人在幻想自己做了母亲，并模仿求而不得的小孩哭声。为了弄清楚到底是什么声音，他"穿着睡衣，光着脚，像一只蜈蚣贴在门上"，把嘴靠近松木板，用假嗓学着那种呜咽、呻吟、抽泣声。突然，佩特隆听到那女人发出一声短促的尖叫。而"这声痛呼刚出口便像紧绷的弦一样戛然而断"。第二天，那女子便退房离开了宾馆，而没有孩子哭声的这种宁静却报复似的打败了佩特隆：他想念那孩子的哭声，觉得这种安宁令他无法安睡，更无法让他清醒。整个故事以单身女子的离开而告终，却留给了读者充满无尽的幻想的开放式结局：小说中婴儿的哭声是佩特隆的错觉，是他假想出来的？还是单身女人幻想着自己的孩子而装出来的呢？还是确实存在一个被隐藏起来的婴儿呢？还是婴儿生病发出哭声后最终病死在房间呢？科塔萨尔将答案留给了读者，将读者推入了充满无限幻想的迷宫中，任其发挥无尽的想象和幻想。

短篇小说《美西螈》题目上看似与"变色龙"有亲缘关系，而故事开头的几句话概括了整个故事的内容："有一段时间我总是想着美西螈。我常去植物园的水族馆，一看就是几个小时，看它们的静止不动，看它们黑暗中的运动。现在我成了一条美西螈。"故事里的"我"偶然地看见并迷上了美西螈。从第一刻起"我"就意识到自己与这种小型两栖动物之间有某种关联，虽极其遥远并无法索解，但依然没有断绝。"我"整天待在那里，连续几个小时看那些美西螈的眼睛，"我的脸紧贴在水族箱的玻璃上，我的眼睛再次试图进入那些没有虹膜也没有眼睑的金色眼睛的神秘里。我看着一条静止不动的美西螈的脸，触手可及，在玻璃的那一边。不需过渡，毫无意外，我看见我的脸贴在玻璃上，不是美西螈，是我自己的脸贴在玻璃上，在水箱外面，在玻璃的另一边"。最后，"我"分裂成两个自我，一个作为美西源生活在水族箱，另一个继续生活在原来的世界，渐渐地抛下这种异乎寻常的迷恋。主人公同情水族馆内的蝾螈，继而在蝾螈身上看到了自己的投影，最终感到自己原来也是一条蝾螈。这种虚虚实实、虚实相生、若即若离、飘忽不定的象征性幻象，即人物是蝾螈或变成了蝾螈或误认为自己是蝾螈的不确定状态，同卡夫卡式的变形不尽相同，更像博尔赫斯的 A 人乃 B 人又似乎是 C 人所梦的玄妙游戏，尽管二者的出发点及所指迥然有别。科塔萨尔的变形是一种亦真亦幻的境界，用他本人的话说是"荒诞现实的自然形态"，是恐怖所使然的。

三、时光交错、时序颠倒的无限神话迷宫世界

传统的小说的叙事一般比较完整，有头有尾，而且情节发展符合内在逻辑关系，故事一般按照时间发展的先后顺序进行叙述。而后现代小说彻底颠覆传统小说的有序性、整体性、全面性、完满性，而是满足于各种片段性、零乱性、孤立性、分裂性。从叙事形式上看，它忽略类似于情节、对话、线性、叙事和人情趣味这样的元素，而是用零散的片断拼贴的后现代主义手法编制后现代故事。他们凭主观想象任意驰骋，往往忽天忽地，瞬息万变，加上受柏格森"心理时间"说法的影响，所以后现代小说常常将现实生活与幻想和回忆混合起来，打破惯常的时空观念，而采用意识流式的无头无绪的时间回流与脱节的形式，形成独特的时间空间。后现代小说中，作者常使叙事时间和空间随意组合，不按照过去、现在、将来的时间顺序，而是根据叙事的需要将彼此相关联的部分糅合在一起，使故事情节齐头并进，宛如电影中互相交错的特写镜头，通过这样的方式让读者感受到情节的强烈冲突与对比，也能够更好地突出现实的残酷和人物的荒谬，这些时光交错、时序颠倒的创新手法，成功达到了后现代主义独特的叙事效果，丰富了艺术表现形式，深化了艺术表现的内容，充分体现了后现代小说对传统文字叙事模式的解构。

《一朵黄花》中，科塔萨尔通过故事叙述逻辑上的混乱，把无数的故事情节分割开来，不再按照时间顺序和有序的空间叙述完成故事描述，读者在这时光交错、时序颠倒的无限神话迷宫世界中，不得不时常停下来去探索研究被作者有意阻断的故事发展逻辑，进而使这部小说成为了一部典型的"可读性"后现代主义代表性作品。小说中，讲述了一个男子在公共汽车上偶遇一个和自己在所有方面，包括性格、模糊的记忆和童年轶事等都很相像的男孩卢克，他认为这个男孩就是他的重生体，于是千方百计进入男孩的家，而后与其家人相处过程中发现他与卢克所有的经历都很相像，从而更加确定卢克不仅是自己的重生体，他的未来也会和他一模一样。几个月后，卢克死了，他认为还会出现无数个像卢克一样的自己。卢克死后的一个下午，他在公园里看见了一朵美丽的黄花，而他感受到卢克死了，他也会死去，再也不会有一朵留给他。那天下午，他不停地上车、下车，寻找自己的另一个重生体并决定

让重生体继续那愚昧、可悲的生活，蠢笨、失败的人生，直到下一次、再下一次……

整个故事中，科塔萨尔打破了传统时间和时空顺序，将现实与回忆、前世、今生与未来交替呈现给读者，从开头现实中酒吧聊天起，突然切换到与卢克相遇相处的回忆中，再到自己的童年回忆：找到与卢克的相似处：七岁时手腕脱臼；九岁时，分别得了麻疹和猩红热。叙述两者相似处时，又插入自己的一个想象："街角的面包店老板很可能就是拿破仑的重生体。"然后再想起自己十四岁时的母亲送麦卡诺时的遭遇与我把飞机给卢克时的经历一样，后来，插入卢克的死及其死后"我"的感受。整个故事叙述零散、时序混乱，把整个故事分割出无数个现实与幻想的片断，把读者带入一个时光交错、时序颠倒的无限神话迷宫世界，分不清是前生、现在还是来生，最终走向了生与死交替、人与鬼混杂，过去与现在重复、现在与未来往返的无限神话迷宫。

总之，科塔萨尔在小说中充分融合了魔幻现实主义及后现代主义等写作风格，这对中西学界及批评界产生了重要影响。在他的作品中往往带有虚幻迷离的魔幻现实主义色彩，科塔萨尔在他的小说中，经常使用从未有过的语言和修辞书写从未被讲述过的神奇虚幻故事。科塔萨尔始终沉溺于多样性的虚幻狂欢，为生活和语言增添色彩。阅读其作品，眼前便燃起一场绚烂到令人失明的虚幻焰火。他出色的小说写作手法和极具前瞻性的后现代主义思想内涵也应该被放到一个应有的位置给予认真对待。毫无疑问，作为拉美文坛最具有独创性的代表性作家之一，科塔萨尔的写作手法具有独特的风格与艺术特色。在小说作品创作中，科塔萨尔所擅长的虚实结合的魔幻现实主义手法产生了重要影响。正是借助这一写作手法，科塔萨尔制造出了一个与现实相互映照的、几乎难以分辨彼此界限的、由文学话语所构建的虚幻世界。对于这种写作手法，在阅读和欣赏小说作品时应该给予充分关注。否则将无法真正读懂，并会迷失在他运用这种独特叙事手段所创造的魔幻迷宫之中，也难以获得作者借助这一写作手法蕴藏在小说文本中的深刻意蕴。

总而言之，科塔萨尔的魔幻现实主义的游戏世界是一个神话的世界，在这个神话世界中他构筑了一个又一个永恒循环的神话迷宫。他从形而上的层次上表现了拉美大陆的现实矛盾，传达了20世纪文明之一的人类精神本质，揭示了新旧文明撞击后引起的心理巨痛，也体现了拉美人对民族、对人类命运的理性思考，对未来世界的疑惧和憧憬。

第四节 《万火归一》：解构二元对立，建构后现代主义视域下的和谐人类社会

　　《万火归一》短篇小说集充分体现了多种二元对立的结构，如，人性的冷漠与人间温情之间的对立、向往改变与安于现状的对立、生存的痛苦与生活的快乐之间的对立等。科塔萨尔在小说中试图消解各种二元对立，而努力建构充满关爱、充满温情的和谐后现代主义社会。整部小说虽然某种程度上显现了当时拉美世界的荒诞不经，到处充斥着人性的冷漠与残酷，但是，就在这种冷漠的世界中，读者仍不乏能体会到人与人之间隐藏的温情、关怀，在看似一摊死水的生存世界中，人们也在努力地改变而向更好的生活努力。在承受痛苦的过程中，人们顽强对抗"荒原"，使得生活中也时常会出现"彩虹"。科塔萨尔对于二元对立的坚决拒斥，使他的小说充满了向上的力量，令不同文化背景的读者为之倾倒，这种解构各种二元对立而建构和谐人类社会的态度恰恰体现了后现代人文主义的多元文化并存的文化观。

一、解构人性的冷漠与人间温情的二元对立

　　科塔萨尔在《南方高速公路》中初看上去展现了人与人之间渗透到骨髓中的冷漠无情，但其实文中却隐藏着人们返璞归真的善良天性。南方高速公路交通堵塞后，人们跳下车，在荒郊野岭建立起一个平等幸福的"乌托邦"，人们互相抱团取暖，构成一个共同体——和谐的"联盟"。而道路刚刚疏通，"联盟"瞬间分崩离析，人们纷纷收拾行李，回到现实，争先恐后地"以30公里的时速，驶向前方"。"没有人真正明白为什么要这样匆忙，为什么要在夜间公路上置身于陌生的车辆中，彼此间一无所知，所有人都直直地目视前方，惟有前方。"尽管故事的结局显露了人类的冷漠无情，但是故事中又无时无刻不透露着无限的人间温情和人与人之间的默默关怀。高速公路上的"小联盟"既没有现代社会的忙乱与冷漠，也没有一切阶级

社会的压迫与鄙视。所有的人都互相关心，和睦相处，一切都是和谐美满的。"大家共同决定将年轻人西姆卡的气垫床让给 ID 上的老妇人和博琉上的女士；王妃上的姑娘给他们送去两条苏格兰呢的毯子，工程师把自己的车让出来，甚至最后汽车 404 上的工程师与王妃牌车上的姑娘产生了爱情。"这些和谐的善良人性尽管渗透在人们间的冷漠中，却反映了科塔萨尔渴望人类社会和谐发展的美好愿景。

《克拉小姐》中，15 岁的少年小保罗因病住院，遇到了护士克拉小姐。认为自己已经是成年人的保罗默默对克拉小姐产生了好感，而克拉小姐无视身处青春期的保罗所具有的自尊和男人姿态，在护理中不断地惹怒、嘲弄他，丝毫不顾及小保罗的心情。她一直把他看作孩子，对保罗冷淡如水。而保罗的母亲对儿子无比溺爱和关心。妈妈这边是"我得看看宝宝盖得毯子够不够，我得让他们再给他送一床在身边"，而儿子却说"毯子当然够，好在他们终于撤了，老妈总把我当小孩，净让我丢人"。尽管故事前部分充满了人性的冷漠、无尽的抱怨和不理解，但是结局却渗透着无尽的温情，克拉小姐渐渐地改变了对小保罗的态度，开始像对待成年人那样尊重他，照顾他，处处顾及他的感受，在手术后疼痛的时候给予他无限的安慰和关怀。最后，小保罗快死的时候，她痛苦得一秒钟都无法在病房里待，她看到他死情不自禁地为他而哭。这突出表现了冷漠背后人们渴望温情的意愿，和建立和谐共处人类社会生活的美好心愿。

《病人的健康》更是体现人间温情，小儿子阿莱杭德罗不幸死于一场车祸，而全家考虑到妈妈身体不好而联合起来隐瞒这个死讯。尔后，克蕾莉亚姨妈去马诺利塔巴耶庄园疗养期间也不幸身亡，全家人仍然隐瞒妈妈实情。而妈妈最后去世前温柔地告诉大家："大家都对我太好了，费了这么大的劲儿为了不让我难过。"原来妈妈早就猜到了一切，而为了不让家人担心，她也隐瞒不说。在这种相互的欺骗中，只有彼此之间渴望温情、亲近的欲望。在《会合》中，尽管战事吃紧，格瓦拉他们受到敌军来自四面八方的攻击，"我们八十个人里损失了至少五六十"，也没有人会想丢下受伤的廷蒂，所剩不多的人高喊着"只要路易斯活着，我们就能赢"。

由此可见，科塔萨尔在《万火归一》中通过一个个看似反映人间冷漠无情的短篇小说，隐性地描述即使在荒诞、冷漠的现实世界中，人类的善良本性、人间的温情也是无处不在的，这充分体现了科塔萨尔渴望消除一切二元对立、构建和谐平等共处人类社会的后现代人文主义思想。

二、解构向往改变与安于现状的对立

科塔萨尔的小说都不乏现实、想象与魔幻的交错叙述，但是科塔萨尔声明："我的小说反对虚假的现实主义，此种现实主义认为，在一个由一系列规律、原则、因果关系、明确的心理学和精确绘制出的地理书比较和谐地支配的世界中，一切事物都是可以描述和解释的，而在现实与虚幻对立的背后，隐藏的是向往改变和安于现状的对立。而科塔萨尔试图解构这种对立，鼓舞人们不断改变自己，向自己渴望的生活前进，即使暂时只是幻想，只要努力去改变现状，终归会实现自己的梦想，改变自己的生活，这充分表达了他对美好生活的无限向往。

《正午的岛屿》中，玛利尼在"罗马—德黑兰"航班上工作，在航班往返过程中意外发现了一个"世外桃源"——希罗斯岛屿，对这小岛魂牵梦萦的玛利尼一周三次在正午从希罗斯上空飞过，跟一周三次梦见正午从希罗斯飞过，是一样的虚幻。"他去买了关于这个岛屿的书籍，还开始学希腊语，最后找到岛屿，被岛上世外桃源般的生活所深深吸引，并决定隐居小岛。而结尾，飞机坠落，岛上的居民孤独地待在岛上，那具睁着眼睛的尸体是他们与大海之间唯一的新鲜事物。"至此，我们知道，去寻找岛屿等一切事情不过是玛利尼往常往返飞机上眺望岛屿时所产生的想象。在想象中，玛利尼是向往着改变的，他期待着能远离过去那种一成不变、枯燥无聊的生活，而小岛就是他内心渴望的生活环境和方式。小说中，科塔萨尔大胆想象，冲破墨守成规的生活方式，鼓励人们努力去寻求自己所向往的生活。而同时在短篇小说《万火归一》中，科塔萨尔从反面叙述了向往改变却不付出行动，却只沉溺于对未来的幻想或陶醉于对过去的回忆的人们所遭遇的巨大痛苦和悲惨结局，鼓舞那些向往改变的人们敢于冲破现实的束缚，付出实际行动为自己创造更好的生活。巴黎的让娜承受不住现实生活的打击，却又自认为没有办法改变现状，最后选择了吞食安眠药而自杀身亡，死在无声的猫身边；梦境中的总督夫人伊蕾内对总督恨之入骨，对角斗士马可却一见钟情，当时她不敢反抗，放弃努力争取自己的幸福，只能任凭总督将心爱的人逼入绝境。最后，伊蕾内葬身火海，古代、现代，梦境、现实，万火归一，走向了死亡。《会合》中，科塔萨尔却用努力改变困境的坚定的毅力鼓励那些为自己的成功而不断努力奋斗的人们。格瓦拉等人，在面对万难境地的时候，决不放弃，绝地反击，最终获得了胜利，为自己争取到了最圆满的结局。

三、解构生存的痛苦与对快乐的向往之间的对立

《万火归一》中的 8 篇小说都有主人公遭受人生的折磨和死亡的痛苦，但是在痛苦中仍隐藏着主人公对快乐的向往的情节。短篇小说《万火归一》中总督的妻子伊蕾内一直憎恨虚伪、阴险的丈夫，生活在无爱无性的生活中，深陷痛不欲生的折磨中，但是伊蕾内对真爱和美好的生活还是充满着无限的向往的。她逐渐爱上了单纯、善良的角斗士马可，和他在一起享受着无尽的幸福和快乐。总督发现了他们的地下恋情后，残忍逼死马可，而由于伊蕾内的软弱，她只能默默地看着自己心爱的人一步步迈向痛苦的死亡。《南方高速公路》中，在拥堵的高速路上等待的众多人中，凯乐威车上的男子无法忍受无止境的痛苦等待，最终服毒自尽了。《万火归一》中一位巴黎女主人公让娜，得不到自己向往的真爱后，一个人孤独地躺在沙发上服毒自杀了。《克拉小姐》中，护士克拉对小保罗的爱慕视而不见、冷漠相待后，小保罗深感痛苦和忧郁，最终在遗憾中死去。尽管这些小说中不约而同地展示主人公无尽的痛苦和悲惨的死亡结局，但是，痛苦的背后又都渗透着主人公对美好生活的无尽向往。

除了上述反面事例外，科塔萨尔更多渗透的是一种为追求快乐生活忍受痛苦而坚持不懈、永不放弃的坚韧精神。《病人的健康》中，虽然身体一直不好的妈妈已经知道自己的小儿子和姨妈都已经死了，但是为了避免亲人的担心，默默承受着痛苦迎合亲人的善意隐瞒。《会合》中格瓦拉部队面临死亡的威胁，没有人临阵脱逃，也没有人放弃伤员，每个队员都互相关怀、互相支持，共同承受着面对死亡降临的巨大压力和痛苦，最终迎来了与路易斯的成功会合和革命的胜利。《给约翰豪威尔》中，爱娃恳求瑞斯"别让他们杀我""你要陪我到最后"，瑞斯面临危险和死亡，并没有害怕逃跑，而是重返剧院，去挖掘隐藏其中的秘密。这些故事中的主人公面对生活的痛苦和折磨，都勇敢地面对、承受和容忍，在默默承受痛苦的过程中，痛苦就逐渐转化成了深层次的快乐和胜利。而不能承受任何痛苦而简单地享受的快乐，是无法得到真正的快乐而真正享受幸福人生的。因此，承受痛苦和享受快乐并不是对立的，而是应该和谐并存的。

科塔萨尔利用正反两方面的故事来叙述痛苦与快乐和谐并存才能带给人们永恒的快乐，他主张消解生存的痛苦与对快乐的向往的二元对立，鼓励人们为了享受快乐应当适当正确面对人们生活中存在的短暂痛苦，痛苦与快乐和谐并存才能创造出永恒美满幸福的生活。

从消解人性的冷漠与人间温情之间的对立、向往改变与安于现状的对立到生存的痛苦与生活的快乐之间的对立，科塔萨尔反对一切二元对立，他认为世界就像艾略特笔下的"荒原"，既是荒诞的又是冷漠的，但是荒谬和冷漠的背后往往隐藏着温情的存在；同时，世界是不断变化发展的，人类也是不断进步的。我们不能对现存的状况无动于衷，我们要勇于不断改变世界，要付诸行动去发展社会，为人类创造更辉煌的明天。科塔萨尔不断鼓励人们成为像格瓦拉那样敢于向前的生机勃勃的人。当然，改变世界是要付出代价的，在此过程中，我们可能会面临暂时的困难和痛苦，但是我们先需要克服一切困难，承受一切痛苦，勇往直前地奋斗、前进，才能获得最终的胜利。科塔萨尔时刻提醒人们：即使整个世界都像地狱般的恐怖，我们也要奋力向着天堂迈进。因为，总会有桥可走，有街可走。科塔萨尔在《万火归一》中表达一种后现代人文主义思想：万物和谐共生，人类社会只有消解各种二元对立，在和谐共生中才能更好地发展。

综上所述，科塔萨尔在小说中，通过运用多种后现代主义叙事策略，有效地创造了一个魔幻式的迷宫世界，将现实与想象、幻想相融合，反映出当时社会人类的真实生活处境，深刻地反思了人类20世纪的生存困境。对科塔萨尔而言，完整的结构、丰富的情节、具体的英雄人物皆是传统现实主义的故事的叙事方式。当人类社会进入后工业时代时，现实发生了巨大的变化，世界的本质是碎片的、无秩序的、荒诞的、符号化的。科塔萨尔通过多种后现代叙事手段，真实地书写了当时拉美人民所处的社会环境，深刻地反映了后现代人类的生存状态，取得了独特的艺术效果。